제인 에어

일러두기

- 이 책은 Charlotte Brontë's 『*Jane Eyre-An Autobiography*』(Project Gutenberg, 2007)를 참고했습니다.

진형준 교수의 세계문학컬렉션

36

제인 에어 Jane Eyre

샬럿 브론테 지음

살림

샬럿 브론테

미국의 편집자 에버트 다이킹크(Evert A. Duyckinck)가 영국의 화가 조지 리치먼드(George Richmond)의 그림을 기반으로 그린 1873년 작품.

「브론테 자매 The Brontë sisters」

샬럿 브론테의 남동생인 브랜웰 브론테(Branwell Brontë)가 그린 1834년경 작품. 왼쪽부터 앤, 에밀리, 샬럿의 모습이 그려져 있다. 브랜웰은 에밀리와 샬럿 사이에 자신의 모습을 그렸지만 후에 스스로 지웠다. 브론테 자매는 브론테가의 여섯 남매 중 작가로 활동했던 샬럿 브론테, 에밀리 브론테, 앤 브론테 자매를 말한다. 맏언니 샬럿은 『제인 에어(*Jane Eyre*)』를, 둘째 에밀리는 『폭풍의 언덕(*Wuthering Heights*)』을, 막내 앤은 『아그네스 그레이(*Agnes Grey*)』 등의 유명한 작품을 남겼다. 『제인 에어』는 여성 작가가 여성을 주인공으로 쓴 최초의 소설이다. 샬럿을 포함해 세 자매는 한결같이 여성의 독립적인 삶을 다룬 작품을 썼으며, 당시 여성에 대한 사회적 편견을 의식하여 남성 필명으로 글을 썼다. 이후 그녀들이 여성 작가라는 사실이 알려지자 영국 문학계에 큰 센세이션을 일으켰다.

브론테 목사관 박물관

영국 잉글랜드 요크셔주 호어스에 있는 박물관으로 브론테 가족이 살았던 집을 개조해서 만들었다. 브론테 목사관 박물관에는 브론테 자매가 집필에 사용했던 책상과 의자 등의 가구와 친필 원고 등이 전시되어 있으며 침실과 서재 등이 옛 모습 그대로 남아 있다. 브론테 자매는 세상을 떠날 때까지 대부분의 시간을 이곳에서 보내며 작품을 집필했다. 목사관 근처에는 에밀리 브론테가 쓴 소설 『폭풍의 언덕』의 배경이 된 언덕길이 있다.

콘스탄틴 헤거

빅토리아 시대 벨기에 교사였던 콘스탄틴 헤거(Constantin Heger)의 1865년경 사진. 헤거를 향한 샬럿의 사랑은 1913년 샬럿이 보낸 「편지」가 책으로 출판되면서 처음으로 알려졌다. 샬럿은 헤거에게 2주마다 프랑스어로 「편지」를 보냈는데 답장이 없자 점차 6개월에 한 번 정도로 횟수를 줄여 마음을 정리하려고 노력했다. 현재 남아 있는 「편지」 네 장 중 세 장이 헤거에 의해서 찢어졌지만, 그의 아내가 휴지통에서 조각들을 회수하여 다시 이어 붙였다. 두 사람의 관계가 샬럿의 일방적인 짝사랑이라는 것을 증명하기 위함이라고 전해진다. 후에 헤거 부부의 자식 폴 헤거(Paul Heger)가 이 「편지」를 영국 국립도서관에 기증했다. 헤거는 샬럿의 소설 『빌레트(Villette)』에 큰 영향을 주었으며 『제인 에어』에서 로체스터의 모습으로 등장한다.

제인 에어 **차례**

제1장

　　　　그날은 도저히 산책할 수 없었다. 아침 나절에 한 시간 정도 낙엽이 깔린 관목 숲을 쏘다니긴 했지만, 오후가 되자 매서운 겨울바람에 검은 구름이 몰려오더니 뼛속까지 얼게 만드는 비를 뿌리는 바람에 더 이상 산책 같은 것은 생각할 수도 없었다.

　나로서는 그게 좋았다. 나는 오래, 그것도 추운 날 산책하는 것을 싫어했다. 보모 베시의 꾸중을 들어 우울해진 마음에, 외사촌인 일라이저와 존, 그리고 조지아나보다 내 체력이 모자란다는 것을 확인한 채 집으로 돌아온다는 것은 끔찍한 일이기 때문이었다.

　그들, 일라이저와 존과 조지아나는 벌써 자기네 엄마를 둘러싸고 있었다. 난롯가 소파에 앉아 자기 아이들에 둘러싸여 있는 리드 부인은 더할 나위 없이 행복해 보였다. 나는 그녀 곁에서 함께 할 권리를 누리지 못했다. 그녀는 내가 좀 더 어린애다운 착한 애가 되려고 노력하는 모습을 보이기 전까지는 그런 특권을 줄 수 없다고 공공연히 말하곤 했다. 내가 "내가 무슨 못된 짓을 했다고 베시가 그러던가요?"라고 물으면, 외숙모는 아직 어린 주제에 따지고 대드는 걸 보면 정말 못된 애라고 일침을 놓았다.

응접실 옆에는 작은 식당이 있었다. 나는 살그머니 식당으로 들어갔다. 식당에는 책장이 하나 있었다. 나는 그림책을 한 권 집어 들고 창가로 가서 걸상 위에 쪼그리고 앉았다. 거기 앉아 빨간 커튼을 내리니, 이중으로 된 은신처에 숨어 있는 셈이 되었다.

그렇게 무릎 위에 책을 올려놓고 보고 있으면 나는 나름대로 행복했다. 나의 이 즐거움을 누가 방해하면 어쩌나 하는 것이 유일한 걱정이었는데, 그런 훼방꾼이 너무나 빨리 나타났다. 식당 문이 열리더니 존이 소리쳤다.

"이 불평꾼이 도대체 어디 간 거야! 비가 오는데 밖에 나간 거야, 뭐야? 조지! 엄마한테 일러!"

존 리드는 열네 살짜리 학생으로 열 살인 나보다 네 살이 많았다. 그는 나이에 비해 키도 컸고 힘도 셌지만 건강하지 못했다. 피부는 칙칙했으며 얼굴은 두툼하고 펑퍼짐했다. 밥 먹을 때 어찌나 게걸스럽게 먹어대는지 바로 그 때문에 혈색이 누렇고 눈알이 뿌옇게 흐린데다 뺨도 축 늘어져 있는 것만 같았다. 몸이 허약하다는 이유로 제 엄마가 학교에서 집으로 데려온 지 벌써 두 달이나 되었다. 닥치지 않고 이것저것 마구 먹어대서 몸이 고장난 것인데, 제 엄마는 너무 공부를 열심히 한데다 집이 그리워서 병이 난 것이라고 했다.

존은 어머니나 누이를 별로 좋아하지 않았고 내게는 거의 적대적이었다. 그는 1주일에 한두 번이나 하루에 한두 번 정도가 아니라, 정말로 끊임없이 나를 못살게 굴었다. 하지만 내 억울함을 어디에도 호소할 길이 없었다. 하인들은 나를 보호해주다가 공연히 어린 주인의 비위를 건드리는 일을 하려 하지 않았고 외숙모 리드 부인은 이 문제에 관한 한 소경이고 귀머거리였다.

존이 나를 보자 주먹부터 날리더니 내게 물었다.

"너 그 커튼 뒤에서 뭐 한 거냐?"

"책 읽고 있었어."

"네가 왜 우리 집 책을 꺼내 읽는 거냐? 엄마가 너는 우리 집에 빌붙어 산다고 했어. 너는 돈이 없어. 네 아버지가 너를 위해 돈을 남겨놓지 않았으니까. 너는 구걸하며 살아야지 우리 집 같은 데서 함께 살 자격이 없어. 내 책장을 뒤적였으니 맛을 보여주지. 이 책은 전부 내 것들이고 이 집도 내 거야. 최소한 몇 년 후에는 그렇게 될 거야. 자, 거울과 창문 옆에서 비켜 서."

나는 그가 무슨 짓을 하려는 것인지 짐작도 하지 못한 채 시키는 대로 했다. 순간 그가 책을 집어 들고 내게 던지려는 자세를 취했다. 나는 그제야 위기를 느끼고 몸을 피하려 했지만 이미 늦었다. 날아온 책에 맞아 쓰러지면서 문에 머리를 부딪혔다. 상처에서 피가 흘렀고 쿡쿡 쑤셔왔다. 처음에는 무서웠지만 공포감이 절정에 이르자 다른 감정이 공포감의 뒤를 이었다. 나는 그에게 달려들었다.

"이 심술궂고 나쁜 놈! 노예 감독 같은 놈! 로마 폭군 같은 잔인한 놈!"

그가 내게 달려들더니 내 머리끄덩이와 어깨를 낚아챘다. 머리에서 목덜미로 핏방울이 흘러내리자 나도 악에 받쳐 그와 싸웠다. 나는 내 손이 어떤 짓을 하는지도 몰랐다. 존은 "이 나쁜 년! 이 쥐새끼 같은 년!"이라고 욕을 해댔다. 그가 외치는 소리를 듣고 그의 원군들이 곧 달려왔다. 보모 베시가 몸종 하녀 애벗을 데리고 나타난 것이다. 이들은 존과 나를 떼어내며 이렇게 말했다.

"어머, 세상에! 존 도련님에게 달려들다니! 세상에 무섭기도 해라!"

"이렇게 무섭게 미쳐 날뛰는 꼴은 본 적이 없어!"

이어서 곧 가세한 리드 부인이 말했다.

"어서 저것을 붉은 방에 갖다 가둬."

즉시 네 개의 손이 나를 붙잡았으며 나는 2층으로 끌려갔다. 나는 약간은 넋이 나간 상태에서 계속 반항했다.

제2장

　　붉은 방은 거의 사용하지 않는 여분의 방이었다. 이 게이츠헤드 장에 사람들이 갑자기 엄청나게 몰려들어 모든 방을 총동원해야 하는 경우가 아니라면 결코 침실로 사용하지 않는 방이었다. 이 저택에서 가장 크고 화려한 이 방을 사용하지 않는 데는 이유가 있었다. 나의 외삼촌인 리드 씨가 9년 전에 바로 이 방에서 눈을 감은 것이다. 이 방에 시체가 안치되고 장의사의 손에 관이 들려 나갔다. 이후 이 방은 뭔가 속세와 다른 기운이 압도하고 있는 것 같아서 사람들의 발길이 끊긴 것이었다.

　　붉은 방은 난롯불을 지피는 일도 거의 없어서 늘 냉기가 감돌았고 애들 방과 부엌에서 멀리 떨어져 있어 적막했다. 게다가 아무도 드나들지 않으니 뭔가 엄숙한 분위기마저 풍겼다.

처음에는 그들이 나를 가둔 후 방문을 잠근 줄 몰랐다. 겨우 정신을 차리고 일어날 힘이 생기자 나는 문으로 가서 확인해보았다. 아아, 그 어떤 큰 죄를 지었더라도 이토록 엄중하게 갇히지는 않으리라!

나는 다시 의자로 돌아오면서 거울에 비친 내 모습을 흘낏 보았다. 그 차가운 거울 속에서 하얀 얼굴의 낯선 계집아이가 나를 바라보고 있었다. 모든 것이 정적에 휩싸인 가운데 공포에 질린 두 눈만이 빛을 발하며 움직이고 있는 것이, 베시가 말해준 옛날이야기 속에 나오는, 반은 요정이고 반은 악마인 유령 같았다.

나는 공포감에 사로잡혔지만 내 피는 아직 뜨거웠다. 내 속에서는 반항심에 사로잡힌 노예의 증오심이 불타고 있었다. 존 리드가 부렸던 온갖 포악한 행패들, 그 누이들이 보인 오만한 쌀쌀함, 그들의 어머니가 내게 노골적으로 드러내는 혐오감, 집안 모든 하인의 편파적 태도 등이 마치 물속에 가라앉아 있다가 표면으로 떠오른 침전물처럼 생생하게 떠올랐다.

'왜 나만 매일 힘들어해야 하지? 왜 나만 매일 야단맞고, 욕먹고, 벌 받는 거지? 왜들 다 나를 마음에 들어하지 않는 거지?

왜 귀여움을 받으려고 애써도 소용이 없는 거지? 일라이저는 고집불통에 이기적인데도 존중받고, 조지아나는 버릇도 없고 질투쟁이인데다가 건방진데도 모두 귀여워하잖아. 존이 비둘기의 목을 비틀거나 공작 새끼를 죽여도, 귀중한 나무 꽃봉오리를 마구 따내도 아무도 뭐라고 그러지 않잖아. 그런데 나는 이게 뭐야? 나는 감히 잘못을 저지를 엄두도 못 내고 온종일 해야 할 일을 힘들여 해내는데도 늘 버릇없고 귀찮고 통명스러운 아이라는 타박만 받고 지내잖아.'

내 마음속에 결의 비슷한 것이 생겼다. 그날 벌어진 모든 일에 자극되어 나는 어린애답지 않게 속으로 절규를 토했다.

'이대로는 안 돼! 뭔가 해야 해. 여기서 도망가거나 밥을 안 먹고 굶어 죽거나 해야 해!'

하지만 그런 용기는 곧 꺾이고 말았다.

'굶어 죽어? 그건 죄악이잖아. 내가 죽을 준비나 되어 있나? 게다가 성당 아래 지하 납골당이 마음에 드는 곳도 아니잖아. 거긴 좀 무서워.'

그 생각을 하다보니 문득 그 지하 묘지에 외삼촌 리드 씨가 묻혀 있다는 데 생각이 미쳤다. 외삼촌에 대해 아는 건 하나도 없었다. 다만 내가 고아가 되었을 때 나를 이리로 데려왔다는 것, 임종하면서 부인에게 나를 친자식처럼 맡아 키우라고 했다는 것만은 알고 있었다.

그러자 전에 하지 못했던 한 가지 생각이 불현듯 내게 떠올랐다. 외삼촌이 살아 있었다면 분명 내게 따뜻하게 대해주었으리라는 것을 나는 한 번도 의심해본 적이 없었다. 그러자 외삼촌의 망령이 이 방에 와 있을지도 모른다는 생각이 들었다.

'그래, 이렇게 핍박받고 있는 나를 도와주기 위해, 부당한 사람들을 벌주기 위해 이곳에 와 있을 거야.'

그 생각은 내게 위안이 되기도 했지만 동시에 무섭기도 했다. 그때였다. 뭔가 불빛 한 점이 벽 위에서 반짝 빛났다. 이리저리 움직이는 게 분명 달빛은 아니었다. 지금 생각해보면 분명 정원에서 누군가 들고 있던 램프 불빛임이 틀림없었지만 어린 내게는 분명 저승에서 찾아온 유령이었다.

내 심장이 빠르게 뛰기 시작했고 머리가 달아올랐다. 이어서 가슴이 답답해지고 숨이 막혔다. 나는 더 이상 참고 견딜 수 없어서 문 쪽으로 달려가 비명을 지르며 필사적으로 잠긴 문을 흔들었다. 잠시 후 복도에서 발소리가 들리더니 열쇠 돌리는 소리가 났고 문이 열렸다. 베시와 애벗이었다.

그들을 보자 내가 소리를 질렀다.

"여기서 내보내줘! 내 방으로 데려가달란 말이야!"

베시가 물었다.

"아니 왜 그렇게 끔찍하게 소리를 지르는 거예요? 왜요? 어디 다쳤어요? 뭔가 보기라고 했어요?"

"그래, 빛이 보였어! 유령이 나왔단 말이야!"

그러자 애벗이 말했다.

"흥, 일부러 소리 지른 게 틀림없어. 우리를 부르려고 잔꾀를 부린 거야."

그때 거만한 목소리가 들렸다.

"도대체 웬 소동이야?"

리드 부인의 목소리였다. 그녀가 이어서 말했다.

"베시, 애벗, 내가 올 때까지 제인을 붉은 방에 가둬두라고 했을 텐데."

그러자 베시가 변명했다.

"그게 아니라, 제인 아가씨가 너무 비명을 질러서 이렇게 됐습니다, 마님."

"애들이 술수를 부리는 건 질색이야! 넌 앞으로 한 시간 더 이 방에 있어야 한다."

내가 매달리듯 그녀에게 사정했다.

"외숙모, 제발! 제발, 용서해주세요. 다른 벌은 뭐든지 받겠어요. 전 죽을지도 몰라요, 만약⋯⋯."

"입 닥치지 못해! 그런 짓거리는 이제 정말 지긋지긋하다."

외숙모는 정말 그렇게 느꼈을 것이다. 그녀가 보기엔 내가 조숙한 여배우 같았을 것이다. 그녀에게 나는 표독스러운 성격에 천박한 근성과 이중인격이 마구 뒤섞인 위험한 존재로 보였을 것이다.

베시와 애벗이 사라지자 리드 부인은 미친 듯 괴로워하며 흐느끼는 나를 방 안으로 떠밀어 넣고는 문을 잠가버렸다. 그러고는 곧바로 사라졌다. 이후 나는 아마 의식을 잃었던 것 같다. 그 후의 일이 하나도 생각나지 않는다.

제3장

　　　　정신을 차리자 마치 악몽에서 깨어난 것 같은 기분이었다. 나는 내 침대에 누워 있었다. 밤이었고 탁자 위에는 초 한 자루가 타고 있었다. 베시가 대야를 든 채 침대 발치에 서 있고 웬 낯선 이가 내 머리맡 의자에 앉아 나를 내려다보고 있었다.

　게이츠헤드 장에 살지 않는 낯선 사람이 곁에 있다는 사실에 이루 말할 수 없는 안도감을 느꼈다. 눈을 돌려 그 사람의 얼굴을 찬찬히 살펴보았다. 내가 아는 사람이었다. 하인들이 병이 나면 외숙모가 부르곤 하던 약제사 로이드 씨였다. 그녀는 자기가 아프거나 아이들이 병에 걸리면 의사를 불렀다.

　그가 내게 물었다.

"왜 이렇게 병이 난 거지?"

그러자 옆에 있던 베시가 나 대신 말했다.

"넘어져서 그렇게 됐어요."

나는 그 말을 듣고 자존심이 상해서 말했다. 내가 한두 살인가! 넘어져서 정신을 잃다니!

"나는 얻어맞고 쓰러진 거예요. 하지만 그것 때문에 아픈 건 아녜요."

그때 하인들의 식사 시간이 되었음을 알리는 종이 울렸고 베시는 방에서 나갔다. 단둘이 남게 되자 로이드 씨가 내게 다시 물었다.

"넘어져서 그런 게 아니라 이거지? 그렇다면 왜 아픈지 말해줄래?"

"유령이 나오는 방에 갇혀 있었어요. 깜깜한 밤이 될 때까지요. 돌아가신 외삼촌 유령이 그 붉은 방에서 나와요."

그러자 로이드 씨가 웃으면서 동시에 얼굴을 찌푸렸다.

"그것 때문에 아픈 거야? 다른 건 없어?"

아, 그 질문에 충분히 대답할 수 있었다면! 내가 느끼고 있던 것을 제대로 표현할 수만 있었다면! 하지만 나는 아직 어렸다. 겨우 이렇게 대답했을 뿐이었다.

"내게는 아버지도 엄마도 없고 언니, 오빠, 동생도 없어요."

"하지만 너를 잘 대해주는 외숙모와 사촌들이 있잖아."

나는 약간 주저하며 힘들게 말했다.

"나를 때린 게 바로 존이에요. 외숙모가 날 그 방에 가뒀고요."

그가 잠시 생각에 잠기더니 말했다.

"그러면 외숙모 말고 다른 친척은 없니?"

"없는 것 같아요. 한번 외숙모에게 물어봤더니 에어라는 성 (姓)을 가진 친가 쪽 친척이 있을지도 모른다고 했어요. 하지만 집안이 천하고 가난하다는 것밖엔 모른다고 했어요. 거지 같은 친척이라고 했어요. 나는 거지가 되고 싶지는 않아요."

그러자 그가 불쑥 말했다.

"그렇다면 너 학교에 가고 싶지는 않니?"

나는 곰곰이 생각해보았다. 학교가 어떤 곳인지 나는 거의 알지 못했다. 베시의 말에 따르면 여자아이들이 굴레를 쓴 채 로봇처럼 얌전히 있어야 하는 곳이 학교라고 했다. 존 리드는 학교를 무지무지 싫어했고 자기 선생님 욕을 했지만 그가 기준이 될 수는 없었다.

그때 내게 이런 생각이 떠올랐다.

'그래, 학교가 어떤 곳인지는 잘 모르겠지만 어쨌든 모든 게 확 바뀌겠지. 긴 여행 같은 것일 테고, 게이츠헤드 사람들과 결별할 수 있게 될 거야. 새롭게 살아갈 수 있게 될 거야.'

나는 다시 한 번 곰곰 생각한 끝에 로이드 씨에게 대답했다.

"정말로 학교에 가고 싶어요."

그러자 로이드 씨가 자리에서 일어나며 말했다.

"그래, 앞으로 어떤 일이 벌어질지 누가 알겠니?"

그러면서 그가 혼잣말을 했다.

"이 애에게는 환경을 바꿔줄 필요가 있어. 심리 상태가 정상이 아니야."

그때 베시가 방으로 들어왔고 마당 자갈길에서 마차 소리가 들렸다. 로이드 씨가 베시에게 물었다.

"베시, 마님이 돌아오신 건가? 마님에게 할 말이 좀 있어."

그날 로이드 씨는 외숙모에게 나를 학교에 보내자고 제안했고 그 제안은 즉시 받아들여졌음이 틀림없었다. 바로 그날 밤, 아이들 방에서 바느질하고 있던 베시와 애벗이 내가 잠든 줄 알고 나눈 대화를 들었던 것이다.

애벗이 말했다.

"마님 말씀이 이런 못된 아이를 안 보게 돼서 너무 잘됐다고 하셨어요."

그녀는 내가 잠든 줄 알고 나에 관한 이야기를 계속했고 나는 생전 처음 나의 부모님에 관한 이야기를 듣게 되었다. 애벗 말에 따르면 나의 아버지는 가난한 성직자였다. 어머니는 신분이 안 맞는다는 주변의 반대를 무릅쓰고 아버지와 결혼하셨다. 몹시 노한 외할아버지는 딸에게 단 한 푼도 주지 않은 채 쫓아내셨다. 결혼한 지 1년 후에 아버지는 가난한 사람들을 방문했다가 당시 유행하던 티푸스병에 걸려 돌아가셨고 어머니도 그 병에 전염되어 한 달 후에 돌아가셨다는 것이다.

에벗의 이야기가 끝나자 베시가 말했다.

"가엾은 제인 아가씨! 정말 불쌍해!"

이 집안에서 그래도 베시만이 내심 내 편을 들어주고 있었다. 그러자 애벗이 말했다.

"그럴지도 모르죠. 하지만 좀 예쁘기만 했어도 사람들이 불쌍해했을 거예요. 하지만 저렇게 두꺼비처럼 못생긴 아이를 누가 염려해주겠어요?"

제4장

　　나는 내가 학교에 가게 되기를, 그래서 내 삶에 변화가 오기를 막연히 기다리며 똑같은 나날을 보내고 있었다. 일라이저와 존과 조지아나는 여전히 나를 괴롭혔고, 나는 지지 않고 그들에게 대들었으며 그럴 때마다 외숙모에게 야단을 맞았고 베시의 훈계를 들었다. 그녀의 훈계를 들으며 나는 양갓집 아이 중에 가장 성질 못된 고약한 아이라고 스스로도 믿게 되었다.

　그렇게 11월, 12월, 그리고 1월의 절반이 지나갔다.

　1월 15일 오전 9시쯤이었다. 베시가 계단을 뛰어올라 아이들 방으로 황급히 들어오며 내게 말했다.

　"제인 아가씨, 어서 에이프런을 벗어요. 세수는 했어요?"

나는 창가에 서서 새들에게 먹이를 주기 위해 에이프런을 하고 있었다. 나는 창문을 닫으며 그녀에게 대답하려 했다. 하지만 대답할 필요도 없었다. 그녀는 너무 급했는지 내 대답도 기다리지 않고 나를 세면대로 끌고 가더니, 인정사정없이 내 얼굴을 씻기기 시작했다. 그리고 억센 빗으로 내 머리를 빗기더니 에이프런을 벗겼다.

그런 후 그녀는 나를 계단 쪽으로 데려가더니 식당에서 누군가 나를 기다리고 있으니 얼른 내려가보라고 했다. 누가 나를 기다리고 있느냐고 물어보려 했지만 베시는 이미 가버린 후였다. 나는 천천히 계단을 내려갔다. 외숙모는 지난 석 달 동안 나를 부른 적이 없었다. 나는 그동안 애들 방에 거의 갇히다시피 지냈기에 내게 아래층 식당이나 거실은 들어가기 두려운 곳이었다.

문이 열리자 무언가 검은 기둥 같은 것이 내 시야를 가로막았다. 양탄자 위에 검은 옷을 입은 채 똑바로 서 있는 사람의 실루엣이 적어도 처음에는 그렇게 보였다. 리드 부인은 평소처럼 난롯가에 앉아 있었다. 그녀는 내게 다가오라고 손짓하더니 석상 같은 그 사람에게 말했다.

"얘가 말씀드린 아이입니다."

그는 천천히 나를 향하여 고개를 돌리더니 마치 심문이라도 하듯이 나를 뚫어지게 바라보았다. 텁수룩한 눈썹 아래 회색 눈이 마치 나를 꿰뚫듯이 반짝이고 있었다.

그가 나에게 단도직입적으로 물었다.

"제인 에어, 넌 착한 애니?"

나는 그렇다고 대답할 수 없어 아무 말도 없이 있었다. 적어도 내 주변 사람들은 아무도 그렇게 생각하지 않으니 도리가 없었다. 외숙모가 나 대신 대답해주었다.

"그 이야기는 더 이상 하지 않는 게 나을 겁니다, 브로클허스트 선생님."

"거참 유감이로군요. 제가 잠시 이 꼬마 아가씨와 이야기를 나누어야겠습니다."

그는 외숙모 옆 안락의자에 몸을 묻더니 나에게 가까이 오라고 말했다.

나는 앞으로 걸어갔다. 그의 얼굴이 바로 내 코앞에 있었다. 오, 얼마나 큰 얼굴인가! 코는 또 얼마나 크며 그 입은! 오, 너무나 큰 그 뻐드렁니!

"심술궂은 아이를 만난다는 것처럼 마음이 아픈 건 없어. 게다가 계집아이라니! 너 심술궂은 애들이 죽은 후에 어디로 가는지 아니?"

나는 조금도 망설이지 않고 정답을 말했다.

"지옥이요."

"지옥이 어떤 곳이지?"

"불꽃이 이글거리는 구덩이지요."

"그래, 거기 빠져서 영원히 불에 타고 싶니?"

"아뇨."

"그렇게 되지 않으려면 어떻게 해야 하는지 알고 있겠지?"

나는 잠시 생각에 잠긴 후 대답했다. 그가 문제 삼을 만한 대답이었다.

"건강을 유지해서 죽지 않으면 됩니다."

그러자 그가 즉각 내게 말했다.

"너보다 어린 애들이 매일 죽는다. 얼마 전에도 다섯 살짜리 사내아이를 내가 땅에 묻었지. 그 애는 착해서 그 애 영혼은 천국에 갔다. 네가 지금 그 애랑 똑같은 일을 겪더라도 네 영혼이 천국에 갔다고 말할 사람은 없을걸."

나는 그의 발에 눈을 고정한 채 한숨을 쉴 수밖에 없었다. 어디론가 멀리 가버리고만 싶었다. 그러자 그가 기회를 놓치지 않고 말했다.

"네 마음에서 나온 한숨이기를 바란다. 그리고 네게 은혜를 베풀어주신 은인께 매일 걱정을 끼쳐드린 걸 반성해야 한다."

나는 속으로 생각했다.

'외숙모가 은인이라고! 그렇다면 은인이란 건 나쁜 사람을 말하는 거네.'

그때 내 귀에 외숙모의 말소리가 들렸다.

"선생님, 3주 전에 보내드린 「편지」에서 이 아이는 제가 원하는 성격이나 기질을 전혀 갖고 있지 않다고 말씀드렸지요? 저 애가 로우드 학교에 입학하게 되면 선생님들이 저 애를 잘 감시하시도록 부탁하고 싶어요. 특히 남을 잘 속이는 게 저 애의 가장 큰 결점이랍니다."

그러더니 그녀는 나를 보고 말했다.

"제인, 내가 이 말을 하는 건, 네가 브로클허스트 선생님까지 속이는 짓을 하지 않게 하기 위해서다."

낯선 사람 앞에서 나를 그렇게 비난하다니! 어린 나이에도 나는 크게 상처를 입었다. 그것은 마치 내가 새롭게 맞이할 세계에서도 희망을 품을 수 없다는 선언과도 같았다.

브로클허스트 씨가 외숙모의 말을 받았다.

"어린아이가 남을 속이려 하다니 정말 걱정스럽군요. 저 애를 잘 감시하겠다고 약속드리지요. 템플 선생과 다른 선생님들에게도 말해놓겠습니다."

그러자 나의 은인께서 그의 말을 받았다.

"저 애에게 알맞게 교육을 해주시기 바랍니다. 겸손하고 쓸모 있는 애로 만들어주세요. 선생님께서 괜찮으시다면 방학 때도 학교에 머물게 해주세요. 이른 시일 내에 아이를 학교로 보내겠어요. 제가 맡고 있던 너무나 귀찮은 의무에서 한시라도 빨리 벗어나고 싶거든요."

브로클허스트 씨는 외숙모에게 예를 다해 인사한 후 그곳을 떠났고 응접실에는 나와 외숙모만 남았다.

둘 다 아무 말 없는 가운데 몇 분이 흘렀다. 그녀는 바느질하고 있었고 나는 그녀를 새삼 유심히 살펴보았다. 서른여섯이나 서른일곱쯤 되었을 그녀는 튼튼한 체격이었으며 통통하게 살이 올라 있었다. 도무지 병이라고는 근처에는 얼씬도 못할 것 같은 강건한 외모로, 집안 하인들과 소작인들을 완전히 장악하고 있었다. 오직 아이들만 가끔 엄마의 권위를 무시했을 뿐 그녀는 그녀 주변의 모든 사람에게 군림했다. 그녀의 모습을 바라보면서 어린 내 마음은 부글부글 끓었다. 조금 전에 나를 두

제4장

고 그녀와 브로클허스트 씨 사이에 오간 말들이 한 마디 한 마디 내 가슴을 찔렀다.

내가 여전히 거기 서 있는 것을 본 그녀가 바느질을 멈추고 나를 보며 명령조로 말했다.

"이제 그만 애들 방으로 가보거라."

그녀의 말에 짜증이 배어 있었다. 나는 무언가 말을 해야 했다. 그렇게 짓밟혀왔으니 앙갚음을 해야 했다. 하지만 어떻게? 적과 맞설 힘이 과연 내게 있는 것일까? 잠시 고개를 숙이고 가만히 있다가 나는 온 힘을 다해 그녀에게 내뱉었다.

"나는 남들을 속이는 애가 아니에요. 내가 그런 아이였다면 외숙모를 좋아한다고 말했을 거예요. 하지만 나는 존을 빼놓고는 외숙모가 이 세상에서 제일 싫어요. 외숙모가 나랑 한 핏줄이 아니어서 다행이에요. 내가 어른이 되면 결코 외숙모를 보러 오지 않을 거예요. 누군가 내게 외숙모를 좋아하느냐고, 외숙모가 내게 잘해주었느냐고 물으면 생각만 해도 메스껍다고, 내게 정말 가혹했다고 말할 거예요. 사람들은 외숙모가 제 은인이라고 말하지만 외숙모는 인정머리라고는 없는 사람이에요. 남들을 속이는 사람은 외숙모예요!"

그렇게 속에 있는 말을 쏟아내자 내 영혼 속에 이제까지는 맛보지 못했던 해방감과 승리감이 부풀어 올랐고 나는 거기에 취했다. 마치 나를 옥죄고 있던 눈에 보이지 않는 결박이 갑자기 풀리며 자유로워진 기분이었다.

갑자기 터져 나온 내 항변에 외숙모는 놀라다 못해 겁에 질린 것 같았다. 그녀의 무릎에서 바느질감이 흘러내려 바닥에 떨어졌다. 그녀는 양손을 들어 올리고 몸을 좌우로 흔들었다. 마치 울음이라도 곧 터질 것처럼 얼굴을 잔뜩 찌푸렸다.

그녀가 더듬더듬 말했다.

"제인, 도대체 왜 그러는 거니? 왜 그렇게 몸을 떨고 있는 거야? 나는 네 친구가 되고 싶을 뿐인데."

아마 지금까지 그녀 입에서 나온 말 중에 가장 다정한 말이었을 것이다. 하지만 나는 조금도 흔들리지 않았다.

"저는 외숙모와 친구가 되고 싶은 생각 전혀 없어요. 브로클허스트 씨에게 제가 아주 못된 애라고 말씀하셨죠? 제가 남들을 속이는 애라고 말씀하셨죠? 전 남들을 속일 생각 없어요. 외숙모가 아주 못된 사람이라고 정직하게 말할 거예요."

그녀가 다시 부드러운 목소리로 말했다.

"제인, 넌 잘못 알고 있는 거야. 어린아이들의 결점은 고쳐야만 하는 거야. 그건 아직 네가 어려서 몰라."

그러자 나는 소리를 질렀다.

"제 결점이요? 남을 속이는 결점은 제게 없어요! 저를 빨리 학교에 보내줘요. 저는 이 집이 싫어요!"

그러자 외숙모는 "나도 정말 너를 한시라도 빨리 거기 보내고 싶단다"라고 혼잣말하듯 중얼거리더니 바느질감을 챙겨 황급히 방에서 나갔다.

나는 전쟁터의 승리자가 되어 홀로 남았다. 지금까지 결코 치러본 적이 없던 격렬한 싸움이었으며 처음 거둔 승리였다. 나는 얼굴에 웃음을 띤 채 의기양양했다. 하지만 승리감은 곧 수그러들었다. 어린아이들은 어른들에게 대들거나 속에서 치솟는 화를 마구 뿜어낸 후에는 결국 후회에 사로잡히게 되어 있는 법이다. 나는 반 시간 정도 거기 홀로 서 있었다. 곧 내가 어떤 미친 짓을 했는지 깨닫기 시작했고, 내가 외숙모를 미워하고 있는 만큼 그녀도 나를 미워하고 있다는 내 처지를 생각하고 슬퍼지기 시작했다.

나는 난생처음으로 복수의 맛을 보았다. 마치 향기로운 포도주처럼 입 안에 흘려 넣는 맛이 달콤하기 그지없었다. 그러나 그 뒷맛은 마치 쇠붙이나 뭔가 썩은 것을 입에 넣은 것 같았고 독극물을 마신 것 같았다. 나는 당장에라도 외숙모에게 달려가 잘못했다고 빌고 싶었다. 하지만 만일 그렇게 된다면 그녀가 나를 전보다 곱절 이상 미워하고 냉대하리라는 것을 본능적으로 알고 있었다.

나는 얼마 후 식당 문을 열고 밖으로 나왔다. 숲은 아직 정적에 싸여 있었으며 사방 천지에 서리가 내려 있었다. 쓸쓸한 기분에 젖어 아무도 없는 숲을 거닐었다. 몹시 어두컴컴한 날이었다.

그때였다. 나를 부르는 낭랑한 목소리가 들렸다.

"제인 아가씨, 어디 있어요. 점심 먹어야지요."

베시였다. 그녀의 목소리를 듣고도 내가 제자리에 꼼짝 않고 있자 그녀가 잰걸음으로 내게 다가와서 말했다.

"이런 말썽꾸러기 아가씨 같으니라고! 제인 아가씨, 왜 불러도 오지 않아요?"

베시는 평소와 마찬가지로 내게 성질을 부리고 있었지만, 그녀가 나타나니 비로소 우울했던 생각에서 벗어나 기분이 좀 밝아졌다. 나는 그녀의 목을 두 팔로 감싸며 말했다.

"베시, 그렇게 야단치지 마."

전에는 해본 적이 없는 솔직하고 대담한 행동이었다. 베시는 그런 내 행동이 싫지 않은 것 같았다. 그녀가 나를 내려다보며 말했다.

"제인 아가씨는 정말 이상한 사람이야. 곧 학교로 간다지요? 그런데 베시랑 헤어지는 게 슬프지도 않아요?"

"언제 내 생각해주기나 했어? 매일 야단만 쳤으면서……."

"이런 바보! 암튼, 아가씨가 부당한 대우를 받은 건 사실이죠. 자, 좋은 소식이 있어요. 오늘 오후에 마님과 아가씨들과 존 도련님이 외출한대요. 제인 아가씨는 나랑 차를 마셔요. 요리사에게 과자를 구워달라고 할게요. 그런 후 함께 아가씨 장롱 서랍을 정리해요. 아가씨의 여행 가방을 빨리 챙겨야 해요. 마님께서 하루나 이틀 내로 게이츠헤드 장에서 아가씨를 내보내실 거래요."

"베시, 내가 떠날 때까지는 나를 절대로 야단치지 않겠다고 약속해줘."

"그럼, 약속하고말고요. 그 대신 얌전해야 해요. 그리고 제발 나를 무서워하지 마세요. 그게 나를 화나게 한다니까. 세상 어디를 가더라도 당당해야 해요."

그녀가 몸을 숙이자 우리는 서로 끌어안고 입맞춤을 했다. 나는 흐뭇한 기분으로 집 안으로 들어갔다. 그날 오후는 정답고 평화로운 가운데 지나갔다. 밤이 되자 베시는 정말 재미있는 이야기를 몇 개 해주었고 굉장히 듣기 좋은 노래를 불러주었다. 나 같은 사람의 삶에도 따사로운 햇볕이 비추고 있었다.

제5장

1월 19일 아침 5시에 베시가 촛불을 들고 내 방으로 왔다. 나는 이미 준비를 다 마치고 있었다. 그 날 아침 6시에 나는 게이츠헤드 장 문지기의 집 앞을 지나는 역마차를 타고 게이츠헤드 장을 떠나기로 되어 있었다.

베시가 내게 따뜻한 아침 식사를 차려주었지만, 여행을 앞두고 흥분해 있던 나는 우유 한 모금도 넘기지 못했다. 그녀는 여행 중에 먹으라며 비스킷을 종이에 싸서 가방에 넣어주었다. 전날 저녁 외숙모가 아침에 깨우지 말고 그냥 떠나라고 했기에 아무에게도 작별 인사를 하지 않은 채 게이츠헤드 장을 나섰다. 나는 게이츠헤드를 향해, "게이츠헤드야, 안녕!"이라고 말했다.

달은 지고 사방은 칠흑같이 어두웠다. 베시가 들고 있는 랜턴 불빛만이 우리가 걸어가는 계단과 자갈길을 비추고 있을 뿐이었다. 눈이 녹아 땅은 질퍽질퍽했다. 너무 추운 겨울 날씨여서 바쁜 걸음으로 마당 자갈길을 걸어가는 동안 이빨이 딱딱 맞부딪혔다.

얼마 후 문지기 집의 불빛이 보였다. 전날 갖다 놓은 내 트렁크는 끈에 묶여 문 앞에 놓여 있었다. 6시가 되기 3분 전이었고 이윽고 정확히 6시가 되자 역마차가 도착했다. 마부는 트렁크를 마차 안에 던져 넣은 후 베시의 목에 매달린 나를 떼어냈다. 내가 마차에 오르자 문이 쾅 닫히고 이윽고 마차는 출발했다. 이리하여 나는 베시와, 게이츠헤드와 헤어지고 미지의 신비스러운 나라로 향했다.

그 여행에 대해서는 거의 기억나는 것이 없다. 다만 도저히 끝이 날 것 같지 않을 만큼 긴 하루였다는 것, 여러 마을을 지났다는 것만 어렴풋이 기억날 뿐이다. 그 여행 도중 내내 아무것도 먹지 못했다. 도중에 어느 여관인가에 내려 승객들이 모두 점심을 들었을 때도 나는 아무것도 입에 넣지 못했다.

어느덧 황혼이 찾아오고 덜컹거리는 마차 바퀴 소리와 바람

소리를 자장가 삼아 설핏 잠이 들었을 때였다. 마차가 갑자기 멈추었고 나는 잠에서 깨어났다. 마차 문이 열리자 하녀처럼 보이는 여자가 문 앞에 서서 마차 안을 향해 외쳤다.

"여기 제인 에어라는 여자아이 없어요?"

내가 "저예요"라고 대답하자 사람들이 마차에서 나와 트렁크를 내려주었고 마차는 곧바로 떠났다.

온종일 먹은 것도 없는데다 날씨가 추워 몸이 덜덜 떨려왔다. 칠흑같이 어두웠지만 눈앞에 건물들이 보였다. 우리는 열린 대문을 통해 안으로 들어갔고 하녀가 난롯불이 피워져 있는 방에 나를 혼자 두고 나갔다. 게이츠헤드의 응접실만큼 화려하지는 않았지만 아늑한 방이었다. 주위를 둘러보았다. 벽에 걸린 그림의 주제가 무엇일까, 이리저리 궁리하고 있었다. 그때 방문이 열리고 한 사람이 등불을 들고 들어왔고 또 다른 사람이 그 뒤를 따랐다.

먼저 들어온 사람은 키가 컸고 검은 머리에 검은 눈을 하고 있었으며 이마는 창백하고 넓었다. 나이는 채 서른이 되지 않은 것 같았고 뒤따라온 여자는 그보다 젊어 보였다. 먼저 들어온 여자가 나를 보더니 말했다.

"혼자 여행하기에는 너무 어린아이네. 고단하겠어. 밀러 선생님, 아이를 재우기 전에 먼저 뭐 좀 먹이세요."

그녀는 집게손가락으로 내 뺨을 가볍게 건드렸다. 그 후 나를 밀러 선생님에게 맡겼고 나는 밀러 선생님과 응접실에서 나왔다. 나중에 알게 된 일이지만 밀러 선생님은 그 학교의 보조 교사였다.

우리는 그 복잡한 건물의 수많은 방과 복도를 따라 걸었다. 모든 것이 정적에 싸여 있는 건물을 지나자 갑자기 수많은 웅성거림이 내 귀에 들려왔다. 우리는 곧 길고 커다란 방에 들어 갔다. 교실이었다. 교실 양쪽 끝에 커다란 전나무 탁자 두 개가 놓여 있고 그 위에 각각 두 자루의 촛불이 밝게 타오르고 있었 다. 그리고 교실 안 의자에는 열 살에서 스무 살 사이의 여자아 이들이 앉아 있었다. 희미한 불빛에 보자니 셀 수도 없이 어마 어마한 수의 학생들이 교실 안에 있는 것 같았지만 실제로는 80명 정도였다. 그녀들은 모두 질이 안 좋은 천으로 된 이상한 옷을 모두 똑같이 입고 있었으며 긴 에이프런을 두르고 있었 다. 공부 시간이었던지 내일 배울 과목을 열심히 외우고들 있 었는데, 내가 들은 웅성거림이 바로 그 소리였다.

밀러 선생님이 내게 문 가까이 있는 의자에 앉으라고 한 후 그 긴 교실 맨 앞에 서서 큰 소리로 외쳤다.

"반장들, 책을 치우고 저녁 식사 쟁반을 들고 와!"

그러자 키 큰 네 명의 학생들이 일어나 밖으로 나가더니 잠시 후 쟁반을 하나씩 들고 들어왔다. 쟁반 위에는 뭔지 모를 음식물이 담겨 있었고 그 한가운데에는 물이 가득 들어 있는 주전자와 물 잔이 놓여 있었다. 곧 음식물이 학생들에게 차례로 돌아갔고 원하는 사람은 물을 마셨다. 내 차례가 되었지만 나는 물만 조금 마셨을 뿐 음식에는 손을 대지 않았다. 긴장과 피로 때문에 도저히 식욕이 나지 않았다. 쟁반이 가까이 왔을 때 보니 음식물은 귀리로 만든 빵을 얇게 썬 것이었다.

식사가 끝나자 밀러 선생님은 기도했고 잠시 후 학생들은 모두 위층 침실로 올라갔다. 너무 피곤해서 침실이 어떻게 생겼는지 살펴볼 기운이 없었지만, 교실처럼 길다는 것만은 알 수 있었다. 그날 밤 나는 밀러 선생님과 한 침대에서 잤다. 침대에 누워 둘러보니 각각의 침대에는 두 명의 학생들이 누워 있었다. 얼마 후 불이 꺼졌고 완벽한 정적과 어둠 속에서 잠에 빠져들었다.

나는 꿈도 꾸지 않고 곤하게 잠을 잤다. 다시 눈을 떴을 때는 종이 요란하게 울리고 학생들은 자리에서 일어나 옷을 입고 있었다. 아직 동이 트려면 멀었기에 방에는 촛불이 밝혀져 있었다. 겨우겨우 자리에서 일어나 옷을 입었다. 대야가 여섯 사람당 하나씩이었기에 꽤 오래 기다려서야 세수를 할 수 있었다.

곧 두 번째 종이 울렸다. 우리는 모두 줄을 지어 교실로 들어갔다. 교실로 들어가자 밀러 선생님이 기도문을 낭송한 후 큰 소리로 말했다.

"자, 학급별로 줄을 서도록!"

얼마 동안 소란이 일었고 학생들은 네 개의 탁자 곁에 놓인 네 개의 의자 앞에 각각 정렬했다. 이어서 다시 종이 울리자 세 명의 부인이 방으로 들어오더니 각기 자기 테이블 앞 의자에 앉았다. 밀러 선생님은 그 네 그룹 중 가장 문가에 가까운 자리에 앉았다. 그 테이블에는 가장 나이 어린 아이들이 모여 있었고 나도 그 학급 제일 끝자리를 배정받았다.

수업이 시작되었다. 그날의 일일 기도문을 낭송한 후『성경』몇몇 구절을 낭송했다. 그런 다음 계속『성경』읽기가 이어졌다. 그렇게 수업은 한 시간 이상 계속되었다. 수업이 끝나자 날이 밝았다. 지칠 줄 모르는 종소리가 네 번째 울리자 학생들은 줄을 지어 아침 식사를 하기 위해 식당으로 갔다. 나는 '이제 뭔가 먹게 되었구나' 하는 생각에 너무 기뻤다. 전날 아무것도 먹지 못해서 하늘이 노랗게 보일 지경이었으니 당연했다.

식당은 천장이 낮고 음침한 방이었다. 두 개의 긴 식탁 위에 김이 모락모락 피어오르는 큰 그릇이 놓여 있었다. 오오, 하지만 그 냄새란! 식욕을 돋우는 냄새가 아니라 있던 식욕마저 눌러버리는 역한 냄새였다. 나만 그 냄새에 이상한 반응을 보인 것이 아니었다. 식당에 들어선 학생들은 그 냄새를 맡고는 "지겨워! 죽을 또 태웠나봐!"라고 툴툴거렸다.

너무 배가 고파 쓰러질 지경이었던 나는 배급받은 음식을 허겁지겁 두어 숟가락 퍼먹었다. 맛이고 뭐고 없었다. 하지만 쓰리던 허기가 어느 정도 가시자 구역질 나는 음식이 내 앞에 놓여 있다는 걸 깨달았다. 타버린 죽에서는 썩은 감자 냄새 같은 악취가 났다. 제아무리 굶주린 귀신이라도 고개를 절레절레 흔들 판이었다. 모든 학생이 느린 동작으로 그나마 억지로 입에 넣으려고 애쓰는 게 보였다. 하지만 허사였다.

그렇게 아무도 아침 식사를 하지 않은, 허울뿐인 아침 식사가 끝났다. 학생들은 먹지도 않은 아침 식사에 대한 감사 기도를 하고 찬송가를 부른 다음 식당을 나섰다. 맨 뒤에 있던 나는 식당에 함께 있던 선생님 중 한 분이 "정말 지독해! 어떻게 이런 음식을 먹일 수 있지!"라고 낮게 속삭이는 소리를 분명히 들을 수 있었다.

수업이 시작되기 전에 15분간의 자유 시간이 있었다. 교실에서 큰 소리로 떠드는 게 유일하게 허용되는 때였다. 학생들은 너나없이 아침 식사에 대해 불평을 늘어놓고 호되게 욕설을 해댔다. 그것만이 유일한 위안인 것 같았다. 교실 안에는 밀러 선생님 혼자 계셨고 용감한 아이들은 선생님 주변에서 자신들의 불만을 털어놓고 있었다. 학생들 입에서 브로클허스트 씨 이름이 나오는 것을 분명히 들을 수 있었다. 그 이름이 나오자 밀러 선생님은 그렇지 않다는 듯 고개를 가로저었다. 하지만 그녀 역시 화가 나 있다는 것은 누구나 알 수 있었다.

이윽고 교실에 걸린 시계가 9시를 알리자 교실 안은 조용해졌다. 선생님들이 들어와 각자 자기 자리에 자리를 잡았다. 긴 의자에 정렬해 앉은 80명의 학생은 몸을 꼿꼿이 세운 채 꼼짝도 않고 앉아 있었다. 다들 그 누군가를 기다리고 있는 것 같았다. 나는 그저 어리둥절한 채 이리저리 고개만 돌리고 있었다. 그때 모든 학생이 일제히 자리에서 일어났다가 다시 제자리에 앉았다. 학생들의 시선은 모두 한곳을 향하고 있었다. 나도 그들 시선을 따라가보니 어느새 교실에 어제 나를 맞았던 여자가 들어와 있다는 것을 알 수 있었다.

밀러 선생님이 그녀 곁으로 가서 뭔가 물어보자 그녀가 대답했다. 그녀의 대답을 들은 밀러 선생님은 다시 제자리로 와서 큰 소리로 말했다.

"1반 반장, 가서 지구의를 가져와."

반장이 지구의를 가지러 간 사이 밀러 선생님에게 지시를 내렸던 선생님이 천천히 교실 중앙으로 왔다. 나중에 알게 된 사실이지만 그녀는 이 학교 교장 선생님이신 미스 마리아 템플 선생님이었다.

어제와 달리 밝은 빛 아래에서 보니 키가 컸고 체격도 균형이 잡혀 있었으며 아름다웠다. 그리고 그녀의 갈색 눈에는 인자한 기운이 서려 있었다. 얼굴빛은 다소 창백했지만 깨끗했으며 당당한 태도에 우아한 몸가짐을 하고 있었다.

그날 그녀는 탁자 위에 두 개의 지구의를 놓고 상급반인 1반 학생들에게 수업을 했고 나는 제일 하급반에서 역사, 문법, 작문, 산수 등의 수업을 받았다. 템플 선생님은 나이 많은 학생들에게 음악도 가르쳤다. 이윽고 시계가 12시를 알리자 수업이 끝났고 템플 선생님이 자리에서 일어나 전 학생들을 앞에 두고 말했다.

"여러분에게 할 말이 있어요. 오늘 아침에 도저히 먹을 수 없는 아침 식사를 했지요? 모두 배가 고플 거예요. 내가 여러분 모두에게 빵과 치즈를 주라고 지시했어요."

선생님들은 모두 놀란 눈으로 템플 선생님을 바라보았다. 그러자 템플 선생님은 그들의 의도를 알아채고 자신의 행동을 설명하려는 것처럼 선생님들에게 덧붙였다.

"모두 내가 책임질 거예요."

말을 마친 그녀는 교실을 나갔다. 곧이어 빵과 치즈가 교실로 옮겨졌고 우리는 허기진 배를 채워 상했던 기분을 회복했다.

잠시 후 모두 교정으로 나가라는 명령에 우리는 밖으로 나갔다. 학생들은 모두 끼리끼리 모여 뛰놀았지만 나는 혼자였다. 아직까지 나는 그 누구에게도 말을 붙이지 않았고 그 누구도 내게 주의를 기울이지 않았다. 나는 혼자였지만 그런 일에는 익숙해서 별로 어색하거나 우울하지는 않았다. 나는 베란다 기둥에 홀로 기대 선 채 회색 외투를 감싸 추위를 막으며 주위를 둘러보았다.

학교 건물들은 반은 낡은 것이고 반은 새로 지은 것이었다. 신축 교사 출입구로 눈길을 돌리니 거기 새겨진 글귀가 눈에 들어왔다.

로우드 인스티튜션. 이곳은 서기 ****년 브로클허스트 장의 나오미 브로클허스트 씨에 의해 개축되었음.

너희도 이처럼 너희의 빛이 사람들 앞에 비치게 하여 그들로 하여금 너희의 착한 행실을 보고 하늘에 계신 너희 아버지께 영광을 돌리게 하라.(「마태복음」5장 16절)

그 글을 읽은 후 인스티튜션이라는 게 무슨 뜻일까 곰곰 생각해보았다. 하지만 알 수 없었다. 게다가 앞의 글귀와 뒤의 『성경』 말씀이 어떻게 연결될 수 있는지도 알 수 없었다. 누군가의 설명이 필요했다. 그때 바로 뒤에서 기침 소리가 들려 뒤를 돌아보았다.

한 소녀가 근처의 돌로 된 벤치에 앉아 있는 것이 보였다. 소녀는 책을 손에 들고 몸을 굽힌 채 열심히 읽고 있었다. 책장을 넘기면서 그 애가 고개를 들었고 그 틈을 이용해 말을 걸었다.

"저 돌 위에 새겨져 있는 말이 무슨 뜻인지 알려줄래? 로우드 인스티튜션이라는 게 무슨 뜻이야?"

그 애가 책에서 눈을 떼고 내게 말했다.

"우리가 있는 학교를 말하는 거야. 이 학교는 자선 학교야.

너랑 나랑, 여기 있는 모든 학생은 자선 보호 아이들이야. 너, 여기 온 걸 보니 분명 고아지? 아버지나 엄마가 안 계시지?"

"응, 두 분 다 내가 아주 어릴 때 돌아가셨어."

"여기 있는 애들 전부 부모 중 한 명은 안 계셔. 고아들을 교육하는 곳이니까 학교라는 이름 대신 인스티튜션이라고 하는 거야."

"그럼 우리는 돈도 안 내는 거야? 그냥 재워주고 먹여주는 거야?"

"조금 내긴 해. 1년에 15파운드씩. 우리 친척들이 돈을 내주는 거야."

"그런데 왜 자선 학교야? 돈을 내잖아."

"그걸로는 많이 모자라니까. 모자라는 건 기부금으로 충당하는 거야. 자선 기부금."

"나오미 브로클허스트는 누구야?"

"이 건물 신축 교사를 지으신 부인이야. 지금은 그분 아들이 이곳을 감독하고 관리하셔."

"그럼 우리에게 빵과 치즈를 주신 선생님이 관리하시는 게 아니네."

"템플 선생님? 아니야. 그분이 책임자이시면 좋게? 모든 걸

다 브로클허스트 씨에게 보고해야 해. 우리가 먹고 입는 거 전부 다."

"브로클허스트 씨도 여기 사셔?"

"아니, 여기서 2마일 떨어진 곳에 있는 큰 저택에 사셔. 신부님이야."

"빵하고 치즈 주신 분이 템플 선생님이라고 했지? 그럼 다른 선생님들은?"

"뺨이 붉은 선생님은 스미스 선생님이야. 재봉 담당이야. 우리가 입을 옷은 다 그 선생님이 재단해주셔. 머리가 검은 조그만 선생님은 스캐처드 선생님이야. 역사와 문법을 가르쳐주셔. 숄을 두른 선생님은 마담 피에로. 프랑스 릴 출신인데 프랑스어 담당이셔. 다 좋은 분들이야."

"너 여기 온 지 오래됐어?"

"2년."

"행복해?"

"넌 정말 별걸 다 묻는구나. 그만 대답하고 책이나 더 볼래."

잠시 후 점심시간이 되었음을 알리는 종이 울렸다. 점심도 아침과 별로 다를 게 없었다. 불량 감자와 종류를 알 수 없는 썩은 고기가 뒤섞인 정체불명의 요리였다. 나는 억지로 먹을 만큼 입에 쑤셔 넣으면서 앞으로도 계속 이런 것들만 먹게 되면 어쩌나 걱정을 했다.

점심 후 우리는 오후 5시까지 수업을 받았다. 그리고 간식으로 커피 한 잔과 검은 빵 한 조각이 나왔다. 나는 빵과 커피를 허겁지겁 먹고 마셨다. 하지만 여전히 배가 고팠다. 반 시간 정도 쉰 후 다시 수업이 이어졌다. 수업 끝에 물 한 잔과 귀리 케이크 한 조각이 나왔으며, 이어서 기도 낭송이 있었고 곧바로 취침 시간이 되었다. 이렇게 로우드에서의 나의 첫째 날이 끝났다.

제6장

다음 날도 어제와 똑같이 일과가 시작되었다. 우리는 자리를 털고 일어나 희미한 촛불에 의지해 옷을 입었다. 하지만 세수 의식은 건너뛸 수밖에 없었다. 날이 너무 추워서 물 주전자의 물이 얼어붙은 것이다.

장장 한 시간 반의 기도와 『성경』 낭독이 끝나기도 전에 나는 당장에라도 얼어 죽을 것 같았다. 그날 나는 정식으로 4반에 편입되어 내가 해야 할 과제를 받았다. 이제까지 나는 로우드에서 일종의 방관자였지만 이제 정식으로 연기해야 할 배우가 된 셈이었다. 나는 이제까지 그 무언가를 암기하는 데 익숙하지 않았기 때문에 처음에는 모든 게 어렵고 지루했다. 과목이 계속 바뀌는 것에도 당황할 수밖에 없었다. 그래서 오후 3시쯤 스미스 선생님이 2야드 길이의 모슬린 천과 바늘, 골무 등을 주면서 교실 한편에서 가장자리를 마무리하라고 지시하자 나는 너무 기뻤다.

그 시각에는 스캐처드 선생님 주변에 모여서 읽기 수업을 받는 학생들 몇몇을 제외하고는 거의 모든 학생이 바느질을 했다. 스캐처드 선생님 주변 학생들 가운데는 어제 베란다에서 만나서 이야기를 나눈 아이도 있었다. 수업이 시작되었을 때 그 애는 맨 앞줄에 있었다. 하지만 발음에 실수했는지 곧 맨 뒷줄로 쫓겨났다. 그 애를 그렇게 구석진 곳으로 쫓아낸 후에도 스캐처드 선생님은 계속 그 애를 주목했다.

"번스(그게 그 애의 성(姓)인 것 같았다. 로우드에서는 여학생들을 부를 때 다른 학교 남학생들처럼 이름 대신 성으로 불렀다), 왜 그렇게 보기 싫게 턱을 내밀고 있는 거냐? 얼른 집어넣지 못해!"

"번스, 얼른 머리를 똑바로 쳐들지 못해!"

"이 더러운 것! 오늘 아침 손톱 손질을 안 했구나!"

내가 보기에 번스는 자기 차례가 되면 제대로 대답을 잘했다. 그런데도 스캐처드 선생님은 계속해서 그 애에게 잔소리를 했다. 하지만 그 애는 잔소리에 대해 아무런 대꾸도 하지 않았다. 나는 '아니, 물이 꽁꽁 얼어붙어서 세수도 못 했다고 왜 대답을 안 하는 거지?'라고 속으로 생각했다.

그때 스미스 선생님이 실타래를 감으면서 그 끝을 잡아달라고 내게 말했다. 그러면서 내게 이런저런 말을 시켰기에 더 이상 스캐처드 선생님 쪽을 바라볼 수 없었다. 실타래 감기가 끝나고 다시 내 자리로 돌아와 그쪽을 보니 스캐처드 선생님이 번스에게 뭔가 지시를 하고 있었다. 그러자 번스는 곧바로 교실 밖으로 나가더니 잠시 후 돌아왔다. 그 애의 손에는 끝이 묶여 있는 회초리가 들려 있었다.

번스는 그 무서운 도구를 공손히 선생님에게 내밀더니 시키지도 않았는데 스스로 에이프런을 풀었다. 스캐처드 선생님은 즉시 회초리를 들고 그 애의 목을 십여 차례 때렸다. 번스의 눈에서는 눈물 한 방울 나오지 않았다. 매질 장면을 보고 있자니 내 안에서 분노가 치밀어 손이 떨렸다. 하지만 우수에 젖은 듯한 번스의 표정에는 아무 변화가 없었다.

"독한 것! 네 그 칠칠치 못한 버릇은 정말 어떻게 해야 고칠 거냐!"

스캐처드 선생님이 고함을 지르며 회초리를 도로 갖다 놓으라고 하자 번스는 고분고분 지시대로 했다. 그 애가 손수건을 주머니에 넣는 게 보였고 나는 그 애의 삐쩍 마른 뺨 위에 눈물 자국이 번득이는 걸 볼 수 있었다.

저녁에 잠깐 주어지는 휴식 시간이 하루 중 가장 즐거운 때였다. 불그스름하게 황혼이 깃든 가운데 아이들이 허락을 받고 내는 소음, 아이들의 떠들썩한 목소리가 느긋한 해방감을 느끼게 해주었다.

스캐처드 선생님이 번스에게 체벌을 가한 그날도 나는 여느 때와 다름없이 혼자 책상 사이, 아이들 사이를 이리저리 돌아다녔다. 그러다가 나는 난롯가로 가서 철망 옆에 앉았다. 그때 조용히 혼자 그곳에 앉아 책을 읽고 있는 번스가 눈에 띄었다.

나는 그 애 곁으로 다가가며 말했다.

"너 성 말고 이름이 뭐니?"

"헬렌이야."

"너 로우드를 떠나고 싶겠다. 스캐처드 선생님이 너를 너무 심하게 대하잖아."

"심하다고? 아냐, 엄격하신 거야. 단지 내 결점을 싫어하시는 거야."

"나라면 그 선생님을 싫어하겠다. 나는 반항했을 거야. 그 회초리로 나를 때리면 나는 그걸 뺏어서 선생님 코앞에서 분질러버릴 거야."

"설마 그러려고. 네가 만일 그러면 브로클허스트 씨가 너를 학교에서 내쫓을 거야. 그러면 네 가족이 얼마나 슬퍼하겠니. 그냥 자기 혼자 힘든 걸 참고 견디는 게 나아. 생각 없이 아무렇게나 행동해서 가족들에게 해를 끼치는 건 옳지 않은 일이야. 『성경』에도 있지 않니? 악을 행하는 자에게 선으로 보답하라고. 그리스도께서도 말씀하셨잖아. '네 원수를 사랑하라. 너를 저주한 자에게 축복을 내려라. 너를 미워하고 너를 업신여기는 자에게 선을 행하라'.(「마태복음」 5장 44절)"

그녀의 말을 듣자 곧바로 내가 떠나온 게이츠헤드 장의 사람들이 떠올랐다. 나는 헬렌에게 말했다.

"헬렌, 네 말대로라면 나는 내 외숙모를 사랑해야겠네. 난 못해! 외숙모하고 존 같은 사람들에게 축복을 내리라고? 그건 말도 안 돼!"

이번에는 헬렌이 내게 무슨 소리인지 설명을 해달라고 했다. 나는 그 애에게 모든 것을 다 이야기해주었고 그 애는 참을성 있게 내 이야기를 다 들어주었다. 나는 그동안 내가 겪었던 고통과 분노에 관해 이야기를 하면서 마치 그 일이 지금 눈앞에서 벌어지고 있는 것처럼 흥분했다. 나는 사납게, 그리고 모질

게, 내가 느끼고 있는 것을 가차 없이 내뱉었다.

이야기를 끝내고 나는 헬렌이 뭐라고 한마디 해주리라 기대했다. 하지만 그 애는 아무 말도 없었다. 내가 참지 못하고 소리쳤다.

"자, 맞지? 외숙모는 인정머리도 없는 나쁜 여자 맞지?"

그러자 헬렌이 내게 말했다.

"그래, 네 외숙모가 네게 친절하지 않았다는 건 확실해. 하지만 그건 스캐처드 선생님이 내가 지닌 결점을 싫어하는 것하고 똑같아. 내게는 결점이 많아. 제대로 물건을 정리하지 못하고 주의도 산만해. 수업 시간에 다른 책을 읽기도 해. 스캐처드 선생님은 그런 나를 싫어하시는 거지, 학생들을 전부 싫어하시는 게 아니야. 외숙모가 너를 그렇게 대한 것도 마찬가지일 거야. 그녀가 싫어하는 결점을 네가 지닌 거지. 그런데 외숙모가 너를 그렇게 매정하게 대한 게 네 가슴에는 정말 깊은 상처를 주었구나! 난 누구에겐가 아무리 구박을 받아도 내 마음에 아무런 흔적도 남지 않아. 내 가슴에 증오를 키우기에는 우리 인생이 너무 짧다고 생각해. 나는 우리가 이 육체라는 껍질을 벗어버릴 날, 그래서 우리 생명과 생각의 정수인 영혼의 불꽃만이 남게 될 날이 반드시 오리라고 믿어. 그 영혼의 불꽃은 창조주께서 피조물들에 생명을 불어넣으실 때처럼 순수한 거야."

이야기를 마치자 평소에도 앞으로 수그러져 있던 헬렌의 머리가 더 숙여졌다. 나는 그 애가 더 이상 이야기를 하고 싶은 생각이 없음을, 자기만의 생각에 잠기고 싶어한다는 것을 알았다. 하지만 헬렌은 잠시도 명상에 잠길 수 없었다. 갑자기 반장이 나타나 소리를 질렀다.

"헬렌 번스, 당장 가서 서랍을 정돈하고 바느질감도 잘 개켜 놔. 안 그러면 스캐처드 선생님께 검사해보라고 할 거야!"

헬렌은 마치 자신의 몽상이 사라지는 것을 아쉽게 바라보듯 눈길을 위로 하더니 한숨을 내쉬었다. 그러고는 아무 말 없이 몸을 일으켜 즉각 반장의 명령을 따랐다.

제7장

그렇게 나는 결코 즐겁다고 할 수 없는 로우드 학교에서의 첫 학기를 보냈다. 새로운 규칙과 익숙하지 않은 공부에 적응하느라 늘 초긴장 상태였고 추위와 배고픔 등 육체적 고통도 가볍게 볼 만한 것은 아니었다.

로우드 학교에 브로클허스트 씨가 방문한 것은 내가 이곳에 온 지 3주가 지났을 때였다. 나는 그의 방문을 두려워했고 그 두려움에는 근거가 있었다. 그리고 내 우려가 현실로 나타났다.

어느 날 오후, 내가 석판을 손에 들고 어려운 나눗셈 문제를 푸느라 골치를 썩고 있을 때였다. 문득 고개를 들어 창밖을 보니 키 큰 사람 한 명이 지나가는 모습이 보였다. 나는 직감적으로 그가 누구인지 알 수 있었다.

2~3분 후 선생님들과 학생들이 모두 기립했고 그가 들어섰다. 템플 선생님 곁에 우뚝 서 있는 그 사람은 저 게이츠헤드 장의 양탄자 위에서 매정한 눈길로 나를 바라보던 바로 그 기둥이었다. 나는 두려움에 몸을 떨었다. 그는 내가 남을 속이는 아이, 성질이 못된 아이라는 사실을 선생님과 주변 사람들에게 알리겠다고 분명히 말했었다.

'아아, 그렇게 된다면 내게는 영영 못된 아이라는 낙인이 찍히게 될 거야.'

그렇다. 내게 낙인을 찍을 사람이 드디어 나타난 것이다.

학생들이 자리에 앉자 그는 템플 선생님 옆에 서서 뭔가 낮은 목소리로 속삭였다. 나의 못된 짓을 일러바치고 있음이 틀림없었다. 나는 온 신경을 그에게 집중했다. 나는 교실 맨 앞에 앉아 있었기에 그가 템플 선생님에게 하는 말을 거의 다 들을 수 있었다. 그런데 그 내용이 나를 그 두려움에서 해방시켜주었다.

그는 학생들의 옷가지, 뜨개질감 등 수업에 쓰이는 물품 등을 절약해서 쓰라고 시시콜콜 지적한 후에 템플 선생님에게 말했다.

"내가 깜짝 놀란 일이 있어서 말씀드려야겠소. 가사 담당하는 이와 함께 출납계를 정산하다보니 점심으로 빵과 치즈를 보름 동안에 두 번이나 학생들에게 주었더군요. 아무리 규칙을 뒤져봐도 그런 규정은 없던데…… 도대체 누가 그런 개혁을 단행한 겁니까?"

"제 책임입니다. 아침 식사가 너무 형편없어서 학생들이 먹을 수 없었습니다. 저녁때까지 학생들을 굶길 수 없어서 제가 지시한 겁니다."

그러자 브로클허스트 씨가 일장 연설을 했다.

"교장 선생, 잠깐 제 얘기 좀 들어보시지요. 이 아이들을 키우면서 내 교육 방침이 사치와 방종을 길러주는 데 있지 않다는 것은 잘 알고 있지요? 고통을 참고 이겨내는 아이들로 키우고 싶단 말입니다. 고기가 상했다거나 소스의 간이 안 맞는다거나, 음식에 사소한 불만이 생기더라도 그걸 참고 견디게 해줘야지 입에 맞는 다른 음식으로 그 불만을 해소해주면 안 된다 이겁니다. 현명한 선생님이라면 그런 사소한 사건들을, 초기 기독교인들이 얼마나 힘든 수난을 견디고 이겨냈는지 가르치는 기회로 삼을 겁니다. 템플 선생, 선생이 저 학생들에게 준 빵과 치즈는 저들의 비천한 몸뚱이, 그 껍질에 준 양분에 불과합니다. 대신 저 불멸의 영혼을 굶주리게 한 거지요."

제7장

그는 잠시 말을 멈추었다. 아마 자신이 말한 내용에 스스로 감동한 모양이었다. 하지만 템플 선생님의 얼굴은 대리석처럼 단단하고 차가웠다. 선생님은 입을 굳게 다문 채 똑바로 앞을 바라보고 있었다.

이어서 브로클허스트 씨는 학생들의 머리 모양을 지적하며 또다시 육신의 욕망에 사로잡히지 말고 절제와 근엄으로 몸을 가꾸어야 한다고 일장 연설을 했다. 그는 일장 연설에 그친 게 아니라 땋아 늘인 머리를 모두 잘라버리라고 엄명을 내렸다. 학생들은 모두 브로클허스트 씨가 보지 못하는 사이 입을 삐죽 내밀었다.

그때까지 나는 브로클허스트 씨와 템플 선생님의 대화에 귀를 기울이면서 내 개인의 안전을 도모하기 위해 최대한 조심하고 있었다. 그의 눈에 띄지만 않는다면 무사히 넘어갈 수 있을 것 같아 나는 산수 계산에 몰두해 있는 척 석판을 들고 얼굴을 가리고 있었다. 그러나 아뿔싸, 너무 조심해서인지 석판이 나를 배반했다. 석판이 바닥에 떨어져 요란한 소리를 내며 깨져버린 것이다. 순간 교실 안의 모든 시선이 내게로 향했다. 나는 최악의 사태를 예감하며 온 힘을 모으고 있었다. 드디어 그 최악의 사태가 벌어졌다.

내 얼굴을 본 브로클허스트 씨가 말했다.

"아하, 내가 저 애를 잊고 있었군. 석판을 깨뜨린 아이를 앞으로 나오라고 해요. 그리고 걸상 하나를 앞으로 가져와."

그의 명령에 반장이 걸상을 앞으로 가져왔다. 나는 그 자리에서 꼼짝도 할 수 없었다. 그러자 템플 선생님이 내 곁으로 오더니 속삭였다.

"겁먹을 것 없어, 제인. 일부러 그런 것도 아니잖아. 벌을 받을 일도 아니야."

선생님의 그 정겨운 말씀이 내 가슴에 비수가 되어 꽂혔다.

'아아, 1분 뒤면 선생님은 나를 나쁜 애라고 생각하실 거야. 내가 일부러 그랬다고 하실 거야.'

선생님의 부축을 받아 내가 앞으로 나가자 브로클허스트 씨가 말했다.

"이 아이를 거기 올려 세워놓아요."

나는 누가 나를 거기에 올려놓았는지도 몰랐다. 정신이 하나도 없었다. 다만 잠시 후 브로클허스트 씨의 코가 바로 내 눈앞에 있다는 것만 알아차릴 수 있을 뿐이었다.

검은 대리석 같은 목사가 말을 이었다.

"여러분, 이 아이를 보세요. 겉모습은 여러분과 같습니다. 그런데 이 아이는 바로 사악한 악마의 심부름꾼입니다. 여러분에게 경고를 해주는 게 나의 의무입니다. 하나님의 어린양일 수도 있었던 이 아이는 신에게서 버림받은 아이입니다. 여러분, 이 아이를 경계하세요. 이 아이를 닮지 않으려 애쓰세요. 이 아이와 사귀지도 말고, 함께 놀아주지도 마세요. 대화에 끼어주지도 마세요. 그리고 선생님들, 이 아이를 감시하세요. 이 아이의 행동에서 눈을 떼지 마세요. 이 아이의 말을 주시하고, 행동을 꼼꼼히 살피세요. 그리고 필요한 경우에는 이 아이의 영혼을 구하기 위해 그 육신에 벌을 주세요. 이 아이는, 이 아이는 바로 '거짓말쟁이'이기 때문입니다. 나는 그 사실을 이 아이의 은인에게 듣고서 알게 되었습니다. 고아인 이 아이를 데려다가 자신의 딸처럼 키운 그 자비롭고 경건한 부인에게서 들은 것입니다. 이 불행한 아이는 그 부인의 친절한 은혜를 지극히 사악한 배은망덕으로 갚았습니다. 그래서 그 고결한 보호자는 이 아이를 자신의 착한 아이들과 떼어놓을 수밖에 없었습니다. 저 애의 사악한 말과 행동에 맑고 순수한 아이들의 마음이 오염될까봐 두려웠던 것입니다. 부인은 저 아이의 영혼을 치료해달라고 저 애를 이곳에 보낸 것입니다."

이렇듯 숭고한 결론을 내린 후에 그는 문 쪽으로 걸어갔다.

그러나 나의 심판관은 밖으로 나가기 전, 문 앞에 멈춰 서더니 말했다.

"그 애를 그렇게 걸상 위에 30분 이상 세워놓으세요. 온종일 그 애에게 말을 걸면 안 돼요."

나는 그렇게 치욕의 걸상 위에 선 채 모든 사람의 주목을 받았다. 교실 한가운데 맨발로 서 있는 벌조차 치욕스러워서 받을 수 없다고 장담했던 내가!

당시 내가 어떤 심정이었는지는 말로 표현할 수가 없다. 그저 숨이 막히고 가슴이 메어왔을 뿐이다. 그때 한 여학생이 내 곁을 지나가면서 내게 눈길을 주었다. 오, 그녀의 눈은 얼마나 신비로운 광채로 반짝이고 있었던가! 얼마나 묘한 감동을 내게 주었던가! 그녀가 내게 준 그 눈길, 그녀의 눈길이 준 감동이 내게 얼마나 큰 버틸 힘을 주었던가!

그 눈길을 받고 나는 당당한 자세로 걸상 위에 섰다. 그녀는 바로 헬렌 번스였다. 내 곁을 지나가는 그녀의 팔에 '칠칠치 못한 학생'이라는 표지가 달려 있었다. 그녀는 그런 표지를 달고 있으면서도 마치 천사에게서 나오는 것과 같은 지혜와 용기를 담은 미소를 짓고 있었다.

제8장

　　미처 30분이 지나기도 전에 5시를 알리는 종이 울렸고 수업이 끝났다. 모두 나를 두고 차를 마시러 식당으로 갔기에 나는 과감하게 걸상에서 내려왔다. 이미 날은 어두워져 있었다. 나는 구석으로 가서 바닥에 주저앉았다.

　그동안 나를 지탱하고 있었던 모든 마법이 사라져버렸고 나는 바닥에 쓰러져 울었다. 로우드에 오면서 좋은 아이가 되리라, 뭐든 열심히 하리라 결심했었다. 친구도 많이 사귀고 존중받는 아이가 되리라, 친구들에게서 사랑을 받으리라 결심했었다. 그리고 이제 그것이 이루어지고 있었다. 바로 그날 아침 나는 학급에서 일등을 한 것이다. 밀러 선생님이 나를 칭찬해주셨고 템플 선생님도 내게 미소를 지어주셨다. 템플 선생님은 조금 더 열심히 하면 그림과 프랑스어도 가르쳐주겠다고 약속하셨다.

그런데 다시 땅에 내동댕이쳐진 채 발길에 짓밟힌 것이다. 내가 과연 다시 일어설 수 있을까?

'아냐, 다시는 일어설 수 없을 거야'라는 생각에 나는 죽고만 싶어졌다. 절망감에 빠져 훌쩍훌쩍 울고 있었다. 그때 누군가가 내게 다가왔다. 헬렌 번스였다. 그녀의 손에는 내 몫의 커피와 빵이 들려 있었다. 그녀가 내게 먹어보라고 빵을 건넸지만 도저히 입에 넣을 생각이 없어 옆으로 밀어놓았다. 나는 한참을 더 울었고 헬렌은 아무 말 없이 내 곁에 있었다.

내가 헬렌에게 물었다.

"헬렌, 너는 왜 모든 사람이 '거짓말쟁이'라고 생각하는 애 곁에 있는 거니?"

"모든 사람이라고, 제인? 네가 거짓말쟁이라는 소리를 들은 사람은 겨우 80명밖에 안 돼. 이 세상에는 수억 명의 사람들이 살고 있어."

"내가 모르는 수억 명이 무슨 상관이야? 내가 알고 있는 80명이 나를 경멸하는데……."

"제인, 네가 잘못 알고 있는 거야. 그 80명 중 너를 경멸하거나 미워하는 사람은 아무도 없어. 오히려 그들 모두 너를 동정할걸. 내가 장담할 수 있어. 브로클허스트 씨는 신이 아니야. 게다가 존경받는 사람도 아니야. 이곳 사람들은 거의 모두 그를 싫어해. 만일 그가 너를 특별히 귀여워했다면 오히려 많은 사람이 너를 미워했을 거야. 아까 그런 일이 벌어졌으니 모두 속으로는 너를 동정하고 있을 거야. 할 수만 있다면 네게 다정하게 대하고 싶어할걸. 그리고 정말 모든 사람이 너를 미워하고 너를 나쁜 애라고 생각하더라도 네 양심만 너를 죄가 없다고 인정해주면 네게 친구가 없을 리 없어."

헬렌의 말에 나는 진정이 되었다. 그녀는 말을 끝내자 기침을 했다. 그 기침이 심상치 않아 나는 내 슬픔을 잊어버리고 그녀에 대한 막연한 불안감에 휩싸였다.

그때 또 한 사람이 교실로 들어왔다. 템플 선생님이었다. 그녀가 내게 말했다.

"제인, 일부러 너를 만나려고 온 거란다. 내 방에 가서 이야기 좀 할까? 헬렌도 함께 가자."

우리는 일어나서 교장 선생님 뒤를 따랐다. 복잡한 복도를 몇 개 지나고 계단을 오르자 그녀의 방에 이를 수 있었다. 방은 난롯불이 환하게 타고 있어 무척 밝았다. 템플 선생님은 헬렌을 난롯가 의자에 앉으라고 한 후 나를 선생님 곁에 앉히고는 나를 향해 눈길을 낮추면서 말했다.

"이제 좀 가라앉았니? 실컷 울었으니 좀 나아졌겠지?"

나는 즉시 대답했다.

"결코 그럴 수 없을 것 같아요. 죄도 없으면서 비난을 받았잖아요. 이제 선생님이랑 모두 저를 나쁜 애라고 생각하실 거 아니에요."

"그건 네가 앞으로 어떻게 하느냐에 달려 있단다. 그러니까 지금처럼 계속 착하게 살면 돼. 그러면 나도 기뻐할 거고. 자, 이제 말해보렴. 브로클허스트 씨가 네 은인이라고 말한 부인은 누구니?"

어떤 식으로 말씀을 드려야 할지 정리를 하기 위해 얼마간 뜸을 들였다. 그런 후 내 슬픈 유년기에 대해 모든 것을 선생님께 말씀드렸다. 나는 탈진한 상태였기에 그 슬픈 이야기를 평소보다 훨씬 차분하게 해드릴 수 있었다. 헬렌의 충고대로 분노는 가능한 한 억제하고 상처와 고통에 관한 이야기는 가능한 한 덜 집어넣으려고 애를 썼다.

더 절제된 채 단순하게 이야기를 했기에 내 이야기는 더 신빙성 있게 보였다. 이야기하면서 나는 템플 선생님이 내 이야기를 믿고 있음을 느낄 수 있었다.

이야기 도중에 나는 약제사인 로이드 씨에 대해 간단히 이야기하게 되었다. 붉은 방의 기억을 도저히 잊을 수 없었기에 그의 이름이 나온 것이다. 그의 이름이 나오자 템플 선생님이 잠시 나를 바라보더니 말했다.

"내가 로이드 씨를 좀 안단다. 내가 편지할게. 그의 답장이 네 말과 맞는다면 모든 사람 앞에서 네가 잘못한 게 없다고 발표할 거야. 하지만, 제인. 너는 이미 내게는 결백하단다."

그런 후 그녀는 헬렌을 향해 말했다.

"헬렌, 오늘 밤 몸은 좀 어때? 기침 많이 하지 않았어?"

"별로 많이 하지 않았어요, 선생님."

선생님은 의자에서 몸을 일으키더니 헬렌의 손을 잡고 맥박을 쟀다. 다시 자리로 돌아가 앉을 때 선생님에게서 가만히 한숨 소리가 들렸다. 그러더니 선생님이 갑자기 명랑한 목소리로 말했다.

"그래, 너희 둘은 오늘 저녁 내 손님이야. 손님 대접을 해야겠다."

그 말과 함께 그녀는 벨을 울렸다. 얼마 후 나이 어린 하녀가 들어오자 그녀가 말했다.

"바버라, 나 오늘 아직 차를 마시지 않았어. 이 두 아가씨 찻잔하고 쟁반 좀 갖다줄래?"

하녀는 시키는 대로 했다. 그날 밤 모락모락 피어오르는 차 향기는 그 얼마나 향기로웠던가! 게다가 차와 함께 가져온 토스트에서는 얼마나 구수한 냄새가 났던가! 하지만 토스트의 양이 너무 적었다. 선생님이 다시 벨을 울려 바버라를 불렀다.

"바버라, 빵하고 버터를 좀 더 갖다주지 않을래? 셋이 먹기엔 너무 적어."

그러자 방에서 나갔던 바버라가 다시 돌아와서 말했다.

"선생님, 하든 부인이 평소 분량대로 보내드린 거라고 하던데요."

하든 부인이란 하녀의 우두머리로 이곳 살림을 담당하고 있는 여자였다. 그녀는 브로클허스트 씨의 수족이라고 할 만한 여자였다.

바버라가 방에서 나가자 선생님이 미소를 지으며 말했다.

"다행히 이번에는 내 힘으로 부족한 걸 채울 수 있어."

그녀는 서랍을 열더니 종이로 싼 꾸러미를 꺼냈다. 그 안에는 케이크가 들어 있었다. 선생님이 케이크를 자르며 말했다.

"너희 갈 때 잘라서 나눠주려던 건데, 차와 함께 먹을 토스트가 부족하니 지금 먹으려무나."

그날 마치 우리는 신들의 음식인 암브로시아와 신들의 음료인 넥타를 먹고 마시는 기분이었다. 얼마 후 잠자리에 들 시간이 되었음을 알리는 종이 울렸고 템플 선생님이 우리 둘을 껴안으면서 말했다.

"너희에게 신의 가호가 있기를."

대충 1주일 정도 지난 후에 템플 선생님은 로이드 씨로부터 「편지」를 받고 내 이야기가 모두 사실인 것을 확인할 수 있었다. 선생님은 모든 학생을 모아놓은 가운데 제인 에어가 왜 그렇게 비난을 받았는지 조사해보았다고 말했다. 그리고 나에 대한 모든 오명이 씻겼다는 걸 모두에게 알릴 수 있어 더없이 기쁘다고 말했다. 선생님들은 내게 손을 내밀며 입맞춤을 해주었고 친구들 사이에서도 기쁨의 웅성거림이 들려왔다.

그렇게 해서 무거운 짐에서 벗어나자 나는 어떤 난관이 가로놓이더라도 헤쳐나가리라 결심하고 열심히 공부했다. 나는 힘껏 노력했고 노력에 비례해서 성공도 거두었다. 날 때부터 별로 뛰어나지 못했던 내 기억력은 열심히 연습한 결과 눈에 띄게 좋아졌고 수련에 수련을 거쳐 나의 지력도 가다듬어지는 것 같았다. 2~3주 후에 상급반으로 진급할 수 있었고 로우드에 온 지 두 달도 안 되어 프랑스어와 그림을 배울 수 있다는 허락을 받았다.

"서로 미워하며 살진 암소를 먹는 것보다는 채소를 먹으면서 서로 사랑하는 것이 낫다"고 솔로몬이 말했듯이, 이곳 로우드에서의 궁핍한 생활을 저 게이츠헤드 장의 사치스런 삶과 바꿀 생각은 추호도 없었다.

제9장

4월이 끝나가고 맑고 화사한 5월이 다가오고 있었다. 푸른 하늘과 따사로운 햇살, 부드러운 남풍으로 이어지는 나날들이 5월 한 달을 채워주고 있었다. 로우드 학교 주변은 온통 신록의 빛으로 변해갔으며 뼈만 앙상하던 거대한 느릅나무, 물푸레나무, 참나무에는 장엄한 생명의 기운이 다시 깃들었다. 숲속의 온갖 식물들이 구석구석에서 싹을 틔우고 수많은 이끼가 웅덩이를 온통 뒤덮었으며 풍성하게 피어난 야생 앵초꽃들이 마치 태양처럼 대지를 환히 빛나게 해주었다.

분명히 아름다운 고장이었다. 하지만 이 고장이 건강에 좋은지 어떤지는 별개의 문제였다.

로우드 학교는 언덕과 숲으로 둘러싸인 시냇가 가장자리에 세워져 있었다. 그래서 더욱 주변이 아름다웠다. 하지만 학교가 세워진 숲속 작은 골짜기는 전염병의 온상인 안개가 자주 끼는 곳이기도 했다. 봄이 되자 병균들은 초목과 함께 다시 살아나 우리 학교로 은밀히 스며들었다. 그리고 학생들이 가득 찬 교실과 기숙사에 티푸스균을 흩뿌려, 5월이 채 되기도 전에 학교를 병원으로 바꿔버렸다.

반쯤 굶주린 채 추위에 방치되었기에 대부분의 학생들은 병균에 감염되기 쉬운 상태였다. 80명의 학생 중 45명이 일제히 병으로 쓰러졌다. 수업은 중단되었고 교칙도 느슨해졌다. 다행히 병에 걸리지 않은 학생들에게는 거의 무제한의 자유가 주어졌다. 의사가 건강을 유지하기 위해서는 자주 운동을 할 필요가 있다고 주장한 덕분이었다. 게다가 아무도 학생들을 감시할 겨를이 없었다.

템플 선생님은 온통 환자들에게만 정신이 쏠려서 온종일 병실에서 살다시피 했으며 밤에도 두세 시간 눈을 붙이는 것을 제외하고는 환자들 곁을 떠나지 않았다. 선생님들은 선생님들 나름대로 눈코 뜰 새 없이 바빴다. 이 전염병 소굴에서 자신을 꺼내줄 가족이나 친척을 가진 운 좋은 학생들이 학교를 떠나겠다고 하면 그 애들의 짐을 꾸려 출발 준비를 해주어야 했기 때문이다. 사실상 그 애들 중 다수는 이미 병이 도질 대로 도져서 죽음을 맞이하러 집으로 가는 것에 불과했다. 몇 명은 이미 학교에서 최후를 맞이했고 그 애들은 남몰래 재빨리 매장되었다. 병의 성격상 시간을 지체하는 것은 위험했기 때문이었다.

정말 안된 이야기지만 나는 그 계절을 마음껏 즐겼다. 교정은 죽음의 공포와 병원 냄새로 뒤덮여 있었음에도 화사한 5월은 속절없이 저 담장 밖 숲과 들판에서 그 아름다움을 한껏 뽐내고 있었다. 담장 내 교정 역시 화사한 봄기운이 완연해서 온갖 꽃들이 화려하게 피어났다.

나를 비롯해 병을 이겨낸 학생들은 계절의 아름다움을 만끽했다. 브로클허스트 씨는 학교 근처에는 얼씬도 하지 않았으며 당연히 살림살이를 꼼꼼하게 감시하지도 않았다. 하녀 우두머리 하던 부인도 전염병이 겁나 떠나버렸고 그녀의 후임은 아직 이곳에 익숙하지 않았으며 비교적 너그러운 심성을 지닌 여자였다. 게다가 병으로 앓아누운 아이들이 거의 음식을 입에 댈 수 없었기에 건강한 아이들의 식사는 언제나 푸짐했다. 새로 온 하녀장은 너무 바빠서 정식 식사를 준비하기 어려울 때면 파이 조각이나 치즈 바른 빵을 식사 대신 주기도 했다. 그러면 아이들은 마치 소풍이라도 가는 기분으로 자기가 좋아하는 장소를 찾아 호사스러운 식사를 했다.

나는 그동안 친해진 메리라는 친구와 함께 시냇물 한가운데에 놓인 커다란 돌 위에서, 가끔 있던 그 소풍을 즐기곤 했다. 하지만 그 자리에 헬렌은 없었다.

그녀는 벌써 몇 주 전부터 보이지 않았다. 헬렌은 어디 있었을까? 그렇다. 그녀도 병에 걸렸다. 하지만 그녀가 걸린 병은 티푸스가 아니었다. 그녀는 결핵에 걸려 티푸스에 걸린 환자들과는 따로 떨어진 곳에 있었다. 그녀가 결핵에 걸렸다는 이야기를 듣고도 나는 그다지 심각하게 생각하지 않았다. 결핵이 무서운 병이라는 것을 모르고 있던 나는 시간을 들여 몸조리만 잘하면 쉽게 나을 것으로 생각하고 있었다.

6월 초순 어느 날 저녁, 나는 교정에 있었다. 그때 현관문이 열리는 소리가 들렸고 의사 선생님이신 베이츠 씨가 간호사와 함께 밖으로 나오고 있었다. 베이츠 선생님이 조랑말 위에 오르자 나는 안으로 들어가려는 간호사에게 달려가서 물었다.

"헬렌 번스, 어때요?"

"아주 안 좋아."

"베이츠 선생님이 헬렌을 진찰하고 가신 거지요?"

"맞아."

제9장

"선생님이 뭐라고 말씀하셨어요?"

"여기 있을 날이 그리 길지는 않을 거라고 하셨어."

그 말을 듣고 단번에 깨달았다. '여기'라는 것은 분명 이곳 로우드 학교를 말하는 것이 아니었다. 갑자기 무서워졌다. 슬픔이 북받쳐 올랐고 몸이 떨렸다. 이어서 후회가 밀려왔다. 아무것도 모르고 나는 그동안 어떻게 지냈던가! 나는 그녀가 보고 싶었고 또 보아야만 할 것 같았다. 간호사에게 헬렌이 지금 어디 있느냐고 물었다. 그러자 그녀가 대답했다.

"지금 템플 선생님 방에 있단다."

"제가 거기 가서 헬렌을 만나면 안 돼요?"

"안 돼. 어서 너도 학교 안으로 들어가거라. 이렇게 밤이슬을 맞으면 병에 걸릴지도 몰라."

말을 마친 그녀는 안으로 들어가 문을 닫았다. 나는 옆문을 통해 안으로 들어갔다. 전에도 와본 적이 있었기에 쉽게 템플 선생님 방을 찾을 수 있었다.

방문을 살그머니 열고 방 안을 살펴보았다. 눈으로 헬렌을 찾고 있었지만 혹시 이미 죽어버린 헬렌의 모습을 보게 될까봐 잔뜩 겁을 먹고 있었다.

템플 선생님 침대 바로 곁에 작은 침대 하나가 하얀 커튼에 반쯤 가려진 채 놓여 있었다. 이불 밑에 사람이 누워 있는 것을 알 수 있었지만 얼굴은 커튼 자락에 가려져 보이지 않았다. 템플 선생님의 모습은 보이지 않았다. 나중에 알게 되었지만 선생님은 헛소리하는 티푸스 환자가 있다는 전갈을 받고 그곳에 가 있었다.

나는 살그머니 안으로 들어가 침대 곁으로 가서 커튼 자락을 손으로 잡았다. 하지만 얼굴을 보기 전에 먼저 그녀의 목소리를 듣고 싶었다. 헬렌의 시신이라도 보게 될까봐 겁이 더럭 났기 때문이었다.

내가 낮은 목소리로 속삭였다.

"헬렌, 잠들지 않았니?"

그녀가 몸을 움직이더니 커튼을 젖혔다. 그러자 창백하고 야위긴 했어도 평온하기 그지없는 그녀의 얼굴이 보였다. 그전과 다를 게 하나도 없어서 나를 사로잡고 있던 두려움은 순식간에 사라져버렸다.

그녀가 평소와 다름없이 부드러운 목소리로 말했다.

"어머, 제인이구나."

나는 고개를 숙이고 그녀에게 입맞춤을 해주면서 속으로 생각했다.

'그래, 헬렌은 죽지 않아. 곧 죽을 사람이 어떻게 이렇게 차분할 수 있어.'

그녀의 이마와 뺨이 차가웠고 여위었지만 미소는 전과 다름없었다.

그녀가 내게 말했다.

"내게 작별 인사하러 왔니? 그럼 제때 시간을 잘 맞춰서 온 거야."

"너 어디로 가는데? 집으로 돌아가는 거야?"

"그래 맞아, 집으로 가는 거야. 나의 영원한 집, 내 마지막 집으로."

"안 돼, 안 돼, 헬렌!"

슬픔이 북받쳐 말을 이을 수 없었다. 순간 그녀가 심하게 기침을 했다. 얼마 후 기침이 멎자 그녀가 말했다.

"너 맨발이구나. 여기 누워서 내 이불을 덮어."

나는 그녀가 하자는 대로 했다. 그녀가 한쪽 팔을 내 가슴 위에 올려놓았고 나는 그녀에게 몸을 바짝 붙였다. 얼마간 침묵이 흐른 뒤에 그녀가 낮은 목소리로 내게 말했다.

"제인, 나는 지금 행복해. 내가 죽었다고 사람들이 말하더라도 슬퍼하지 마. 그럴 필요가 하나도 없으니까. 우리는 모두 언젠가는 죽게 되어 있잖아. 게다가 나를 죽음으로 인도하는 이 병은 나를 괴롭히지도 않아. 아주 편안하게 조용히 진행되거든. 내 영혼은 지금 아주 평온해. 내 죽음을 슬퍼해줄 사람도 없어. 아빠가 한 분 계시지만 최근에 재혼하셨어. 그러니 나를 그리워하시지도 않을 거야."

"하지만 헬렌, 너 어디로 가는 거니? 거길 볼 수 있어? 거기가 어딘지 알아?"

"내게는 믿음이 있어. 나는 하나님께 가는 거야. 나는 그분이 선하시다는 걸 믿어. 나는 나를, 내 안에 있는 불멸하는 것을 그분께 다시 돌려드리려는 거야. 하나님은 나의 아버지이시고 친구셔. 나는 하나님을 사랑하고 하나님도 나를 사랑하신다고 믿어."

"헬렌, 내가 죽으면 너를 다시 만날 수 있을까?"

"너도 그 행복의 나라로 오게 될 거야. 사랑하는 제인, 틀림없어!"

나는 다시 한 번 물었다. 그러나 이번에는 속으로 나 혼자 물어본 것이었다.

'그런 나라가 어디 있어? 그런 나라가 있기나 한 거야?'

그러면서 헬렌을 꼭 껴안았다. 그 어느 때보다도 그녀가 더

제9장

소중했다. 그녀를 도저히 떠나보낼 수 없을 것 같았다. 그러자 그녀가 한층 더 다정한 목소리로 말했다.

"아, 너무나 편안해. 이제 곧 잠이 들 것 같아. 제인, 내 곁을 떠나지 마. 너랑 같이 있고 싶어."

그녀와 나는 서로에게 입맞춤을 해주었고 둘이 함께 잠에 빠져들었다.

내가 잠에서 깨어났을 때는 이미 날이 밝아 있었다. 평소와는 뭔가 다른 움직임에 내 눈이 뜨인 것이다. 얼굴을 들어보니 나는 누군가의 팔에 안겨 있었다. 간호사였다. 그녀는 나를 안고 기숙사로 데려가는 중이었다. 그녀는 나를 조금도 꾸중하지 않았으며 내가 아무리 물어도 아무 대답도 해주지 않았다.

하루 이틀 뒤에 들은 이야기에 따르면, 방으로 돌아온 템플 선생님이 한 침대 위에 누워 있는 나와 헬렌을 발견했다고 한다. 나는 헬렌 번스의 어깨에 얼굴을 묻고 팔로 그녀의 목을 두르고 있었다. 나는 그렇게 잠들어 있었고, 헬렌은, 헬렌은…… 죽어 있었다.

제10장

　　　　지금까지 나는 내 보잘것없는 어린 시절 이야기를 시시콜콜 늘어놓았다. 내 유년기 10년의 생활에 대해 그에 거의 맞먹는 장(章)을 할애한 것이다. 하지만 나는 『자서전』을 쓰고 있는 게 아니다. 기억나는 대로 모든 걸 다 써서 독자에게 폐를 끼치고 싶은 생각은 없다. 나는 이후 8년을 훌쩍 뛰어넘을 작정이다. 다만 내 유년 시절과 8년 후의 나를 이어줄 몇 줄의 설명만 덧붙이기로 하자.

　티푸스는 그렇게 수많은 희생자를 낸 후 로우드에서 물러갔다. 하지만 그 덕분에 로우드 학교는 사회의 주목을 받았다. 왜 그 학교에 전염병이 창궐했는지 조사가 이루어졌으며 모든 사람의 분노를 살 만한 갖가지 사실들이 차례차례 밝혀졌다. 학교가 건강에 좋지 못한 곳에 자리 잡고 있다는 사실, 허섭스레기 같은 음식, 위생 상태가 좋지 않은 물, 형편없는 의복과 잠자리 등, 학생들이 열악하기 그지없는 환경에서 지내고 있다는 사실이 낱낱이 밝혀졌다. 브로클허스트 씨로서는 치명적 타격을 입은 셈이었지만 로우드 인스티튜션에는 대단히 유익한 결과를 가져다준 셈이었다.

지역 유지들이 더 좋은 곳에 새로운 시설을 세울 수 있도록 기부를 했고 새로운 규정이 만들어졌으며 식사와 의복 등, 생활환경 개선책이 마련되었다. 학교 기금은 운영위원회에서 관리하게끔 되었고 브로클허스트 씨는 본인의 재물과 가문 덕분에 쫓겨나지 않고 여전히 재정 관리인직을 수행했지만 그 권한은 대폭 축소될 수밖에 없었다. 이처럼 개선된 학교는 진정으로 유익하고 훌륭한 학교로 탈바꿈했다. 학교가 그렇게 탈바꿈을 한 이후에도 나는 그곳에 8년을 머물렀다. 6년간은 학생으로, 나머지 2년은 교사 자격으로.

8년 동안 그곳에서의 내 생활은 단조로웠다. 하지만 나는 무기력하게 지내지 않았고 그렇기에 절대 불행하지 않았다. 얼마되지 않아 나는 그곳 최상급 반에서도 가장 우수한 학생이 되었다. 그런 후 내게 교사직이 주어졌으며 두 해 동안 그 임무를 열심히 수행했다. 그러나 두 번째 해가 끝나갈 무렵 내 심경에 변화가 생겼다.

이런 일들이 일어나는 중에도 템플 선생님은 여전히 학교 교장직을 맡고 계셨다. 내가 쌓아올린 지식은 물론이고 내 삶의 중요한 부분에서 온갖 가르침을 주신 분이 바로 그분이다. 그녀가 내 옆에 있으면서 내게 보내준 애정은 언제나 큰 힘이 되었고 나를 위안해주었다. 그녀는 내게 어머니였으며 가정교사였고, 나중에는 친구가 되었다. 그런데 그런 그녀가 내 곁을 떠났다. 결혼하여 먼 지역으로 가버린 것이다. 그녀의 남편은 목사였으며 어느 모로 보나 그녀에게 딱 어울리는 훌륭한 분이었다. 이제 그녀는 내게서 영영 사라져버렸다.

템플 선생님이 떠난 그날부터 나는 이미 예전의 내가 아니었다. 로우드를 안정된 내 집처럼 생각하던 나, 이곳에서 친밀한 유대감을 느끼던 내가 그녀와 함께 어디론가 떠나버린 것이다. 나는 그녀의 성격과 생활 습관을 많은 부분 내 것으로 받아들여 흡수했다. 그녀에게 배운 덕분에 조화롭게 생각하고 행동할 줄 알게 되었다. 헌신적으로 의무를 다했고 질서에 순응했다. 그러나 선생님이 떠나자 내 안에 들어와 있던 선생님의 모습이 동시에 나를 떠났다. 선생님을 배웅하고 며칠이 지난 후 나는 그것을 홀연 깨달았다.

나는 다시 내 본연의 모습을 되찾았고 해묵은 내 안의 옛 감정들이 꿈틀거리는 것을 느꼈다. 그렇게 차분하게 살아갈 능력이 사라진 것이 아니라 그렇게 살아갈 이유가 더 이상 내게 없다는 것을 깨달은 것이다.

로우드에 온 지 한 세기가 흐른 것 같았지만 그동안 나는 단 한 번도 이곳을 떠난 적이 없었다. 외숙모는 한 번도 게이츠헤드 장으로 나를 부른 적이 없었고 그곳 가족 중 아무도 이곳을 찾아온 사람은 없었다. 나는 바깥세상과 소통한 적도 없었다. 내가 알고 있는 것이라고는 그저 교칙, 교무, 학교의 관습과 정신, 학교에서 매일 보고 듣는 복장과 목소리가 전부였다.

그리고 그 모든 것에 만족하던 내가, 그것만으로는 뭔가 부족하다는 것을 느끼기 시작한 것이다. 나는 자유를 갈망했다. 자유를 갈망하며 거친 숨을 몰아쉬었고 자유를 갈망하며 기도했다. 하지만 내가 진정으로 갈망하는 자유는 산들산들 불어오는 바람을 타고 흩어져버리는 것만 같았다. 나는 곧 그 희망을 버렸다. 그 대신 훨씬 소박한 것을 원했다. 나는 변화를 갈망했다. 그러나 그 애원조차도 허공 속으로 사라지는 것 같았다. 그러자 나는 소리쳤다.

"오오, 내게 최소한 새로운 예속의 삶이라도 주어지기를!"

나는 생각했다.

'그래, 새로운 예속! 거기에도 무엇인가가 있을 거야. 그건 그렇게 달콤하게 나를 유혹하지는 않아. 자유, 기쁨, 환희, 그런 단어들은 너무 달콤해. 하지만 그 단어들은 너무 허망하고 덧없어. 거기에 귀를 기울이는 건 시간 낭비일 뿐이야. 하지만 예속! 그래, 그건 현실이야! 누구나 그 누군가에, 혹은 그 무엇인가에 매어 봉사하는 삶을 살 수 있어. 나는 8년간이나 이곳에 매어 그렇게 살아온 거야. 지금 내가 원하는 건 다른 곳에서 그런 삶을 살겠다는 거야. 새로운 곳, 새로운 집에서, 새로운 얼굴들과 새로운 일들을 만나고 겪으며 살아가겠다는 거야. 엄청나게 큰 걸 원하는 것도 아니잖아.'

결국 나는 새 일자리를 찾아보겠다고 결심하고 주(州) 「헤럴드」지에 광고를 냈다. 광고 내용은 다음과 같았다.

교사직 경험이 있는 젊은 숙녀가 열네 살 미만의 어린아이 가정교사직을 구함. 영어를 비롯하여 프랑스어, 미술, 음악 등을 가르칠 수 있음. 답장은 로턴 우체국 J.E. 앞으로 보내주기 바람.

1주일 후 나는 로턴 우체국에 들러서 답장을 받아볼 수 있었다. 아주 짤막한 내용이었다.

J.E. 양이 광고에 실린 대로 자격을 갖춘 분이라면 일자리를 제공할 수 있음을 알립니다. 학생은 열 살이 채 안된 여자아이 한 명뿐입니다. 연봉은 1년에 30파운드입니다. 신원 증빙 서류, 이름, 주소, 기타 세부 사항들을 '밀코트 인근 손필드 장, 페어팩스 부인' 앞으로 보내주시기 바랍니다.

나는 곧장 떠날 준비를 하기 시작했다. 새로운 교장 선생님은 이곳보다 두 배의 연봉을 받을 수 있는 일자리를 얻었다고 하자 선선히 응낙해주었고 「신원 증명서」도 작성해주었다. 나는 답장에 쓰인 주소로 그곳에서 일하겠다는 응낙의 「편지」와 「증명서」들을 보냈다.

짐은 간단했다. 옷가지도 별로 없었지만 그것으로 충분했다. 떠나기 전날 나는 8년 전 게이츠헤드 장을 떠나올 때 가져왔던 트렁크에 내가 가져갈 짐을 넣었다.

　드디어 출발할 날이 되었다. 나는 미지의 곳에서 나를 기다리고 있는 내 미지의 삶을 향해, 마차에 내 몸을 실었다.

제11장

소설의 새 장(章)은 어떤 면에서는 연극의 새로운 장(場)과 닮은 점이 있다. 독자여, 막이 오르면 당신 눈앞에 밀코트 시에 있는 '조지 왕 여관'의 방 안 풍경이 펼쳐져 있다고 상상하라. 그 방 한가운데에는 난로가 활활 타오르고 그 옆에 외투를 걸친 내가 앉아 있고 탁자 위에는 내 우산과 머플러가 놓여 있다. 나는 10월 추위 속에 열여섯 시간이나 여행했기에 난롯불을 쬐며 냉기를 녹여내고 있다. 로턴을 떠난 게 오후 4시였는데 밀코트 시의 시계는 아침 8시를 가리키고 있다.

독자 여러분에게는 그렇게 불을 쬐고 있는 내 모습이 아주 편안해 보일지도 모른다. 하지만 내 속마음은 그다지 편치 않왔다. 역마차가 이곳에 도착하면 누군가가 나를 기다리고 있으리라고 생각했다. 누군가 내 이름을 불러 나를 찾거나, 혹은 손필드 장으로 나를 데려가기 위해 마차가 대기하고 있기를 기대했다. 하지만 그와 비슷한 것은 전혀 눈에 띄지 않았다.

30분이 지나도록 그 누구도 나를 찾는 사람이 없자 나는 불안해지기 시작했다. 초인종을 눌러 여관 급사를 불러 물었다.

"이 근처에 손필드 장이라는 저택이 있어요?"

그러자 그가 잘 모르겠다고 하더니 프런트에 가서 물어보고 오겠다고 말했다. 잠시 후 다시 돌아온 그가 내게 말했다.

"혹시 성함이 미스 에어 되세요?"

"맞아요."

"방 밖에서 어떤 분이 기다리고 계십니다."

나는 너무도 반가워 우산과 머플러를 집어 들고 서둘러 밖으로 나갔다. 대문 앞에 늙수그레한 남자가 서 있었고 길가에 말 한 마리가 끄는 마차가 서 있었다. 그 사내는 나를 보자, "이게 당신 짐인가요?"라고 퉁명스럽게 말한 후, 입구에 놓여 있던 트렁크를 마차에 실었다. 이어서 내가 마차에 올랐고 그가 마차 문을 닫기 전에 내가 물었다.

"여기서 손필드 장까지는 거리가 얼마예요?"

"6마일가량 됩니다. 한 시간 반 정도 걸릴 겁니다."

그가 마차 문을 닫은 후 마부 자리에 앉아 마차를 몰기 시작했다.

길은 험했고 밤안개가 짙게 깔렸다. 마부는 말을 힘껏 몰지 않았기에 한 시간 반가량 걸린다던 것이 두 시간 이상으로 늘어났다. 마침내 그가 뒤를 돌아보며 말했다.

"이제 거의 다 왔습니다."

10분쯤 지나자 마차가 섰고 마부가 마차에서 내리더니 양쪽으로 열리는 대문을 열었다. 마차가 안으로 들어가자 뒤에서 문이 쾅 소리를 내며 닫혔다. 우리는 천천히 경사진 길을 올라갔고 드디어 저택 건물의 정면에 도착했다. 칠흑같이 어두운 가운데 돌출 창문들 커튼 뒤에서 불빛이 어른거렸다. 마차가 문 앞에 서자 하녀 한 명이 나와 문을 열었고 나는 마차에서 내려 안으로 들어갔다.

나이 어린 하녀가 이끄는 대로 따라가니 그 애가 나를 촛불과 난롯불이 이중으로 밝히고 있는 방으로 안내했다. 매우 안락한 작은 방이었다. 밝게 타오르는 난로 옆에 둥근 테이블이 놓였고 등이 높은 안락의자에 아주 단정하게 차려입은 나이 지긋한 부인이 앉아 있었다. 미망인이 쓰는 모자를 쓰고 검은색 비단 가운에 하얀 모슬린 에이프런을 걸친 모습은 내가 상상했던 페어팩스 부인의 모습 그대로였다. 하지만 생각했던 것보다는 훨씬 덜 위압적이었으며 온화해 보였다.

그녀는 뜨개질을 하고 있었고 발밑에는 고양이가 한 마리 앉아 있었다. 한마디로 이상적인 안락한 가정의 그림에서 무엇 하나 빠지는 게 없었다. 아마도 낯선 곳에서 새로 가정교사 일을 하러 온 사람에게 이보다 더 마음 놓이게 하는 첫 대면 장면은 없을 것이다.

내가 방 안으로 들어서자 그녀는 자리에서 일어서더니 정겹게 나를 맞으며 말했다.

"어땠어요, 선생님? 여행하는 동안 지루했지요? 존이 마차를 여간 느리게 모는 게 아니라서 걱정했어요. 추웠을 거예요. 자, 가까이 와서 불을 쬐도록 해요. 내가 페어팩스예요."

그러더니 그녀는 하녀에게 말했다.

"레아, 가서 데운 포도주하고 샌드위치를 가져와라."

나는 지금까지 받아본 적이 없는 친절한 대접을 받고 당황스러웠다. 게다가 나를 고용한 주인이면서 연장자인 부인이 이런 대접을 해주니 황송하기까지 했다.

나는 하녀가 가져온 차와 샌드위치를 먹으며 그녀에게 공손

제11장

하게 물었다.

"저, 오늘 페어팩스 양을 만날 수 있을까요?"

그러자 그녀가 내게 말했다.

"페어팩스 양이요? 아, 바랑 양 말씀이군요. 앞으로 선생님이 맡아 가르칠 아이 이름이 아델 바랑이랍니다."

"정말이요? 그렇다면 그 애는 부인의 따님이 아니란 말씀인가요?"

"네, 내게는 가족이 없어요."

그렇다면 바랑 양과 그녀가 어떤 인척 관계인지 나는 물어보고 싶었다. 하지만 처음부터 너무 많은 질문을 하는 건 결례라는 생각에 질문을 접었다. '앞으로 차차 알게 되겠지'라고 속으로 생각했다.

그녀는 이 집에 사람이 없어 쓸쓸하던 차에 내가 와서 정말 기쁘고 반갑다고 말한 후 덧붙였다.

"너무 오래 선생님을 붙잡으면 안 되겠지요. 벌써 자정이 가까운데다 온종일 여행을 했으니 고단할 거예요. 바로 내 방 옆에 선생님 방을 마련해놓았어요. 내가 침실로 안내할게요."

그녀가 촛불을 들고 앞장서자 나는 뒤를 따랐다. 우리는 계단을 통해 2층으로 올라갔다. 계단과 복도는 마치 지하실처럼 서늘해서 이 웅장한 저택에 사람들이 살지 않은 채 버려진 것 같은 느낌을 주었다. 그래서 그런지 현대식 가구가 비치된 작고 아늑한 내 방으로 안내받아 들어갔을 때는 너무 안심되고 기뻤다. 나는 너무 피곤했기에 감사 기도를 드린 후 곧바로 달콤한 잠에 빠져들었다.

다음 날 내가 잠에서 깨어났을 때는 이미 날이 훤히 밝아 있었다. 파란색 커튼 사이로 들어온 아침 햇살이 방 안을 환하게 밝혔다. 얼룩지고 지저분한 로우드 학교의 회반죽 벽과는 전혀 다른, 화사한 벽지가 발린 벽, 카펫이 깔린 방바닥이 눈에 들어오자 나는 저절로 기분이 상쾌해졌다. 이제 내 삶에서 가시밭길은 끝나고 기쁨을 누리게 될 새날이 시작되고 있는 것만 같았다. 내가 정확하게 뭘 기대하고 있는지도 모르는 채 막연히 새로운 희망이 솟는 것만 같았다.

내가 가진 보잘것없는 옷 중에서 그래도 가장 나아 보이는 옷을 입고 정성껏 머리를 빗은 후 나는 밖으로 나갔다. 반들거리는 참나무 계단을 내려가 저택의 홀로 갔다. 그곳에 잠시 머물면서 벽에 걸린 그림들과 천장에 걸린 청동 램프, 고풍스러운 시계 등을 감상했다. 모든 것이 장엄하다 못해 위압적이었다. 이때까지 그런 분위기를 전혀 경험하지 못했기에 더욱 위풍당당해 보였다.

문은 열려 있었다. 나는 밖으로 나갔다. 맑게 갠 가을 아침이었다. 나는 잔디밭을 거닐며 저택을 바라보았다. 거대하다고까지는 할 수 없었지만, 꽤 큰 3층 건물이었고 귀족의 성이라기보다는 부르주아 신사의 저택 같았다. 지붕에 총안(銃眼)이 빙 둘러 뚫려 있어서 마치 그림 같은 느낌을 주었다. 잿빛의 정면 뒤로는 숲이 우거지고 까마귀 떼들이 날고 있었다. 까마귀 떼들은 하늘을 날아다니다가 잔디밭과 정원을 지나 광활한 목초지에 내려앉았다. 목초지 뒤로는 거대한 가시 달린 나무들이 울타리처럼 늘어서 있어 손필드(가시 들판)라는 이곳 이름의 유래를 알 수 있었다.

나는 그 고즈넉한 풍경과 쾌적하고 신선한 아침 공기를 만끽하면서 이 저택이 페어팩스 부인처럼 자그마한 부인이 혼자 살기에는 너무 크지 않은가 하는 생각을 하고 있었다. 그런데 바로 그때 부인의 모습이 문 앞에 나타났다.

나를 보자 그녀가 말했다.

"손필드 장이 마음에 들어요?"

내가 정말 마음에 든다고 대답하자 그녀가 말을 이었다.

"그래요. 정말 좋은 곳이지요. 하지만 로체스터 씨가 이곳에 계속 살려 하지 않는다면, 혹은 최소한 지금보다는 더 자주 이곳에 머물게 되지 않는다면 점점 더 황폐해지지 않을까 걱정이에요. 훌륭한 정원이랑 저택은 주인이 있어야 하는 거니까요."

"로체스터 씨라니요? 그분이 누구시지요?"

"손필드 장의 주인이지요."

그녀가 조용히 대답했다. 그리고 내게 되물었다.

"그분 이름이 로체스터 씨라는 걸 몰랐나요?"

내가 그 사실을 알 리가 없었다. 하지만 부인은 그의 존재를 세상 사람 모두가 알고 있는 것처럼 여겼다.

내가 그녀에게 말했다.

"저는 손필드 장이 부인 소유인 줄 알았어요."

"제 거라고요? 무슨 그런 생각을! 나는 그냥 관리인일 뿐이에요. 하긴 로체스터 씨 외가 쪽과 저는 먼 친척뻘이 되긴 해요. 적어도 제 남편은 피가 섞였지요. 로체스터 씨 어머니 이름이 페어팩스였고 그분이 목사였던 제 남편과 8촌 간이었어요. 하지만 그런 인척 관계는 아무 상관없어요. 나는 나를 그냥 평범한 관리인이라고 생각하고 있어요. 주인이 늘 내게 친절하게 대해주니 더 이상 바랄 게 없지요."

제11장

"그럼 제가 맡게 될 꼬마 아가씨는요?"

"로체스터 씨가 후견을 맡고 있는 아가씨지요. 주인께서 내게 가정교사를 찾아보라고 하신 거예요. 아, 마침 저기 보모랑 함께 오고 있네요."

이제 모든 수수께끼가 풀렸다. 이 상냥한 부인은 귀부인이 아니라 나처럼 그냥 피고용인이었다. 그렇다고 해서 그녀에 대한 내 생각이 바뀐 것은 아니었다. 오히려 전보다 그녀가 더 좋아졌다고 말하는 것이 옳다. 그녀가 내게 친절했던 것은 윗사람이 아랫사람에게 베푼 호의가 아니었다. 그녀와 내가 동등한 입장이라는 게 엄연한 현실이었고, 나는 그만큼 자유로워진 셈이었다.

새롭게 알게 된 사실에 대해 이런저런 생각을 하고 있을 때 꼬마 여자아이가 잔디밭을 뛰어왔다. 나는 내 학생을 바라보았다. 나이가 일고여덟쯤 된 것 같았고 자그마한 몸집에 새하얀 얼굴빛을 하고 있었다. 풍성한 곱슬머리 가락은 허리까지 늘어져 찰랑거렸다.

페어팩스 부인이 그 애에게 말했다.

"안녕, 아가씨! 어서 와서 선생님께 인사해요. 이분이 아가씨를 의젓한 숙녀로 만들어주실 거야."

아이가 다가와서 보모에게 물었다.

"이분이 내 가정교사이신가요?"

나는 깜짝 놀랐다. 프랑스어였던 것이다.

그러자 보모가 프랑스어로 "물론이지요"라고 대답했다.

내가 페어팩스 부인에게 물었다.

"둘 다 외국인인가요?"

"보모는 외국인이에요. 아델은 유럽 대륙에서 태어났고요. 6개월 전에 이곳으로 올 때까지는 거길 떠난 적이 없었어요. 여기 처음 왔을 때는 영어를 전혀 못 했는데 지금은 제법 알아듣고 떠듬거리기도 해요."

다행히 나는 로우드에서 프랑스 사람에게서 직접 프랑스어를 배웠고 지난 7년 동안 잊지 않고 열심히 연습해서 프랑스어를 상당히 유창하게 할 수 있었다. 내가 프랑스어로 아델에게 말을 걸자 아이는 너무 기뻐하며 내게 프랑스어로 자기 보모 소피와 커다란 배를 타고 여기에 왔다고 조잘댔다.

아침 식사를 마친 후 아델과 나는 서재로 갔다. 그 방을 공부방으로 사용하라고 로체스터 씨가 지시해놓은 것 같았다. 서재에는 책이 그득 들어찬 책장들과 작은 피아노 한 대, 그림 그릴 때 쓰는 이젤, 지구의 등이 이미 준비되어 있었다.

아이는 말을 잘 들었지만 공부에 열성을 보이지는 않았다. 이런 규칙적인 생활에는 익숙하지 않은 것 같았다. 나는 처음부터 아이를 너무 다잡는 것은 현명하지 못하다고 판단했다. 오전까지만 아이를 붙잡고 간단히 이것저것 가르친 후에 보모에게 돌려보냈다.

나는 저녁 식사 전까지 그 애를 가르치는 데 필요한 그림들을 스케치로 그리기로 작정했다.

스케치북과 연필을 가지러 2층으로 올라가다가 페어팩스 부인을 만났다. 나를 본 부인은 내게 저택을 구경시켜주겠다고 했고 나는 기꺼이 그녀의 제안을 받아들였다.

나는 그녀를 따라 화려한 응접실이라고 하는 게 어울릴 만한 식당, 로체스터 씨가 언제나 예고 없이 돌아오기 때문에 그가 없더라도 항상 깨끗하게 치워놓는 화려한 방들을 구경했다. 로체스터 씨의 방을 나오면서 내가 그녀에게 물었다.

"로체스터 씨는 어떤 분이세요? 혹시 엄하고 까다로운 분인가요?"

그 방이 먼지 하나 없이 깨끗하게 정돈된 것을 염두에 두고 한 말이었다.

"딱히 그런 건 아니에요. 신사다운 취미와 습관을 가지고 계신 분이지요. 거기에 맞게 모든 게 정리 정돈되기를 바라고 계시지요."

"그분을 좋아하세요? 사람들은 그분을 좋아하나요?"

"아무렴요, 그렇고말고요. 좋아하지 않을 이유가 없지요. 소작인들 모두 그분을 너그럽고 공정한 분이라고 하지요. 로체스터 씨는 아주 좋은 주인이랍니다."

내가 나의 고용주에 대해서 페어팩스 부인에게서 들은 이야기는 그것이 전부였다. 그날 나는 그녀를 따라 집 안 구석구석을 구경하면서 모든 것이 제자리에 잘 정돈되어 있는 것을 보고 감탄하고 또 감탄했다.

3층까지 방들을 모두 구경하고 난 후 부인이 내게 옥상으로 가서 경치를 구경하자고 제안했다. 우리는 좁은 계단을 올라 다락방까지 간 다음, 거기서 다시 사다리를 통해 저택 옥상에 이르렀다. 옥상에 올라 들창을 열고 아래를 내려다보니 벨벳처럼 화사한 잔디밭이 저택 주변을 빽빽이 감싸고 있었고 저 넓은 들판에는 키 큰 고목들이 울타리처럼 목초지를 둘러싸고 있었다. 그리고 저 멀리 마을 성당, 마찻길, 완만한 언덕 등 모든 것들이 가을 햇살 아래 평온하게 숨을 쉬고 있는 듯 보였다. 기분이 너무 상쾌했다.

페어팩스 부인이 들창을 잠그기 위해 남아 있는 사이, 나는 더듬더듬 혼자 옥상에서 내려왔다. 계단을 내려온 후 복도에서 잠시 페어팩스 부인을 기다렸다. 복도는 비좁고 낮았으며 멀리 창문이 하나밖에 없어 무척 어두웠다. 어두운 가운데 좌우로 닫힌 방문들이 죽 늘어선 것이 마치 동화 속에 나오는 성 같았고 방마다 무슨 비밀이 숨겨져 있는 것만 같았다.

나는 조심조심 앞으로 걸음을 옮겼다. 그런데 갑자기 어디선가 웃음소리가 들렸다. 기이한 웃음소리였다. 딱딱 끊듯이 또렷했으며 즐거운 기색이라고는 전혀 찾아볼 수 없는 웃음소리였다. 나는 걸음을 멈추었다. 웃음소리도 그쳤다. 하지만 잠시 후 다시 웃음소리가 들렸다. 좀 전보다 더 큰 웃음소리였다.

나는 큰 소리로 페어팩스 부인을 불렀다. 부인이 계단을 내려오는 소리가 들렸던 것이다.

"저 웃음소리를 들으셨어요?"

그녀가 대답했다.

"하녀들 중 한 명일 거예요. 아마 그레이스 풀이겠지요. 이곳 방들 중 한곳에서 바느질을 하곤 해요. 레아도 함께 할 때가 있고요. 둘이 있으면 얼마나 시끄럽다고요."

그때 다시 웃음소리가 시작되었다. 그러자 페어팩스 부인이 "그레이스!"라고 고함을 질렀다.

솔직히 말한다면 나는 그레이스라는 하녀가 실제로 나타나리라고는 기대하지 않았다. 그만큼 그 웃음소리는 이제까지 내가 들었던 그 어떤 웃음소리보다 구슬펐고 괴기했다. 한낮이 아니었더라면 나는 유령이라도 나온 게 아닌가, 두려움에 떨었을 것이다. 그런데 내가 정말 어처구니없이 두려워했다는 것이 곧 드러났다. 내게서 가장 가까운 곳의 방문이 열리더니 하녀 한 명이 나타난 것이다.

하녀는 나이가 서른에서 마흔 사이로 보였으며 몸집이 우람했고 빨간색 머리칼을 한, 못생긴 여자였다. 그녀는 굳은 표정을 하고 있었다.

그녀를 보자 페어팩스 부인이 말했다.

"너무 시끄럽구나, 그레이스. 지시한 걸 잊었니?"

그레이스는 조용히 인사를 한 후 다시 방으로 들어갔다. 그러자 부인이 내게 말했다.

"바느질도 하고, 레아를 도와 집안일도 돌보라고 고용한 하녀예요. 못마땅한 점도 있지만 일은 잘한답니다. 그건 그렇고 오늘 아침 새 학생을 가르쳐보니 어때요?"

그렇게 아델에게로 옮아간 화제는 밝고 환한 1층에 도착할 때까지 이어졌다. 1층으로 내려가니 아델이 우리를 반갑게 맞았고 우리는 아침 식사가 준비된 페어팩스 부인의 방으로 들어갔다.

제12장

　　이렇듯 손필드 장과 나의 첫 대면은 순조로운 나의 앞날을 예견해주듯 따뜻한 분위기 속에서 화기애애하게 이루어졌다. 그리고 그곳이 익숙해질수록, 또한 그곳에 사는 사람들과 친숙해질수록 내 기대는 버림받지 않았다.

　　페어팩스 부인은 처음 받았던 인상 그대로 차분한 성격에 친절한 심성을 지니고 있었다.

　　나의 학생은 성격이 쾌활한 소녀였다. 워낙 응석받이로 자랐기에 제멋대로인 게 좀 문제이긴 했지만 아무도 내 교육에 대해 간섭하는 사람이 없었기에 나는 내 계획대로 그 애를 바로잡았고 아이는 점차 말 잘 듣는 착한 아이가 되어갔다. 아이는 특별한 재능이 있는 것도 아니었고 두드러진 특징도 없었다.

그리고 보통 아이보다 특출한 감수성이나 취향을 지닌 것도
아니었다. 하지만 그 애를 수준 이하라고 여기게 할 만한 결점
도 없었다. 아이는 모든 면에서 그런대로 발전해갔고 나에 대
해 대단히 깊다고까지는 할 수 없지만 꽤 큰 애정을 품고 있었
다. 아이는 내 맘에 들려고 애를 썼고 천진했으며 쾌활했다. 그
래서 우리 둘 사이에는 서로가 서로에 대해 만족하기에 충분할
정도의 애정이 생겨났다.

독자들은 내가 이렇게 쾌적한 환경에서 충분히 애정을 가질
만한 사람들, 나를 충분히 좋아해주는 사람들과 함께 지내면서
더없는 행복을 느꼈으리라고 기대할지 모른다. 더욱이 내가 이
전까지 그 얼마나 열악한 환경에서 지내왔는가? 마치 천국에
온 것처럼 매일매일 기뻐하고 감사하며 지내는 것이 당연할지
도 모른다.

하지만 내 본성 속에는 한곳에 안주하지 못하는 기질이 숨어
있었다. 내게는 활동이 필요했다. 어떤 때는 그런 기질이 숨도
쉬지 못할 정도로 나를 흔들어댔다.

인간은 평온한 삶 속에서 만족과 행복을 찾을 줄 알아야 한
다고 말하는 건 헛소리다. 인간은 활동해야 하고 만일 활동 거
리를 찾지 못한다면 스스로 그런 걸 만들어내야 한다. 수없이

많은 사람들이 나보다 더 정적인 삶을 살아야 하는 처지에 놓이지만, 수없이 많은 개인이 자신의 운명에 대해 반란을 일으키는 것도 사실이다.

일반적으로 여성들은 남성들보다 조용한 심성을 지녔다고들 생각한다. 하지만 여성들도 남성들과 같은 감정을 지니고 있다. 여성들도 자신의 능력을 발휘할 필요가 있으며 남성 형제들처럼 노력을 기울일 터전이 필요하다. 여성들도 남성들과 마찬가지로 가혹한 제약이 가해지거나, 너무 한곳에 정체되어 있으면 고통스러워한다. 같은 인간으로서 더욱 많은 특권을 누리는 남자 형제들이, 여자들이 할 일이란 집구석에서 푸딩이나 만들고 양말이나 짜고 피아노나 연주하고 가방에 자수나 놓는 일뿐이라고 말한다면, 그건 너무나 편협한 것이다.

나는 홀로 있을 때 가끔 그레이스 풀의 웃음소리를 들을 수 있었다. 그 웃음소리에는 절대로 익숙해질 수 없었다. 언제나 처음처럼 느리고 낮은 웃음소리였고 그때마다 나는 몸이 떨려왔다. 어떤 때는 웅얼웅얼하는 말소리도 들렸는데 웃음소리보다 더 기괴했다. 이따금 나는 방에서 나온 그녀의 모습을 볼 수도 있었다. 손에는 쟁반이나 접시를 든 채 부엌으로 내려왔다가 흑맥주가 담긴 큰 잔을 들고 황급히 3층으로 올라가곤 했다. 나는 그녀의 웃음소리를 생각하고 그녀의 모습을 살피곤 했지만 그녀의 외모에 주목을 끌 만한 것은 아무것도 없었다. 내가 몇 번 그녀와 이야기를 나누려 한 적도 있었지만 그녀는 워낙 말수가 적었다. 내가 말을 걸어도 툭 한 마디만 던지고 그만이어서 대화가 이어질 수 없었다.

그 외에 존과 요리사 일을 하는 그의 부인 메리, 가정부 레아, 프랑스인 보모 소피는 모두 별로 주목할 것 없이 무던한 사람들이었다.

그렇게 10월, 11월, 12월이 지나가고 정월이 되었다. 1월 어느 날 오후 페어팩스 부인이 감기에 걸린 아델을 하루 쉬게 해 달라고 부탁했다. 나는 기꺼이 그녀의 청을 들어주었다.

몹시 춥긴 했지만 날씨는 좋았다. 오전 내내 서재에 앉아 있자니 갑갑증이 나기 시작했다. 마침 페어팩스 부인이 「편지」를 한 통 써서 부치려던 참이었다. 내가 헤이 마을로 가서 「편지」를 부치고 오겠다고 자청했다. 마을까지는 2마일 거리였다. 기분을 전환할 산책 코스로는 안성맞춤일 것 같았다. 나는 모자를 쓰고 망토를 걸친 후 길을 나섰다.

땅은 단단하게 얼어 있고 하늘에는 구름 한 점 없었으며 길에는 인적도 없었다. 내가 종탑 밑을 지날 때 시계가 3시를 쳤다. 서서히 다가오는 어스름, 천천히 지평선을 향해 기우는 희끄무레한 태양 빛이 그 시각이 주는 매력이었다. 손필드 장으로부터 1마일 정도 떨어진 곳에 이르자 오솔길이 나타났다. 여름철에는 들장미가 만발하고 가을철에는 견과류 열매들과 오디가 지천으로 달려 있는 그 길은 이제 완전한 적막 가운데 벌거벗은 나무들만 서 있을 뿐이었다. 나는 그 고적한 분위기를 만끽하며 천천히 걷고 있었다. 돌길 양옆으로는 아득히 멀리까지 들판이 펼쳐져 있었다.

헤이 마을까지는 아직 1마일이 더 남았다. 사방이 온통 정적에 휩싸인 가운데 어디선가 졸졸 시냇물 흐르는 소리만이 들려올 뿐이었고 나는 그 소리도 한껏 즐겼다.

그때였다. 어디선가 거친 소리가 들려와 시냇물 속삭이는 소리를 휘저어놓았다. 틀림없이 무언가 달려오는 소리였다. 잠시 후 소리가 가까워졌다. 길이 굽어서 아직 보이지는 않았지만 분명 말발굽 소리였고 점점 가까이 다가오고 있었다.

말발굽 소리가 가까워지면서 그와는 다른 소리도 섞여 있음을 알 수 있었다. 이어서 개암나무 아래 맹렬히 달려오고 있는 거대한 개 한 마리가 눈에 뜨였다. 검은색과 흰색이 얼룩덜룩 섞여서 나무와는 확연히 구별할 수 있었다. 그 뒤를 말이 따르고 그 말 위에는 사람이 타고 있었다. 그는 나를 지나쳐 갔고 나도 내 갈 길을 갔다. 그러나 나는 곧 뒤를 돌아볼 수밖에 없었다. 뭔가 둔탁하게 미끄러지는 소리가 났고 "이런 제기랄! 이게 도대체 뭐야!" 하는 외침과 함께 철퍼덕하는 소리가 들렸다.

남자와 말이 다 함께 나자빠져 있었다. 돌길을 살짝 덮고 있던 빙판에 말이 미끄러져 넘어진 것이다. 남자는 말에서 빠져나오려고 안간힘을 쓰고 있었다. 주변에 도와줄 사람이라고는 아무도 없었으므로 내가 그의 곁으로 가서 물었다.

"어디 다치신 데는 없으세요?"

그러나 그는 내게 "저리 비켜요!"라고 고함을 지르고는 먼저 무릎을 땅에 대고 몸을 일으킨 뒤 이어서 발을 딛고 섰다. 그러고는 온 힘을 다해 말을 일으켜 세웠다. 하지만 그는 말 위에 오르지는 않고 정강이를 어루만지더니 돌 위에 그대로 주저앉았다.

내가 그에게 말했다.

"혹시 도움이 필요하시면 손필드 장이나 헤이에서 누구를 불러올까요?"

"고맙지만 그럴 필요 없소. 뼈가 부러진 것도 아니고 그냥 삐었을 뿐이니."

말을 하면서 그는 자리에서 일어나 발을 내디뎌보았다. 하지만 그는 "윽!" 하는 소리와 함께 다시 주저앉았다.

아직 희끄무레한 햇빛이 남아 있고 달빛이 점점 밝아지고 있어 그의 모습이 또렷이 보였다. 중간 정도 키에 가슴이 넓었다. 검은 눈에 안색은 거무스레했고 이마는 넓었다. 나이는 서른 중반쯤 돼 보였는데 잔뜩 찌푸리고 있는 것으로 보아 심사가 뒤틀린 것 같았다. 나는 그가 무섭지도 않았고 그에게 말을 거는 것이 쑥스럽지도 않았다.

만일 그가 잘생긴 젊은 청년이었다면 그가 마다하는데도 굳이 도움을 주겠다고 나서지는 않았을 것이다. 또한 내가 이 낯선 남자에게 말을 걸었을 때 그가 미소를 띠고 상냥하게 나왔거나 도와주겠다는 내 제안을 고마워하며 정중히 거절했다면 나는 다시 물어볼 생각도 못 하고 그냥 제 갈 길을 갔을 것이다. 그러나 그의 찡그린 얼굴과 거친 태도 때문에 오히려 마음이 편해졌다. 그래서 그가 어서 제 갈 길을 가라고 내게 손짓을 했을 때 나는 큰소리로 그에게 말할 수 있었다.

"선생님, 저는 당신이 무사히 말에 오르는 것을 볼 때까지는 이 시각, 이런 외진 곳에 선생님을 그냥 놔둔 채 떠날 수 없습니다.”

내 말에 그는 나를 바라보았다. 이제까지 그는 내게 눈길 하나 주지 않고 있었다. 그가 말했다.

“내가 보기엔 이 시각에 당신은 당신 집에 있어야 할 것 같은데요. 당신 어디서 왔소?”

“저 아래 살아요. 원하신다면 빨리 헤이 마을에 가서 도움을 청하겠어요. 저는 그곳 우체국에 볼일도 있어요.”

“저 아래 산다? 저기 높이 솟은 집을 말하는 겁니까?”

그는 손필드 장을 손가락으로 가리키며 내게 물었다.

“네, 그렇습니다.”

“분명히 그 집 하녀는 아닌 것 같고. 음, 그렇다면 당신은…….”

“저는 그 집 가정교사예요.”

“아, 가정교사!”

그가 내 말을 되받으며 말했다.

“이런 제길, 내가 그 생각을 못 했군! 가정교사라! 이보시오. 당신을 헤이까지 달려가게 할 수는 없소. 당신이 나를 도와줄 생각이라면 직접 도와줄 수 있을 거요.”

내가 그러겠다고 하자 그는 내 어깨를 짚고 말까지 걸어가더니 안장 위로 뛰어올랐다.

그가 내게 말했다.

"자, 어서 헤이로 가서 볼일을 보시오. 서둘러야 할 거요."

그가 말에 박차를 가하자 말이 힘차게 달려 나갔고 금세 개와 말이 시야에서 사라졌다.

사건은 그것으로 끝났다. 그냥 우연히 일어났다가 금방 끝난 사건일 뿐이었다. 낭만적인 것은 눈곱만큼도 없었고 재미있는 것도 없었다. 하지만 단조로운 내 삶에서 그 무언가 다른 일이 벌어진 한 시간이었다. 여느 때와는 다르게 변한 한 시간을 내게 마련해준 사건이었다.

그렇다. 누군가 내가 필요했고 나에게 도움을 요청했으며 내가 그에 응했다. 나는 능동적으로 한 남자를 도왔다. 이제까지 나는 수동적인 삶만 살아왔는데! 그 남자는 내 기억의 화랑에 걸린 새로운 그림과도 같았다. 그 그림은 다른 그림들과 달랐다. 우선 그 그림은 남자 그림이었다. 게다가 그 그림은 어둡고 강하고 준엄했다. 헤이 마을에 도착해서 「편지」를 우체통에 넣을 때도 그 그림이 눈앞에 어른거렸다. 손필드 장으로 돌아가는 언덕을 급하게 내려가면서도 마찬가지였다.

손필드 장 앞에 이르자 왠지 들어가기가 싫었다. 저택 문지방을 넘어간다는 것은 다시 침체된 생활로 돌아가는 것을 뜻했다. 나는 머뭇거렸다. 하지만 들어갈 수밖에 없었다. 나는 문을 열고 집 안으로 들어갔다.

나는 곧장 페어팩스 부인의 작은 방으로 갔다. 난롯불은 피워져 있었지만 촛불은 켜져 있지 않았고 부인도 없었다. 대신 얼룩덜룩한 개 한 마리가 난롯가에 앉아 있었다. 산길에서 만났던 개와 똑같이 생긴 개였다.

촛불을 밝혀야 해서 초인종을 울렸다. 물론 방 안을 점령하고 있는 손님에 대해서도 물어보고 싶어서였다.

잠시 후 레아가 들어오자 내가 물었다.

"이 개가 웬 개야?"

"주인님이 데리고 온 개예요. 주인님이 방금 오셨어요. 부인과 아델 모두 주인님과 함께 식당에 있어요. 존이 의사를 부르러 갔어요. 주인님께 사고가 있었대요. 말이 넘어지는 바람에 발목을 삐었대요."

제13장

의사의 지시대로 로체스터 씨는 일찍 잠자리에 들었다가 다음 날 늦게 자리에서 일어났다. 그가 아래로 내려온 것은 몇 가지 일을 처리하기 위해서였다. 대리인과 소작인들 몇 명이 아래층에서 그를 기다리고 있었다. 아델과 나는 서재를 비워줘야 했다. 그곳이 손님들을 맞는 응접실로 쓰였기 때문이다.

2층 방 중 하나에 불이 지펴졌고 나는 그곳으로 책들을 옮긴 후 교실로 쓸 수 있게 정리를 했다. 그날부터 손필드 장의 모든 것이 변했다. 이제 더 이상 성당처럼 정적에 휩싸이지 않았다. 매시간 문 두드리는 소리가 들렸고 벨이 울렸으며 현관을 오가는 발소리가 들렸다.

그날은 수업하기가 힘들었다. 들뜬 아델이 뻔질나게 드나들면서 응접실을 엿보곤 했기 때문이다. 로체스터 씨를 만나보고 싶기도 했고, 그가 가져온 선물이 궁금하기도 해서였을 것이다. 겨우겨우 오후 시간을 보내고 어둑어둑해지자 나는 아델에게 내려가봐도 좋다고 허락했다. 더 이상 손님이 찾아오지 않으리라는 생각에서였다.

아델이 아래로 내려가고 내가 홀로 남아 이런저런 상념에 젖어 있을 때 페어팩스 부인이 방으로 들어와 내게 말했다.

"주인님께서 오늘 저녁 선생님과 아델이랑 함께 차를 마실 수 있으면 좋겠다고 하세요. 온종일 바빠서 미처 선생님을 만날 시간이 없었다고 하시네요."

페어팩스 부인이 정장하고 가는 게 예의라고 해서 나는 내 방으로 가서 검은 모직 옷을 벗고 비단옷으로 갈아입었다. 옷을 갈아입는 내내 이런 식으로까지 할 필요가 있나 하는 생각이 떠나지 않았다. 나는 부인의 권고로 내게 단 하나뿐인 브로치까지 달았다. 템플 선생님이 이별의 정표로 준 것이었다.

나는 부인과 함께 아래층으로 내려갔다. 낯선 사람과 만나는 일에 익숙하지 않은 나로서는 이렇게 격식을 차리고 로체스터 씨 앞에 불려간다는 것이 너무 불편하게 여겨졌다. 나는 페어팩스 부인을 앞세우고 거의 그 뒤에 숨다시피 해서 우아한 살롱 겸 식당으로 들어갔다.

촛불 두 개가 테이블 위에, 다른 두 개가 벽난로 위에 놓여 있었다. 파일럿(그 얼룩무늬 개의 이름은 파일럿이었다)이 활활 타오르는 난로 불빛에 몸을 맡기고 아델은 그 옆에 앉아 있었다. 로체스터 씨는 쿠션에 발을 올려놓은 채 소파에 반쯤 누운 자세를 하고 있었다. 칠흑처럼 굵은 눈썹, 옆으로 빗은 검은 머리 때문에 더욱 각져 보이는 이마를 보고 나는 그가 길에서 만났던 나그네임을 단번에 알아보았다. 잘생겼다기보다는 개성적이라고 하는 게 나을 우뚝 솟은 코, 불같은 성격을 대변하고 있는 것 같은 넓은 콧구멍, 무섭게만 보이는 입과 턱 등, 그가 틀림없었다.

그는 나와 페어팩스 부인이 방에 들어온 것을 알았음이 분명했지만, 우리가 가까이 가도 시선을 돌리지 않았다. 마치 우리를 거들떠볼 기분이 아닌 것만 같았다.

"주인님, 에어 선생님이 오셨습니다."

페어팩스 부인이 언제나처럼 아주 조용하게 말했다.

그는 고개를 끄덕여 인사를 했지만, 눈길은 여전히 아델과 파일럿을 향한 채였다.

제13장

그가 말했다.

"에어 선생님을 자리에 앉으라고 하시오."

그의 뻣뻣한 억지 인사, 조급해 보이는 의례적인 말투에는 마치 이런 뜻이 담겨 있는 것 같았다.

'제길, 에어 선생이 오건 말건 무슨 상관이란 말이야? 지금 저 여자와 말을 나눌 기분이 아니라고!'

나는 조금도 당황하지 않고 자리에 앉았다. 만일 그가 세련된 폼으로 정중하게 나를 맞았다면 나는 틀림없이 당황했을 것이다. 그런 대접에 걸맞게 우아하고 격조 있는 대답을 할 수가 없었을 것이다. 그가 이렇게 무뚝뚝하고 무례하게 대하니 오히려 그런 의무감에서 나를 벗어날 수 있게 해준 셈이었다.

내가 자리에 앉자 그가 물었다.

"내 집에 머문 지 세 달이 됐다고 했소?"

"그렇습니다, 주인님."

"어디 출신이라고 했더라?"

"로우드 학교입니다."

"아, 자선 학교 말이로군. 거기 얼마나 있었소?"

"8년입니다."

"8년! 정말 모질게도 버텼군. 아무리 체력이 좋은 사람도 거기서 그 절반만 지내면 결딴이 날 텐데! 누가 선생을 이곳에 추천했소?"

"제가 신문에 광고를 냈고 페어팩스 부인이 제게 「편지」를 보냈습니다."

그러자 선량한 부인이 덧붙였다.

"이렇게 좋은 분을 보내주셔서 하나님께 매일 감사드리고 있습니다. 그동안 에어 선생님은 제 소중한 말벗이 되어주었어요. 아델에게는 정말 좋은 선생님이시고요."

"그렇게 칭찬한다고 해서 내가 꿈쩍할 사람은 아니니 공연히 애쓰지 마세요. 나 스스로 알아서 판단할 거요. 에어 선생, 선생은 도시에 살아본 적이 있소?"

"없습니다, 주인님."

"사람들은 많이 만나보았소?"

"로우드의 학생들과 선생님들, 그리고 이곳 손필드 장의 사람들 외에는 아무도 만나보지 못했습니다."

"그렇다면 마치 수녀처럼 살아온 거로군. 로우드에는 몇 살 때 들어갔소?"

"열 살 때입니다."

"그런 후 8년을 그곳에 있었다? 그렇다면 지금 열여덟 살이라는 말이군."

나는 고개를 끄덕였다.

그러자 그가 말했다.

"오늘 아침 아델이, 당신이 그렸다던 스케치 몇 장을 보여주더군. 전부 당신이 그린 거 같지 않아. 그곳 미술 선생이 도와주었겠지?"

"아뇨, 절대로 아니에요!"

나는 나도 모르게 큰 소리로 외치고 말았다.

"아하, 자존심이 상한 모양이군. 좋아요, 정말 그 그림들을 당신 손으로 그렸다는 걸 보여주려면 화첩을 가지고 와요. 조금이라도 자신 없으면 그럴 필요 없어. 난 누가 손댔는지 아닌지 금방 알아볼 수 있으니까."

"그렇다면 저는 더 이상 아무 말도 않겠어요. 주인님이 직접 보고 판단하시지요."

나는 내 화첩을 가지고 왔다. 그는 둘둘 말린 화첩을 풀고 그림들을 하나하나 찬찬히 살펴보았다. 그냥 스케치만 한 그림도 있었고 채색화도 있었다. 그림을 다 보고 난 후 그가 말했다.

"음, 모두 한 사람의 필치로 된 그림들이군. 이걸 모두 선생이 그린 거요?"

"그렇습니다."

"어떻게 이 그림들을 그릴 짬을 낼 수 있었소? 시간이 오래 걸렸을 텐데……."

"지난 두 번의 방학 때 그렸습니다. 마침 별다른 일이 없었습니다."

"온갖 인물화와 풍경화가 다 들어 있는데 뭘 보고 그린 거요? 로우드에만 있었으니 바다는 본 적이 없을 것 아니오? 게다가 빙산은 더욱 그럴 것이고. 원본은 어디 있소?"

"제 머릿속에 있습니다."

"지금 내 눈앞에 있는 당신의 어깨 위, 그 머리말이오?"

"네, 그렇습니다."

그러자 그가 중얼거리듯 말했다.

"음, 예술가의 작품이라고 하긴 어려워도 여학생 솜씨로는 제법 특색이 있어. 자, 이제 그림을 치워요."

내가 화첩을 다 묶기도 전에 갑자기 그가 시계를 보더니 말했다.

"벌써 9시로군. 선생, 아델을 이렇게 늦게까지 재우지 않다니 어쩔 셈이오? 자, 어서 그 애를 잠자리에 들게 하시오."

아델은 방을 떠나기 전에 그에게 뽀뽀했다. 그는 그것을 받아들였다. 하지만 파일럿이 그랬을 때처럼 기꺼워하는 것 같지는 않았다. 아니다. 파일럿과 입맞춤을 할 때보다 분명 다정하지 않았다.

우리는 모두 그에게 인사한 후 방에서 물러났다.

제14장

　　　　그 후 며칠 동안 로체스터 씨를 거의 볼 수 없었다. 그는 오전에는 용무를 보느라 바빴고 오후에는 손님들이 찾아와 그들과 함께 저녁을 들기도 했다. 그는 발목이 낫자 말을 타고 외출을 자주 했다. 밤에 늦게 들어오는 것으로 보아 답례 방문을 다니는 것 같았다.

　그동안 그는 아델을 부르는 일도 거의 없었고 나는 홀이나 복도, 혹은 계단에서 가끔 그와 마주칠 뿐이었다. 나를 보게 되면 그는 그저 차가운 눈으로 나를 흘낏 보면서 고개를 까딱할 뿐이었다. 하지만 때로는 미소를 지으며 제대로 인사를 하는 때도 있었다. 그의 그런 변덕에 나는 조금도 마음이 상하지 않았다. 그건 나와는 아무 상관이 없는 일이기 때문이었다. 그가 기분이 좋건 나쁘건 그건 나 때문에 그런 것이 아니니 내가 신경 쓸 필요가 없었다.

어느 날 저녁이었다. 손님들이 돌아가고 난 후 그가 나와 아델을 살롱으로 불렀다. 아델과 함께 그곳으로 들어가니 탁자 위에 작은 상자가 놓여 있는 것이 보였다. 그걸 보고 아델이 기쁜 목소리로 외쳤다.

"내 상자다, 내 상자."

뒤늦게 도착한 아델의 선물이었다. 아델은 자기 보물을 들고 소파로 가더니 상자를 열고 곧 그 안의 물건에 온통 정신을 빼앗겼다.

로체스터 씨가 말했다.

"자, 이제 내가 손님에게 친절한 주인 노릇을 할 수 있게 되었군. 에어 선생, 의자를 좀 가까이 당겨 앉도록 하시오."

나는 그가 시키는 대로 했다. 나는 속으로는 그와 멀리 떨어져 앉고 싶었다. 하지만 그의 명령은 즉시 이행하지 않을 수 없을 만큼 단호하고 직설적이었다.

앞서 말했듯이 우리는 식당과 겸용으로 쓰이는 살롱에 있었다. 샹들리에 불빛이 환하게 방을 밝혔으며 난롯불이 이글이글

타오르고 창문에는 진홍빛 커튼이 화사하게 쳐 있었다. 기쁨을 억누르며 조용히 중얼거리는 아델의 목소리와 창문을 때리는 겨울비 소리 외에는 아무 소리도 들리지 않았고 모든 것이 정적에 휩싸여 있었다.

로체스터 씨의 모습은 이전과는 달라 보였다. 눈초리도 덜 준엄했고 훨씬 덜 침울했다. 입술에 미소까지 머금고 눈도 반짝였다.

그는 약 2~3분가량 난롯불을 바라보더니 갑자기 몸을 돌려 나를 바라보았다. 그리고 내가 그를 유심히 바라보고 있음을 알아차렸다. 그가 내게 물었다.

"나를 조사하고 있었군, 에어 선생. 내가 잘생겼다고 생각하시오?"

내가 조금만 더 깊이 생각했더라면 나는 분명히 보통 관례대로 애매모호하게 대답했을 것이다. 그런데 나도 모르게 그만 내 입에서 즉각적으로 대답이 튀어나오고 말았다.

"아뇨."

"이런! 정말 당신에게는 독특한 게 있어! 당신은 겉보기에는 어린 수녀 같아. 조용하고 신중하며 소박하거든. 그런데 누군가 당신에게 질문하면, 노골적이라고 할 수는 없어도 최소한 공격적인 대답을 한단 말이야."

"죄송합니다, 주인님. 제가 너무 솔직했나봐요. 용모에 대해서는 그렇게 쉽게 대답할 수 있는 법이 아니라고 말씀드려야 할 것을…… 사람마다 취향이 다르니까 외모 같은 것은 별로 중요한 게 아니라고 말씀드려야 할 것을……."

"아냐, 아냐, 그런 식으로 대답하면 안 되지. 외모 같은 건 중요하지 않다고! 참 그럴듯해! 그러니까, 나를 달랜답시고 칼을 더 깊숙이 찔러 넣는 셈이군! 선생, 당황하는 것 같군. 내가 못생긴 만큼 선생도 예쁜 얼굴은 아니지만 그렇게 당황하는 모습이 선생에겐 어울리오. 게다가 선생의 그 날카로운 눈매가 내 얼굴을 떠나 양탄자를 향하게 되니 내 마음도 편하고. 그러니 계속 그렇게 당황한 채 있어요. 숙녀 아가씨, 오늘 저녁엔 왠지 누군가와 함께 있으면서 이야기를 나누고 싶소."

그 말과 함께 그는 자리에서 일어나더니 벽난로 대리석 장식에 몸을 기대고 섰다. 그가 그런 자세를 취하니 그의 얼굴과 함께 체형을 잘 볼 수 있었다. 가슴이 유난히 넓어 그의 사지 길이와 어울리지 않았다. 대부분 사람들이 그를 못생겼다고 말할 것이 틀림없었다. 하지만 그의 몸가짐에서는 어딘지 모르게 당당함이 묻어났고 행동거지에는 여유가 배어 있었다. 그 때문에 그는 자신의 외모에 대해 철저히 무관심한 것처럼 보였으며 그를 바라보는 사람은 은연중 그의 그런 무관심을 함께 나누게 되었고, 그가 자기 자신에 대해 확신에 차 있다는 느낌을 받았다. 게다가 그의 그 자기 확신이 당연하다는 생각마저 하게 만들었다.

"오늘 저녁엔 왠지 누군가와 함께 있으면서 이야기를 나누고 싶소."

그가 다시 한 번 똑같은 말을 되풀이했다.

"그래서 당신을 오라고 한 거요. 이 집에는 이야기를 나눌 사람이 당신밖에 없지 않소? 당신은 나를 만나자마자 나를 당황하게 하였소. 당신에 대해 더 많은 것을 알게 되면 즐거울 것 같소. 그러니…… 자, 이야기를 해보시오."

나는 말을 꺼내는 대신 웃음을 지었다. 호의적인 웃음도 아니었고 비굴한 웃음도 아니었다.

"에어 선생, 당신 벙어리요?"

나는 여전히 그냥 앉은 채 아무 말도 하지 않았다. 그는 내 쪽으로 고개를 숙였다. 그러고는 급히 내 눈을 흘낏 바라보았다. 그의 시선이 흡사 내 눈 속으로 뛰어드는 것 같았다.

"고집쟁이인가? 아, 지겹다, 이거로군. 무리는 아니지. 내가 무리하게 건방진 요구를 했으니. 에어 선생, 미안하오. 내 분명히 말하지만 당신을 나보다 아랫사람으로 생각하고 그런 게 아니오. 아니, 아랫사람으로 생각하긴 했소. 적어도 내가 당신보다 스무 살은 더 먹었고 한 세기 이상의 경험을 더 한 셈이니까. 하지만 지금 내가 당신에 대해 가진 우월감은 단지 그것뿐이오. 나는 오직 그 우월감에 힘입어, 당신에게 무언가 이야기를 해달라고 부탁한 것이고, 온통 한 가지 생각에만 몰두해 있느라 녹슨 못처럼 썩어가는 내 머리를 좀 식혀달라고 부탁한 것이오."

그는 거의 사과라고 해도 좋은 해명을 내 앞에서 하고 있었다. 나는 그런 그의 태도에 무심할 수 없었고 그런 사람으로 보이고 싶지도 않았다.

"주인님, 할 수만 있다면 기꺼이 주인님을 즐겁게 해드리고 싶습니다. 하지만 주인님께서 어떤 이야기에 흥미를 느끼실지 제가 어찌 알겠습니까? 제게 무엇이든 물어봐주십시오. 그러면 제가 성심껏 대답해드리겠습니다."

"그렇다면 먼저 내가 당신을 조금 권위적으로 대하거나 때로는 조금 강압적으로 대하더라도 내게는 그럴 권리가 있다는 것을 인정하겠소? 나는 당신 아버지뻘이라고 할 만큼 나이가 많은데다, 내가 지구의 절반 정도를 돌아다닌 데 반해 당신은 거의 세상 경험이 없으니."

"주인님, 단지 주인님이 저보다 나이가 많다는 이유만으로, 저보다 세상을 더 잘 안다는 이유만으로 제게 명령을 내리실 권리는 없다고 생각합니다. 저보다 우월하냐 아니냐는 주인님이 그 세월과 경험을 어떻게 사용하셨는가에 달렸지요."

"음, 그렇다면 내가 당신보다 우월한 게 하나도 없는 셈이군. 그 둘 다 나쁜 데 사용했다고 할 수는 없어도 우월감을 가질 정도로 잘 쓴 것 같지는 않으니까. 자, 우월감 같은 건 치워버립시다. 대신, 가끔 내가 명령조로 무언가 요구를 하더라도 마음 상하지 않고 받아들일 수 있기를 바라오. 어떻소, 그 정도는 받아들이겠소?"

그의 말을 들으니 로체스터 씨는 정말 특이한 사람이라는 생각이 들지 않을 수 없었다.

'이 사람은 자신의 요구를 듣는 대가로 내가 1년에 30파운드의 돈을 받고 있다는 사실을 잊고 있는 거 아냐?'

나는 미소를 지으며 대답했다.

"자신이 급료를 지급하는 피고용인이 자신의 요구 때문에 상처받을까봐 걱정하는 고용주는 아마 없을 겁니다."

제14장

"고용주라! 그래, 내가 당신에게 급료를 준다 이거요? 그렇다면 그런 금전상의 이유로 내가 좀 허세를 부려도 될까?"

"아뇨, 그 이유만으로는 안 됩니다. 주인님이 그 이유 자체를 새까맣게 잊고 있었다는 것, 그것 때문에 저는 주인님이 제게 명령을 내리셔도 받아들일 수 있습니다. 주인님이 고용하고 있는 피고용자들이 만족스레 자기 일을 하고 있는지, 주인님이 신경을 쓰시고 있다면 저는 진심으로 주인님 생각을 따르겠습니다."

"좋소. 당신이 대답하는 방식이나 내용이나 다 내 마음에 드는군. 3,000명의 가정교사들에게 그렇게 물었을 때 당신처럼 대답할 사람은 단 3명도 안 될 거요. 우쭐하라고 하는 소리가 아니오. 당신이 보통 사람들과는 다르게 생겨났더라도 그건 당신의 공이 아니니까. 당신도 자연의 작품일 뿐이지. 이런, 내가 너무 서둘러서 결론을 내렸군. 당신이 다른 사람들보다 나은 게 하나도 없는 사람인지도 모르는데. 혹은 당신에게도 결점이 있어서 당신의 장점을 가려버릴지도 모르고."

나는 속으로 '당신도 결점이 많겠지요'라고 생각했다. 그가 내 표정을 보고 내 생각을 읽었는지 마치 내 말에 대답하듯이 말했다.

"그래요, 나도 결점이 많아요. 하지만 적어도 그걸 감추려 애쓰지는 않는다오. 내가 조소와 비난의 화살을 쏘아 보내야 하는 것은 남들이나 이 세상이 아니라 바로 나 자신이오."

이후, 그가 내 말을 듣고 싶다고 했던 것과는 달리 나는 간간이 한마디씩 운만 떼었을 뿐 주로 말을 한 것은 그였다. 내 물음에 그는 어릴 때 추억에 관해 이야기했고, 자신의 삶을 후회한다고 말했다. 하지만 너무 추상적이어서 나는 제대로 알아들을 수 없었고 틀에 박힌 대답만을 해줄 수 있을 뿐이었다.

나는 그에게 말했다.

"솔직히 말씀드리자면 주인님 말씀은 하나도 알아듣지 못하겠어요. 제 이해력으로는 도저히 따라가기 힘들어요. 다만 한 가지만은 저도 알겠습니다. 주인님은 자신이 나쁜 사람은 아니지만 자신이 원하는 만큼 선량한 사람이 되지 못했다고 말씀하셨어요. 또 자신이 불완전하다는 사실을 애석하게 생각한다고 말씀하셨어요. 그리고 그렇게 더러운 과거에 대한 기억을 지니고 있다는 건 마치 자신을 파멸로 이끄는 독약을 마시는 것과 같다고 말씀하셨지요. 저는 그 모든 걸 노력으로 씻어낼 수 있다고 생각해요. 주인님이 노력하신다면 주인님 자신이 인정할 수 있는 삶을 살아가실 수 있다고 생각해요. 지금부터 주인님

제14장

스스로 자신의 결점을 고치려고 노력하신다면 주인님께는 오점이 없는 즐거운 추억들이 쌓이겠지요. 그리고 뒤를 돌아보실 때마다 기쁨에 충만할 거예요."

"정답이로군, 정답이야! 그 정답만 따르면 나도 천국에 이르겠군."

그가 다시 입을 열려고 하자 나는 자리에서 일어났다. 어려운 이야기를 그와 계속한다는 게 버거웠고 그의 성격을 도무지 제대로 알아낼 수 없었기 때문이다. 의자에서 일어나는 나를 보고 그가 물었다.

"어디 가는 거요?"

"아델을 재울 시간이에요."

"내가 수수께끼 같은 소리만 하니 두려운 모양이군. 내 한마디만 더 하지. 에어 선생, 왜 그렇게 웃지를 않는 거요? 내가 보기에 당신은 즐겁게 웃을 수 있는 사람이오. 내가 날 때부터 타락한 사람이 아닌 것처럼 당신도 날 때부터 딱딱한 사람은 아니었을 거요. 이제까지 그럴 수밖에 없던 환경에서 자란 탓이겠지. 언젠가는 당신도 나를 자연스럽게 대하게 될 거요. 왠지 나도 당신을 틀에 박힌 식으로 대하게 될 것 같지는 않소. 나는 당신에게서 언뜻언뜻 촘촘한 새 창살 사이로 하늘을 바라보는 새의 모습을 본다오. 당신이 자유로워진다면 저 하늘 높이 날아오를 것만 같단 말이오."

그때 시계가 9시를 쳤고 아델이 깡충깡충 우리가 있는 곳으로 뛰어왔다. 로체스터 씨가 선물로 준 새 옷을 입고 새 신발을 신은 귀여운 모습이었다. 아델은 우리 앞에 와서 한 바퀴 빙 돌더니 한쪽 무릎을 굽히며 프랑스어로 크게 외쳤다.

"아저씨, 아저씨께서 주신 선물, 너무너무 감사해요."

그러자 로체스터 씨가 혼잣말하듯 대답했다.

"너무 똑같아! 바로 저 애 엄마가 저런 식으로 나를 홀렸지. 그러고는 저 애만 남기고 사라져버렸어. 저 애 엄마도 저렇게 가식적인 꽃이었지. 그래서 나는 저 꽃이 하나도 사랑스럽지 않아. 다만 내가 지은 죄들을 속죄하기 위해 저 애를 받아 키우고 있는 거지."

그러더니 그는 나를 보고 말했다.

"또 수수께끼 같은 소리만 했군. 언젠가 사정을 다 이야기해 줄 날이 있을 거요. 가서 주무시오."

제14장

133

제15장

　　얼마 후 로체스터 씨는 정말로 그 사정을 내게 이야기해주었다. 어느 날 그는 정원에서 나와 아델을 우연히 만났다. 그는 아델을 파일럿과 놀게 한 후 나와 너도 밤나무가 자라고 있는 오솔길을 함께 거닐자고 했다. 나와 함께 거닐면서 그는 그 이야기를 해주었다.

　　그는 아델이, 그가 격정적인 열정(그는 그렇게 표현했다)을 품었던 프랑스 오페라 무용수 셀린 바랑의 딸이라고 했다. 그는 세련된 프랑스 요정이 자기같이 못생긴 남자를 좋아한다는 데 우쭐해서 그녀에게 말 그대로 모든 것을 다 해주었다. 하지만 그녀는 곧 바람둥이 한 장교와 밀회를 했고 로체스터 씨는 현장을 목격했다. 그는 충격을 받았지만 질투는 하지 않았다고 했다. 그러기에는 연적이 너무나 형편없는 상대였기 때문이었다. 그 장교는 가끔 사교계에 드나드는 비열한 귀족이었다. 그는 그들의 밀회 장면 앞에 나타나 셸린과 결별을 선언하고 상대와는 다음 날 결투를 하여 팔에 총상을 입혔다.

그게 전부였다. 하지만 그에게는 짐이 하나 주어졌다. 바로 아델이었다. 바랑은 아델이 그의 딸이라고 우겼고 그는 절대로 자신의 딸이 아니라고 생각했다. 닮은 데가 하나도 없기 때문이었다. 하지만 그는 아델을 거두어 기르기로 결심했다. 바랑은 어떤 음악가인지 가수와 함께 이탈리아로 도망가버렸고 오갈 데 없이 된 아델을 그냥 내버려둘 수 없어서였다.

이야기를 마친 후 그가 마무리했다.

"자, 이제 당신이 가르치고 있는 아이가 누구인지 알게 되었을 거요. 얼마 안 있으면 내가 새로운 가정교사를 알아보게 되겠군."

"아니에요. 당신이나 그 애 어머니가 저지른 잘못과 아델은 아무런 상관이 없어요. 오히려 저 애가 엄마에게 버림받고 주인님께도 친자식으로 인정받지 못하니 더 애정이 생기네요. 게다가 저 애는 저를 따른답니다. 부잣집 응석받이보다는 저 애가 훨씬 더 좋아요."

제15장

그날 밤 방으로 돌아와 그가 해준 이야기를 곰곰 되새겨보았다. 그가 왜 그런 이야기를 내게 해준 걸까? 사실 그가 해준 이야기에는 특별한 게 없었다. 돈 많은 영국 귀족이 프랑스 무용수를 열정적으로 사랑했다가 배신당했다는 이야기는 사교계에서 흔히 일어날 수 있는 일이었다. 나는 오히려 그 이야기를 하면서 그가 보인 감정의 기복에 대해 더 호기심을 가졌다.

그는 이야기 도중 요즘의 생활에 대해서 만족한다고, 이곳 손필드의 고택과 주변 풍광을 바라보고 있으면 전에는 못 느끼던 기쁨을 느낀다고 내게 말했다. 그리고 그런 말을 하면서 격정에 휩싸인 말투가 되곤 했다. 하지만 아무리 생각해도 그 이유를 알 수 없었다.

나는 다시 그가 내게 보인 말투, 태도 등에 대해 생각해보았다. 그가 그런 비밀 이야기를 내게 해준 것은 내가 지닌 분별력에 대해 그가 신뢰와 찬사를 보낸 것과 다름없었다. 그는 이미 몇 주 전부터 전과는 전혀 다른 태도로 나를 대하고 있었다. 차갑고 오만한 태도는 어디론가 사라졌으며 언제나 예의 바르고 따뜻하게 나를 맞이했다. 우연히 마주쳤을 때도 반갑다는 듯 말을 건넸으며 미소를 짓기도 했다.

나는 나에 대한 그의 태도 변화를 그대로 받아들이기로 했다. 그의 허물없는 태도 덕분에 나는 피고용자로서의 속박감에서 벗어날 수 있었다. 그리고 그의 진심 어린 태도에 화답하여 나도 그를 진심으로 대했다. 그가 내 주인이 아니라 친척 같다는 생각이 들 정도였다.

그러자 이상한 일이 벌어졌다. 독자 여러분, 내가 여전히 그가 못생겼다고 생각하고 있었겠는가? 그렇지 않다. 그를 생각하면 감사하는 마음이 들고 즐겁고 정다운 말과 태도가 떠오르기 시작했다. 그러면서 그는 내가 가장 보고 싶은 사람이 되었다. 그에게서 여전히 오만하고 침울한 태도가 보일 때도 있었지만 그 결점은 모두 그가 겪은 잔인한 운명의 탓으로 여겨졌다. 그리고 그가 천성적으로는 겉보기보다 훨씬 더 고결하고 훌륭한 심성을 지녔을 거라고 생각했다. 그러면서 나는 또 다른 생각에 잠겼다.

'그는 왜 이 집에서 행복할 수 없을까? 도대체 무엇이 그를 이 집에서 멀어지게 만드는 걸까? 왜 잠시 머물다가 이 집을 떠나게 될까? 페어팩스 부인 말에 따르면 대개 보름 정도밖에 머물지 않는다고 했잖아. 그런데 벌써 이곳에 8주나 있었어. 그가 떠나면 여기는 얼마나 슬프게 변할까? 아무리 날이 화창해도 쓸쓸하기만 할 거야.'

제15장

내가 이런저런 생각에 잠이 드는 둥 마는 둥 하고 있을 때였다. 어디에선가 누군가가 희미하게 중얼거리는 소리가 들려와서 잠이 확 달아나버렸다. 내가 누워 있는 침대 바로 위에서 나는 소리 같았다. 멀리 아래쪽 홀에서 시계가 새벽 2시를 알리고 있었다.

나는 자리에서 일어나 침대에 앉았다. 공연히 무서웠다. 그때였다. 복도에서 무시무시한 웃음소리가 들려왔다. 마치 귀신의 웃음소리 같았다. 너무 무서워 침대에서 벌떡 일어나 문에 빗장을 걸었다.

복도에 누군가가 앓는 소리를 내며 걸어가고 있었다. 발소리는 3층으로 향하는 계단을 오르고 있었다. 이어서 모든 게 다시 정적에 휩싸였다.

'그레이스 풀이었나? 귀신에 들리기라고 한 건가?'

나는 속으로 생각했다. 더 이상 가만히 있을 수가 없었다. 페어팩스 부인이라도 불러야 할 것 같았다. 서둘러 옷을 입고 숄을 두른 후 떨리는 손으로 방문을 열었다. 복도 양탄자 위에 아직 꺼지지 않은 촛불이 타고 있었다. 나는 깜짝 놀랐다. 하지만 복도에 연기가 자욱한 것을 보고 더욱 놀랐다.

나는 복도로 뛰쳐나왔다. 멀리서 보니 로체스터 씨 방문이 열려 있는 걸 알 수 있었다. 연기는 그 문을 통해 밖으로 나오고 있었다. 페어팩스니, 그레이스니 그 이상한 웃음이니 하는 생각들이 모두 싹 달아났다. 오로지 빨리 그의 방으로 달려가야 한다는 생각뿐이었다.

나는 순식간에 그의 방으로 뛰어들었다. 침대의 커튼이 불타고 있었다. 불길과 연기 가운데 로체스터 씨는 세상모르고 잠들어 있었다.

"어서 일어나세요, 어서!"

나는 소리를 지르면서 그를 흔들어 깨웠다.

하지만 그는 뭐라고 중얼거리면서 돌아누울 뿐이었다. 연기에 질식해 의식이 몽롱해진 것이었다. 더 이상 지체할 시간이 없었다. 이미 침대보로 불이 옮겨 붙고 있었다. 나는 세숫대야와 물 주전자가 있는 곳으로 달려갔다. 다행히 모두 물이 가득 담겨 있었다. 그 물을 불길을 향해 들이부었다. 천우신조로 겨우 불을 끌 수 있었다.

그 소동에 물벼락을 맞은 로체스터 씨가 겨우 정신을 차렸다. 그가 욕설과 함께 내뱉은 첫마디는 "뭐야, 홍수라도 난 거야?"라는 외침이었다.

내가 대답했다.

"아닙니다, 주인님. 불이 났어요. 일어나세요. 몸이 흠뻑 젖었으니까요."

"아니, 거기 있는 게 제인 에어 양 맞아요? 내가 꿈을 꾸고 있는 건 아니지? 이게 도대체 무슨 짓이요? 나를 물에 빠뜨려 죽이기로 작정했나?"

나는 간략하게 자초지종을 설명했다. 복도에서 들렸던 이상한 웃음소리, 3층으로 올라가던 발소리, 연기 냄새에 이 방으로 뛰어들게 되었던 이야기를 간단하게 해준 것이다. 그는 심각하게 내 이야기를 들었다. 그의 얼굴에는 놀라움보다는 염려의 빛이 역력했다. 그가 잠시 가만히 있자 내가 그에게 물었다.

"페어팩스 부인을 부를까요?"

"그녀를 불러서 뭘 하려고? 그냥 자게 내버려둬요."

"그러면 레아를 부르러 가겠어요. 아니면 존이나 그의 아내라도."

"아니. 여기 꼼짝 말고 있어요. 내가 촛불을 가져올 테니. 내가 돌아올 때까지 여기 그대로 있어요. 아무도 부르지 말고."

그가 밖으로 나갔고 나는 그가 시키는 대로 방에 얌전히 있었다. 꽤 시간이 흐른 뒤에야 그가 파리해진 얼굴로 다시 나타났다.

그가 내게 물었다.

"당신이 방문을 열었을 때 뭔가 보았소?"

"마룻바닥에 놓인 촛대 외에는 아무것도 보지 못했습니다."

"이상한 웃음소리는 들었다고 했지요? 전에도 들은 적이 있었나?"

"네, 그레이스 풀이라고 하는 여자의 웃음소리를 들은 적이 있습니다. 정말 이상한 여자예요."

"맞소, 당신 말대로 이상한 여자요. 어쨌든 오늘 밤 벌어진 일을 당신과 나만 알게 되어 다행이오. 아무에게도 말하지 마시오. 집안사람들에게는 내가 설명하겠소. 자, 당신 방으로 돌아가시오. 나는 서재 소파에서 눈을 붙이도록 하겠소."

나는 방으로 돌아가기 위해 그에게 인사를 했다. 그러자 그가 큰 소리로 외쳤다.

"뭐요? 벌써 가겠다고? 이런 식으로?"

조금 전 나보고 가라고 하더니, 엉뚱한 소리를 하는 게 아닌가? 내가 즉각 대답했다.

"주인님께서 가보라고 하셔서."

"하지만 그렇게 작별 인사도 없이 간단 말이오? 내가 제대로 감사 표시도 못 했는데 이렇게 무미건조하게 당신을 보낼 수는 없소. 당신이 내 목숨을 구해주었는데! 끔찍한 죽음에서 나를 건져주었는데! 그런데 이렇게 남남인 것처럼 헤어질 수는 없소! 적어도 악수라도 나눠야지."

그가 내게 손을 내밀었다. 나도 손을 내밀었다. 그는 처음에는 한 손으로 내 손을 잡더니 잠시 후 두 손으로 움켜쥐었다.

"나는 당신이 언젠가 내게 좋은 일을 해주리라는 걸 이미 알고 있었소. 내가 당신을 처음 보았을 때부터 나는 당신 눈에서 그걸 읽을 수 있었소. 내 소중한 수호 요정! 잘 자요."

그의 목소리에는 이상한 힘이 넘치고 그의 표정에는 이상한 불꽃이 타오르고 있었다. 그가 잘 자라는 말을 하면서도 여전히 내 손을 잡고 있었기에 떠날 수 없었다. 나는 적당한 방책을 생각해냈다.

"페어팩스 부인이 일어나 움직이는 소리를 들은 것 같습니다, 주인님."

그제야 그가 내 손을 풀어주었고 나는 그 방에서 나왔다. 나는 다시 침대에 누웠지만 다시 잘 생각은 없었다. 동이 틀 때까지 기쁨의 눈물 아래 두려움의 물결이 요동치는 바다 위를 둥둥 떠다니고 있었다. 나는 너무나 들떠 있었기에 조금도 잠을 이루지 못하고 날이 새자마자 자리에서 일어났다.

제16장

잠 못 이룬 밤을 지낸 다음 날, 나는 로체스터 씨가 보고 싶으면서 동시에 그를 만나는 게 두렵기도 했다. 어젯밤의 그 목소리를 듣고 싶었지만 그와 시선이 마주치는 것은 두려웠다.

아침 식사 후 그의 방에서 여러 사람이 웅성거리는 소리가 들려왔다. 페어팩스 부인, 레아, 존과 그의 부인 메리의 목소리가 뒤섞여 있었다. 주인님이 무사하셔서 정말 다행이라는 소리, 주인님이 침착하셔서 불을 끌 수 있다는 소리를 알아들을 수 있었다. 그들은 방을 정돈하고 있는 것 같았다. 하지만 로체스터 씨의 모습은 보이지 않았다.

점심시간이 되어 아래층으로 내려가다가 방을 들여다보았

다. 침대 커튼만 떼어져 있었을 뿐 모든 것이 완전히 이전대로 복구되어 있었다. 레아가 유리창을 닦고 한 여자가 침대 옆 의자에 걸터앉아 새 침대 커튼에 고리를 끼우고 있었다. 바로 그레이스 풀이었다.

나는 그 여자의 무심한 표정을 보고 놀랐다. 도저히 살인을 저지르려 했던 여자의 얼굴이 아니었다. 그 얼굴에는 불안한 기색도, 두려움의 흔적도 없었다. 그녀는 나를 알아보자 평소처럼 짧게 "안녕하세요"라고 인사를 건넸을 뿐이었다.

정말로 수수께끼였다. 어제 내 말을 듣고 로체스터 씨는 분명 그녀를 의심했을 것이다. 그런데 그녀를 추궁하지도 않았단 말인가? 또 그녀 자신은 그런 일을 저지른 다음 날 어찌 저리 냉정하고 침착할 수 있단 말인가? 로체스터 씨와 그레이스 풀은 도대체 무슨 관계란 말인가? 하지만 머리를 아무리 굴려도 풀 수 없는 수수께끼였다.

그날 저녁이 될 때까지 나는 로체스터 씨의 모습을 볼 수 없었다. 땅거미가 지고 아델이 보모 소피와 함께 어린이 방으로 놀러 가자 홀로 남은 나는 그가 미치도록 보고 싶었다. 혹시 아래층에서 나를 부르는 벨 소리가 울리지 않나, 귀를 기울였다.

그에게 얼마나 하고 싶은 말이 많았던가! 나는 그가 어젯밤 그 끔찍한 사건을 저지른 장본인을 그레이스 풀이라고 생각하는지 묻고 싶었다. 만일 그렇다면 왜 그녀를 그냥 내버려두느냐고 묻고 싶었다. 지나친 내 호기심에 그가 화를 낼 게 분명했지만 그건 별로 문제가 되지 않았다. 나는 번갈아가며 그를 화나게 했다가 달랬다 하는 게 즐거웠다. 너무 지나쳐서 경계만 넘지 않으면 될 일이었다. 그리고 나는 본능적으로 그 경계를 알았다. 그렇게 팽팽한 긴장 가운데 그와 벌이는 논쟁은 언제나 재밌으며 그도 그걸 즐기고 있었다.

내가 그렇게 온갖 주의를 방 밖으로 집중하고 있을 때 마침내 계단을 올라오는 발소리가 들렸다. 하지만 문을 열고 들어온 레아는 차를 마시러 내려오라는 페어팩스 부인의 말을 전했을 뿐이었다. 아래층으로 내려갈 구실이 생긴 나는 기쁜 마음에 잰걸음으로 부인에게 갔다.

나를 보자 선량한 페어팩스 부인이 말했다.

"차를 들고 싶어할 것 같아서 불렀어요. 오늘 온종일 안색이 안 좋고 식사도 별로 안 하더군요."

나는 고맙다고 인사하며 자리에 앉았다. 그녀가 밖을 내다보며 무심코 한마디했다.

"날씨가 좋아서 다행이에요. 주인님이 여행하시기에 좋은 날이네요."

"그분이 여행을 떠나셨다고요?"

"아침을 드시고 바로 떠나셨어요. 에시턴 씨 성관이 있는 리아스란 곳으로 가셨어요. 여기서 10마일쯤 떨어진 곳인데, 아마 거기서 1주일 정도 머무르실 거예요. 좀 더 계실지도 모르지요. 상류사회 사람들이 모이면 함께 나눌 이야기들, 즐길 일들이 많잖아요. 그래서 쉽게 헤어지지 않아요. 주인님은 그런 모임에서 인기가 대단해요. 재치가 있어서 분위기를 주도하시니까요. 숙녀들도 주인님을 아주 좋아해요. 주인님이 지닌 학식과 능력, 재산과 지위가 그분의 약간의 외모상 결점을 충분히 메워줄 수 있지요."

"그 모임에 숙녀분들도 참석하나보지요?"

"네, 에시턴 부인과 따님 셋이 있어요. 그리고 아주 아름다운 블랑슈 잉그램 양과 메리 잉그램 양도 거기 와요. 6년 전인가, 7년 전인가, 블랑슈 잉그램 양이 열여덟 살이었을 때 본 적이 있어요. 로체스터 씨가 연 무도회에 왔었거든요. 모두 50명가량의 숙녀들이 있었는데 그녀가 그날의 여왕이었답니다."

"어떤 모습이었는데요?"

"키가 크고 날씬했지요. 목은 길고 얼굴은 우아했어요. 검고 큰 눈이 보석처럼 반짝였고요. 노래도 불렀는데 목소리가 정말 좋았어요. 교양이 있는 건 두말할 필요가 없었고요."

나도 모르게 부인에게 묻고 말았다.

"미혼인가보지요?"

"그래요. 자매가 둘 다 재산이 별로 없어요. 장남이 재산을 전부 상속받았다나봐요."

"그녀가 그렇게 훌륭한 숙녀라면 그건 문제가 안 되잖아요. 부자나 귀족 중에는 그녀를 사랑하는 사람이 분명 있을 텐데. 예를 들어 우리 주인님 같은 분 말이에요. 그분은 부자잖아요."

"그래요, 부자시지요. 하지만 나이 차이가 너무 나요. 로체스터 씨는 마흔이 가까운데 잉그램 양은 겨우 스물다섯밖에 안 됐거든요."

"그게 뭐 어때서요? 그보다 더 나이가 차이 나는 사람들이 결혼하는 일은 흔하잖아요."

"그렇긴 해요. 하지만 로체스터 씨가 그런 생각을 품을 것 같진 않아요. 그건 그렇고 왜 그렇게 아무것도 안 들어요?"

더 이야기를 이어가고 싶었지만 아델이 들어오는 바람에 대화는 중단되었다.

제16장

다시 혼자 있게 되자 나는 생각에 잠겼다. 부인을 통해 들은 정보들은 나를 차분히 뒤돌아볼 기회가 된 셈이었다. 내 마음속을 들여다보며 내 생각과 감정을 꼼꼼히 검토해보았다. 그리고 내 멋대로의 상상 때문에 길을 잃고 헤매었던 그것들을 건전한 상식의 울타리에 넣고 다시 바라보려 애썼다.

결국 나는 스스로에게 다음과 같은 판결을 내렸다.

제인 에어, 너는 이 세상 그 누구보다 바보다. 너는 달콤한 거짓에 취해서, 마치 독약을 선약(仙藥)인 것처럼 마신 천치다.

뭐, 로체스터 씨가 너를 좋아한다고? 그를 즐겁게 해줄 능력이 있다고? 이런 어리석은 멍청이 같으니라고! 제발 두 눈 똑똑히 뜨고 봐! 여자가 저 혼자 제 안에서 사랑을 키우는 건 미친 짓이야. 상대방이 함께 나누지도 않고 알지도 못하는 그런 사랑을 키우는 건 자기를 죽이는 것과 마찬가지야. 설사 그가 그걸 알게 되고 함께 사랑을 나누게 되더라도 마찬가지야. 그건 마치 네가 도깨비불의 유혹에 넘어가서 도저히 빠져나오기 어려운 진창에 빠지는 것과 같아. 그러니 제인, 이제부터 내 판결을 잘 들어.

내일부터 거울을 앞에 놓고 너의 초상을 그릴 것. 단 하나의 결점도 빠뜨리지 말 것. 눈에 거슬리는 얼굴선도 있는 그대로 그리고 반듯하지 않은 이목구비도 매끄럽게 만들지 말 것. 그리고 그 아래 이렇게 쓸 것.

-가난하고 가족도 없는 어느 못생긴 가정교사의 초상-

그런 다음 블랑슈 잉그램 양의 초상을 그릴 것. 가장 밝고 화사한 색조들로 네가 상상할 수 있는 가장 아름다운 얼굴을 그릴 것. 그리고 그 밑에 이렇게 쓸 것.

-상류 가문에 속하는 교양 있는 처녀 블랑슈 잉그램의 초상-

그런 후, 로체스터 씨가 너를 좋아할지도 모른다는 망상이 들 때마다 두 그림을 꺼내서 비교할 것.

나는 나 자신에게 내린 판결을 곧바로 집행했다. 연필로 내 초상화를 그리는 데는 한두 시간이면 족했다. 하지만 잉그램 양의 아름다운 초상화를 그리는 데는 보름이 걸렸다. 정말 아름다운 얼굴이었다. 나는 두 그림을 비교해보았다. 그 차이가 너무 확연했고, 그 차이는 바로 나의 확고한 자제심에서 나온 것이었다.

그 판결을 집행하면서 얻은 것이 있었다. 우선 그림을 그리느라 내 머리와 손이 너무 바빴다. 그 덕분에 내가 마음속에 단단히 새겨놓으리라 작정했던 각오들이 더욱 확고해졌다. 그리고 이렇게 억지로 내 감정에 부과했던 이 엄격한 규율 덕분에 이후에 벌어진 여러 가지 일에 대해 평온한 가운데 침착하게 대처할 수 있었다. 만약 그런 준비가 없었다면 그 일들을 감당하기 어려웠을 것이다.

제17장

로체스터 씨가 집을 떠난 지 보름이 지났을 때 페어팩스 부인에게 그의 「편지」가 전달되었다. 사흘 후면 그가 손필드 장으로 돌아올 것이며 많은 손님과 함께 올 것이니 저택에서 가장 좋은 방들을 손님들을 위해 준비해놓으라는 「편지」였다. 사흘 후라면 목요일이다. 페어팩스 부인은 「편지」를 받자마자 아침을 드는 둥 마는 둥 하고는 작업 지휘에 들어갔다.

목요일이 되었다. 모든 준비는 전날 저녁에 다 끝나 있었다. 카펫을 새로 깔고 침대 커튼에 장식을 달았으며 눈부시게 하얀 침대 시트를 펼쳤고 가구들을 윤이 나게 닦았으며 꽃병마다 꽃을 꽂았다.

따사롭고 맑은 날이었다. 얼마 후 마차 바퀴 소리가 들려왔다. 네 명이 말을 타고 앞서고 그 뒤를 덮개 없는 마차가 뒤따르고 있었다. 베일을 펄럭이며 다가오는 마차는 깃털이 물결처럼 장식되어 있었다. 말에 탄 두 명은 건장한 젊은 사람들이고 세 번째 사람이 검은색 애마에 올라탄 로체스터 씨였다. 여자 한 명이 그의 옆에서 말을 몰고 있었다. 보랏빛 승마복이 치렁치렁 늘어져 땅에 끌릴 정도였고 베일이 숱 많은 머릿결과 함께 바람에 나부꼈다.

"잉그램 양이에요."

옆에 있던 페어팩스 부인이 일러주었다.

얼마 후 아래층 홀에서 왁자지껄 유쾌한 소리가 들렸다. 이어서 계단을 올라오는 발걸음 소리가 들렸고 복도를 걷는 소리가 이어졌다. 손님들에게 침실을 배정하는 것 같았다. 나는 아델에게 저녁을 먹인 후 잠자리에 눕히고 내 방으로 돌아왔다. 어느새 시계는 11시를 가리키고 있었다.

다음 날도 전날처럼 날이 화창했다. 그날 손님들은 온종일 인근 지역으로 소풍을 갔다. 나는 그들이 출발하는 모습과 도착하는 모습을 모두 지켜보았다. 전날처럼 여자 중 유일하게 잉그램 양만이 말을 탔으며 역시 로체스터 씨가 나란히 말을 몰았다. 나는 그 모습을 손가락으로 가리키며 나와 함께 창가에 있던 페어팩스 부인에게 말했다.

"저 두 사람이 결혼할 가능성이 없다고 하셨지요? 그런데 로체스터 씨는 다른 숙녀들보다 잉그램 양을 제일 좋아하는 것 같네요. 그녀의 얼굴을 좀 보고 싶어요. 아직 그녀의 얼굴을 못 봤어요."

"오늘 저녁에 보게 될 거예요. 아델이 숙녀분들을 너무나 보고 싶어한다고 주인님께 말씀드렸더니 '저녁때 에어 선생보고 데리고 오라고 하세요'라고 말씀하셨어요. 제가 에어 선생이 낯선 분들 앞에 나서길 꺼릴 거라고 했더니 글쎄, '무슨 소리를! 만약 안 오겠다고 하면 내가 특별히 청한다고 말해요. 끝까지 고집을 부리면 내가 직접 데리러 간다고 말해요'라고 말씀하시더군요."

"그래요? 그분께 그런 수고를 끼칠 수는 없지요. 도리 없이 내려가봐야겠네요."

저녁이 되자 아델과 함께 살롱으로 갔다. 아델은 매우 흥분해 있었다. 손님들은 모두 식당 탁자에 앉아 있었고 우리는 그곳을 거치지 않고 다른 문을 통하여 살롱으로 들어갔다. 큰 방을 나누어 살롱과 식당 겸용으로 쓰고 있었기에 살롱과 식당을 가르는 것은 아치문 앞에 드리워진 커튼뿐이었다.

살롱에는 아무도 없었다. 아델은 아무 말 없이 내가 가리키는 의자에 가서 앉았다. 나는 창가로 가서 탁자 위에서 책을 한 권 집은 뒤 억지로 읽으려 했다.

얼마 후 이웃한 식당에서 사람들이 자리에서 일어나는 소리가 들렸다. 이어서 아치형 문의 커튼이 열리고 식당 안의 모습이 보였다. 긴 식탁에 놓인 크리스털과 은제 식기들 위로 환한 불빛이 쏟아져내리고 있었다.

숙녀들이 먼저 살롱으로 들어왔고 신사들이 뒤를 따랐다. 나는 그들에게 공손하게 인사를 했다. 한두 명은 고개를 숙이며 답례를 보냈지만 나머지는 그냥 빤히 쳐다볼 뿐이었다.

그들은 방 여기저기로 흩어졌다. 어떤 이들은 소파나 긴 의자에 반쯤은 누운 자세로 앉았고 어떤 이들은 탁자에 몸을 기울이고 꽃과 책을 바라보았다. 나머지는 난롯가에 모여 이런저런 이야기를 나누고 있었다.

그들 중에서 가장 두드러진 것은 잉그램 부인과 그 두 딸이었다. 셋 모두 여자로서는 큰 키였다. 잉그램 부인은 40대 중반으로 보였는데, 여전히 아름다웠지만 얼굴에는 오만한 표정이 역력했고 거드름 피우는 말투였다. 사납고 매서운 눈길이 내게 외숙모 리드 부인을 연상시켰다.

블랑슈와 메리는 같은 키에 똑같이 늘씬했다. 하지만 메리는 너무 호리호리했다. 반면 블랑슈는 사냥의 여신 아르테미스처럼 멋진 몸매를 하고 있었다.

그녀의 외모는 페어팩스 부인이 묘사한 그대로였다. 탐스러운 가슴, 매끄럽게 흘러내린 어깨선, 우아한 목, 검은 눈동자와 새까만 곱슬머리 등, 모든 것이 내 그림 속의 그녀였다. 하지만 얼굴은 달랐다. 주름만 없었을 뿐 그녀의 얼굴은 자기 엄마 얼굴의 판박이였다. 좁은 이마와 또렷한 이목구비에서는 오만함이 넘쳤다. 아름답긴 했지만 그녀의 얼굴에는 내가 그린 얼굴에서 볼 수 있는 고결함이 없었다.

얼마 후 그녀는 피아노를 연주했다. 연주 솜씨가 뛰어났다. 그녀는 노래도 했다. 아름다운 목소리였다. 그녀는 어머니와 프랑스어로 말을 나누기도 했는데 발음도 정확했다.

커피가 들어왔고 모두 식탁으로 갔지만 나는 후미진 구석에 앉아 있었다. 다행히 창문 커튼이 내 몸을 반쯤 가려주었다. 도대체 로체스터 씨는 어디 가고 보이지 않는 것일까?

마침내 그가 왔다. 그가 오는 쪽으로 애써 눈길을 돌리지 않았지만 그가 들어왔음을 알았다. 손에 들고 있던 뜨개질감에 정신을 집중하려고 노력했다. 하지만 어쩔 수 없이 마지막으로 그를 보았을 때의 모습이 떠올랐다. 그는 내 손을 잡고 나를 보고 있었다. 그때 그 눈빛! 너무도 가슴이 벅차 터지기 일보 직전인 것처럼 나를 내려다보던 그 눈빛! 그는 나와 얼마나 가까웠던가! 그런데 지금은 마치 모르는 사람처럼 얼마나 멀어진 것인가! 나는 그와 너무 멀어져서 그가 내게 다가와 말을 걸리라는 기대도 할 수 없었다. 정말로 그는 나를 쳐다보지도 않은 채 응접실 저쪽 끝에 앉아서 다른 숙녀들과 이야기를 나누고 있었다.

그가 나에게 눈길을 주지 않는 게 확실해 보이자 나는 눈을 들어 그를 바라보았다. 나는 그를 뚫어지게 바라보며 다른 사람들과 비교해보았다. 분명히 다른 남자들이 그보다 멋진 모습이었고 미남이었다. 하지만 그들은 내게 아무런 느낌도 주지 않았다. 그를 바라보는 것만으로도 내 가슴은 뛰었고 뭐라고 표현하기 힘든 기쁨을 느꼈다.

하지만 그는 여전히 내게는 눈길도 주지 않은 채 잉그램 양자매와 그녀 부모들과 이야기를 나누고 있었다. 이어서 그들은 피아노를 치고 노래를 불렀다. 나는 이때가 빠져나갈 좋은 기회라고 생각하고 내가 앉아 있던 구석진 곳에서 슬며시 일어나 남들 모르게 살짝 방에서 나왔다.

방에서 나온 나는 현관홀로 이어지는 복도를 걸어갔다. 그때였다. 등 뒤에서 식당 문이 열리는 소리가 들리더니 남자 한 명이 나왔다. 로체스터 씨였다. 곧 우리는 얼굴을 마주하게 되었다. 그가 내게 물었다.

"살롱에서 왜 내게 와서 말을 걸지 않은 거요?"

나는 그 질문을 고스란히 그에게 되돌려주고 싶었다. 하지만 그런 실례를 저지르고 싶지 않아 조용히 대답했다.

"너무 바쁘신 것 같아서요. 방해되고 싶지 않았습니다."

"내가 없는 동안 어떻게 지냈소?"

"특별한 건 없었습니다. 평소처럼 아델을 가르쳤지요."

"안색이 전보다 안 좋은 것 같아. 무슨 일이 있었소?"

"아무 일도 없었습니다."

"그렇다면 빨리 응접실로 다시 돌아가시오. 도망가기에는 너무 일러."

"좀 피곤해서 돌아가 쉬고 싶습니다, 주인님."

그는 잠시 나를 바라보았다.

"좀 우울해 보여. 자, 말해봐요. 정말 아무 일도 없었소?"

"정말 아무렇지도 않습니다. 우울하지 않습니다."

제17장

"아냐, 확실히 뭔가 있어. 너무 슬픈 표정이야. 내가 말 몇 마디만 더 하면 눈물이 맺힐 것 같은데…… 저 봐, 벌써 눈물이 맺혔군. 저런, 한 방울이 바닥에 떨어졌네. 하인들 눈길만 없다면 왜 그러는지 정말 묻고 싶소. 하지만 오늘 밤은 그냥 보내주지. 그렇지만 손님들이 이곳에 머무는 동안 매일 저녁 살롱으로 오시오. 내 진정으로 원하는 거니 무시하지 마시오. 자, 가서 아델을 소피에게 데려가시오. 잘 자요, 나의……."

그는 말을 멈추더니 입술을 깨물었다. 그리고 황급히 내 곁을 떠났다.

제18장

　독자여, 여러분은 이제 내가 로체스터 씨를 사랑하게 되었음을 이미 눈치챘을 것이다. 그리고 나 자신도 그것을 깨달았다. 응접실에 사람들과 함께 있을 때, 그가 내게 눈길을 주지 않는다는 이유만으로 그를 사랑하지 않을 수는 없는 노릇이었다. 그가 잉그램 양과 즐겁게 이야기를 나누고, 잉그램 양이 그에게 다정한 눈길과 몸짓을 보인다고 해서 그를 사랑하지 않을 수는 없는 노릇이었다. 그녀가 내 곁을 지나면서 내게 경멸의 눈길을 보낸다고 해서, 또 그가 그녀와 곧 결혼할 수 있는 사이라고 해서 그를 사랑하지 않을 수는 없는 노릇이었다.

　이런 상황 속에서 사랑을 식게 하거나 쫓아내게 할 것은 아무엇도 없었다. 물론 나를 절망감에 빠뜨리는 것들은 많았다. 독자 여러분은 내 말에서 곧바로 질투심을 떠올렸을지도 모른다. 내가 잉그램 양을 향해 질투심을 느꼈으리라고 생각하는 것은 당연하다. 나 같은 신분의 여자가 잉그램 양 같은 신분의 여자에게 감히 질투심 같은 걸 느낄 수 있다면 말이다.

하지만 나는 그녀를 질투하지 않았다. 그러기에는 그녀의 자질이 너무나 모자랐다. 이런 역설적인 이야기를 하는 걸 독자 여러분은 용서해주기 바란다. 나는 진실을 이야기하고 있다.

그녀는 화려했지만 진실하지는 못했다. 그녀는 아름다웠고 재주도 많았지만 정신은 빈약했고 가슴은 천성적으로 메말라 있었다. 그 토양에서는 그 어떤 꽃도 피어날 수 없으며, 사람들의 입을 즐겁게 해줄 과일이 자연스레 익어갈 수도 없었다. 그녀는 자신의 감정을 큰 소리로 떠들긴 했지만 그녀에게는 타인에 대한 공감이나 연민의 감정은 없었다. 그녀에게는 다정함이나 진정성이 없었다. 아델의 신분에 대해 알고 나서 그녀가 아델을 대하는 태도가 그 본보기였다. 처음에는 그토록 그 애를 귀여워하는 척하더니 이제는 그 애가 곁에 가기만 해도 얼굴을 찡그렸고 그 애를 밀쳐냈다. 심지어 그 애보고 방에서 나가라고 명령하기까지 했다.

내 눈 외에 또 다른 눈 하나가 그녀의 그런 면모들을 유심히 지켜보고 있었다. 바로 로체스터 씨의 눈이었다. 그렇다. 그녀의 미래 신랑감이 그녀를 주도면밀하게 감시하고 있었던 것이다. 그의 명석함과 용의주도함이 그녀의 결점을 정확히 꿰뚫고 있었고 그의 눈에서는 그녀를 향한 열정이 조금도 보이지 않았다. 하지만 바로 그 사실 때문에 나는 나대로 고통스러웠다.

그렇다. 내가 고통스러운 건, 바로 그녀가 그의 마음에 절대로 들 수 없다는 것, 바로 그것 때문이었다. 만일 잉그램 양이 단번에 그의 사랑을 쟁취했다면 나는 두말없이 돌아서서 그들과 아무 연관이 없는 존재로 살아갔을 것이다. 만일 잉그램 양이 고결한 품성과 열정과 부드러움을 지닌 숙녀였다면 나는 질투와 절망감이라는 괴물들과 싸우다 지쳐 그녀를 동경하며 조용히 살아갔을 것이다.

하지만 현실은 그렇지 못했다. 잉그램 양은 로체스터 씨를 향해 무수히 많은 유혹의 말과 몸짓을 했지만 번번이 과녁을 빗나갔다.

'그와 저렇게 가까이 지낼 수 있는 특권을 누리면서도 왜 저렇게 실패만 거듭하는 걸까?'

나는 그녀가 그를 진정으로 좋아하지 않기 때문이라고 생각했다.

'그를 진정으로 좋아한다면 저렇게 헤프게 추파나 애교를 보낼 순 없을 거야. 저렇게 자기를 과시하기 위해 수다를 떨 필요도 없을 거야. 그저 그의 곁에 가만히 있으면서 두근거리는 가슴을 진정하느라 애를 쓰게 될 거야.'

나는 그녀와는 달리 어떻게 하면 실패하지 않을지 그 방법을 알고 있었다. 사실은 아주 간단했다. 그가 묻는 말에 그저 가식 없이 대답만 하면 되고, 필요할 때만 자연스럽게 그에게 말을 걸면 되는 거였다. 그것만으로 그를 기쁘게 할 수 있다. 나는 그가 잉그램 양을 향해 짓고 있는 딱딱하게 굳은 표정과는 다른 표정을 이미 그에게서 보았었다. 그건 내가 그에게 수다를 떨거나 아양을 떨 때가 아니었다. 실제로 나는 그래본 적도 없다. 다만 솔직하게 몇 마디 말만 해도 그의 표정은 더 밝아지고 그의 말은 더 부드러워졌으며 그의 행동은 더 친절해졌었다.

로체스터 씨는 손님들이 와 있는 중에도 가끔 볼일을 보기 위해 외출했다가 밤늦게 돌아오곤 했다. 어느 날 저녁 그가 외출했을 때였다. 만찬 시간이 다가와 모두 살롱에 모여 있었다. 그때 비 오는 자갈길에 마차가 삐걱거리며 굴러오는 소리가 들렸다. 창밖을 내다보던 아델이 "역마차가 와요!"라고 소리를 질렀고 사람들은 창밖을 내다보았다.

마차에서 한 남자가 내리더니 잠시 후 살롱으로 들어왔다. 여행복을 입고 있는 낯선 사람이었다. 로체스터 씨와 비슷한 연배로 보였으며 태도는 정중했으나 말투가 어딘가 이상했다. 그는 여자 중 가장 연장자인 잉그램 부인에게 정중히 인사한 후 말했다.

"제가 때를 잘못 택한 것 같습니다. 로체스터 씨가 안 계시는 군요. 그와는 오랜 친구 사이입니다. 실례가 안 된다면 그가 돌아올 때까지 이곳에서 기다릴 수 있게 해주시겠습니까?"

그는 점잖았고 잘생긴 얼굴이었지만 가까이서 자세히 보니 불쾌하기까지는 아니더라도 사람 마음을 편치 않게 하는 구석이 어딘가 있었다. 그의 이목구비는 반듯했지만 뭔가 느슨해 보인다는 느낌이 들었다.

만찬이 끝나자 그는 곧 두세 명의 신사와 이야기를 나누었다. 나는 귀동냥을 통해 그의 이름이 메이슨이라는 것, 서인도 제도에서 살고 있으며 영국에는 방금 도착했다는 것을 알 수 있었다. 그래서 그런지 얼굴이 까무잡잡했다. 그를 자세히 보면 볼수록 그가 점점 더 싫어졌다는 것을 독자 여러분에게 밝

제18장

163

힐 수밖에 없다. 그는 침착하지도 않았으며 박력도 없었고 멍한 갈색 눈은 흐리멍덩해 보이기까지 했다.

모두 이런저런 이야기에 몰두해 있을 때였다. 뜻밖의 사건이 벌어졌다. 정복을 입은 하인 샘이 난로에 석탄을 더 넣기 위해 방으로 들어왔다. 난로에 석탄을 지핀 후 그가 방을 나가면서 에시턴 씨가 앉아 있는 의자 옆에 서더니 귀에 대고 뭐라고 낮은 목소리로 속삭였다. 그러자 에시턴 씨가 일어나서 사람들에게 큰 소리로 말했다.

"여러분, 샘이 말하기를 집시 할멈 한 명이 느닷없이 들어오더니 여러분의 점을 쳐주겠다고 우기고 있답니다. 지금 하인방에 있다는데 여러분 중 혹시 그 할멈을 만나보고 싶은 분이 계신지요?"

그러자 잉그램 부인이 외쳤다.

"아니, 대령님, 그런 말도 안 되는 짓을 하라고 권하시는 건 아니겠지요!"

문가에 있던 샘이 말했다.

"저도 쫓아내려고 했습지요. 하지만 아무리 내보내려 해도 막무가내입니다."

그러자 피아노 옆에 앉아 있던 블랑슈 잉그램 양이 잉그램 부인에게 말했다.

"엄마, 그러지 마세요. 제 앞날이 어떻게 될지 한번 점을 쳐 보고 싶어요. 여러분들도 모두 궁금하지 않으세요?"

그녀의 말에 모두 할멈을 불러오라고 한마디씩 했고 잉그램 부인은 물러섰다.

하인은 주저주저하면서 말했다.

"그런데, 저, 이곳에 들어오지 않겠답니다. 그 추한 할멈 말을 그대로 전해드려도 될지…… 어중이떠중이들 앞에 나서는 건 점술가 체면에 할 수 없는 일이랍니다. 자기를 아무도 없는 방으로 안내한 후 한 사람씩 들어오라고 했습니다."

그러자 블랑슈 양이 말했다.

"어머, 진짜로 용한 점쟁이인가봐. 그 할멈을 빨리 서재로 옮겨요. 내가 제일 먼저 갈 거야."

샘이 사라지더니 잠시 후 되돌아왔다.

"준비되었습니다. 그런데 신사분들 점은 안 본답니다. 결혼하신 부인들도요. 미혼의 아가씨들만 점을 보겠답니다."

그런데 샘의 표정이 묘했다. 웃음이 터져 나오는 것을 억지로 참는 것 같았다.

그의 말이 끝나기가 무섭게 블랑슈 양이 도도한 자세로 밖으로 나갔다.

몇 분이 아주 느리게 흘러갔다. 15분쯤 되었을까 서재 문이 열리는 소리가 들리더니 잠시 후 그녀가 돌아왔다. 모두의 눈길이 호기심에 차서 그녀를 향했다. 그녀는 그 눈길에 차가운 눈길로 답한 후 자기 자리에 가서 말없이 앉았다. 당황한 것 같지도 않았고 즐거운 것 같지도 않았다.

"언니, 뭐라고 그래?"

메리 양이 물었다.

"어머, 뭐 그렇게들 진지한 표정들이세요? 이 집에 진짜 마녀라도 와 있다고들 생각하시는 것 같아요. 그냥 뜨내기 집시 노파일 뿐이에요. 내일이라도 어디 갖다 가두는 게 낫겠어요."

블랑슈 양은 책을 집어 드는 것으로 더 이상의 질문을 막았다. 나는 그녀를 유심히 살펴보았다. 그녀는 책장을 넘기지도 않았다. 그녀의 얼굴이 점점 어두워지는 것을 알 수 있었으며 뭔가 불만에 찬 표정, 실망감에 찬 표정이었다. 그걸로 봐서 그녀는 노파가 친 점을 믿고 있는 게 분명했다.

남은 세 명의 아가씨들도 점을 보고 싶어했다. 하지만 그녀들은 혼자 가는 건 뭔가 겁이 난다고 말했다. 그녀들은 샘의 중재로 한꺼번에 와도 좋다는 노파의 허락을 받아냈다.

그녀들의 방문은 블랑슈 양 때처럼 조용히 진행되지 않았다. 그녀들이 들어간 서재에서는 깔깔거리는 웃음소리, 어머나, 하는 나지막한 비명들이 새어 나왔다. 20여 분이 지나자 세 명은 서재에서 나왔다. 모두를 반쯤은 무서움에 질린 모습이었다.

그녀들은 한목소리로 말했다.

"정말 이상한 노파야! 세상에 어떻게 그런 일이! 우리들에 대해 모든 걸 알고 있잖아!"

사람들이 궁금해서 노파가 무슨 말을 했느냐고 묻자 그녀들은 자기들 어릴 때 일을 모두 알고 있으며 자기네들 집 안에 어떤 게 있는지 정확히 맞추었다고 말했다. 심지어 자기들이 지금 무슨 생각을 하고 있는지도 맞추었으며 자신들의 소망까지도 맞추었다고 단언했다.

그녀들이 반쯤은 놀라고 반쯤은 두려움에 그런 이야기들을 하고 있을 때 누군가 내 뒤에 와서 헛기침했다. 뒤돌아보니 샘이었다.

"선생님, 집시 할멈 말이 이 방에 아직 점을 보지 않은 아가씨가 있다고 하더군요. 그리고 모든 처녀의 점을 보기 전에는 절대로 이 집에서 나가지 않겠다고 우기고 있어요. 선생님을 말하는 거지요. 어떻게 하시겠습니까?"

제18장

167

"물론 가봐야지."

잔뜩 호기심이 동해 있던 차에 잘되었다고 생각하고 나는 남들 모르게 슬쩍 살롱에서 빠져나왔다. 모두 아직 흥분해 있는 세 명을 둘러싸고 있어서 나는 그 누구의 눈에도 띄지 않았다.

제19장

　　　　　내가 서재로 들어갔을 때 그 안은 조용했다. 점쟁이는 벽난로 가의 안락의자에 태연하게 앉아 있었다. 노파는 붉은 외투를 걸치고 검은 모자를 쓰고 있었다. 좀 더 정확히 말한다면 챙이 아주 넓은 집시 모자를 썼으며 모자 양옆으로 손수건을 늘어뜨려 턱 아래에서 묶어놓고 있었다.

　나는 난롯가에서 멀찌감치 떨어져 있었다. 그녀는 책을 읽고 있다가 천천히 고개를 들었다. 넓은 모자챙 그늘이 그녀의 얼굴 일부분을 가렸지만 아주 이상하게 생긴 얼굴이라는 것은 알 수 있었다. 얼굴빛이 온통 흑갈색이었고 턱밑까지 감싼 손수건 아래로 머리카락들이 삐죽삐죽 나와 있었다. 그녀가 눈초리만큼이나 거슬리는 말투로 내게 말했다.

"그래, 아가씨도 점을 치러 오셨나?"

"상관없어요. 뭐 좋을 대로 하세요. 저는 점 같은 건 믿지 않아요."

"내 짐작대로 무례하군. 이 문으로 들어올 때 발소리를 듣고 이미 그런 줄 알았지. 떨지도 않네."

"춥지 않거든요."

"얼굴빛도 안 변했어."

"아프지도 않은데요."

"왜 나보고 점을 쳐달라고 부탁하지 않는 거지?"

"나는 바보가 아니에요."

"아냐, 너는 춥고 아픈데다 바보야."

"어디 증명해보세요."

내가 항변했다.

"내가 간단하게 증명해보지. 아가씨는 추워. 외롭기 때문이지. 그 누구를 만나도 아가씨 마음에는 불이 붙지 않아. 그러니 춥고 외로운 거야. 너는 병들었어. 인간에게 주어진 감정 중에서 가장 훌륭하고 가장 숭고하고 가장 달콤한 감정을 아가씨가 멀리하기 때문이야. 아가씨는 바보야. 그토록 마음의 고통을 겪고 있으면서도 그 숭고한 감정을 가까이 불러들이지 않으려

해. 그 감정이 아가씨를 기다리고 있는데도 그것을 향해 한 발자국도 옮기지 않지."

"저는 그런 수수께끼 같은 말은 몰라요."

"좀 더 똑똑히 듣고 싶으면 무릎을 꿇고 나를 향해 머리를 들어봐. 아가씨의 얼굴에 모든 게 다 나와 있으니까."

나는 그녀와 반 야드 정도 떨어진 곳에 무릎을 꿇고 앉았다. 왠지 그래야 할 것 같았다.

그녀가 내게 말했다.

"자, 저 살롱에 있는 사람 중에 아가씨의 관심을 끄는 사람은 없나? 그 누구의 얼굴도 유심히 살펴보는 사람이 없나?"

"저는 모든 사람 얼굴을 관찰하길 즐겨요."

"그중에 특히 주목하는 사람은 없나?"

"저는 거기 모인 분들을 거의 다 모르는 걸요. 그 누구하고도 이야기를 나누어보지 않았어요."

"아무도 모르고 아무하고도 이야기를 나누지 않았다고? 이 집 주인과도 이야기를 나누어보지 않았다고 우길 참인가?"

"그분은 지금 이곳에 안 계세요."

"그 정도는 나도 알아. 오늘 밀코트에 가서 오늘 밤이나 내일 돌아오게 되어 있지. 그렇다고 해서 그 사람을 남자들 목록에

제19장

서 빼버리는 거야?"

"지금 여기서 왜 그분 이야기를 꺼내는 건지 저는 잘 모르겠어요."

"그래, 모든 숙녀가 그를 향해 온갖 미소를 보낸다는 것도 나는 알고 있지. 그도 상냥하게 아가씨들을 대하고 있고. 그런 건 관찰하지 않고 있다는 건가?"

노파의 이상한 이야기와 목소리, 태도 등으로 인해 나는 마치 꿈꾸는 것 같은 분위기에 휩싸였다. 그녀의 말을 들으니 나는 마치 신비스런 거미줄에 얽힌 것 같았다. 마치 눈에 보이지 않는 요정이 몇 주 동안 내 심장 가까운 곳에서 그 움직임을 지켜보고 그 고동 소리를 하나하나 기록하는 것만 같았다.

내가 가만히 있자 점쟁이 노파가 다시 입을 열었다.

"로체스터 씨는 몇 시간이고 그 유혹의 목소리에 귀를 기울이며 그녀들 곁에 있었지. 그는 그녀들이 보내는 찬사에 흡족해했고 그녀들이 자신을 즐겁게 해주어서 고마워하는 것 같았어. 그런 건 관찰하지 않은 거야?"

"고마워했다고요? 그분의 얼굴에서 그런 표정은 찾아내지 못했어요."

"찾아내지 못했다고? 그렇다면 살펴보기는 했다는 소리로

군! 그래 고마워하는 표정이 아니라면 뭘 찾아낸 거지?"

나는 대답하지 않았다.

"아마 사랑을 보았겠지. 맞지? 그리고 그의 미래를 보았겠지. 결혼한 그의 모습과 행복한 그의 부인의 모습을."

"흥, 틀린 것 같네요. 당신 같은 마녀도 가끔 실수를 하나보지요?"

"그렇다면 도대체 뭘 보았다는 거지?"

"상관 마세요. 저는 여기 물어보러 온 거지 고백하러 온 게 아니에요. 로체스터 씨가 결혼은 하게 될까요?"

"그렇게 될 거야. 그런 후 완벽하게 행복한 한 쌍을 이루겠지. 아가씨는 감히 그걸 의심하는 모양이지만 그럴 자격도 없고 그런 의심은 근거도 없어. 그는 그렇게 가문 좋고 아름다우며 재치 있고 교양이 넘치는 여자를 사랑할 수밖에 없어. 그녀도 로체스터 씨를, 최소한 그의 돈을 사랑하는 건 틀림없고. 그녀가 그의 재산을 최고의 결혼 조건으로 생각하고 있는 걸 나도 알아. 좀 전에 그녀에게 그 이야기를 얼핏 해주었더니 아주 심각해지더군. 그녀와 결혼하려는 남자에게도 조심하라고 충고를 해주고 싶어. 그보다 더 재산이 많은 남자가 그녀 앞에 나타난다면 금세 자리를 빼앗기게 될 거라고."

제19장

"저는 로체스터 씨의 미래가 궁금해서 온 게 아니에요. 제 미래가 궁금해서 온 거예요. 그런데 아직 아무 말씀도 안 해주시네요."

"아가씨 미래는 아직 불투명해. 아가씨의 얼굴을 보니 두 가지가 서로 충돌하고 있어. 운명의 여신이 아가씨에게 행운을 준비해놓고는 있어. 눈이나 입은 그걸 받을 만해. 눈은 이슬처럼 빛나며 부드럽고 감정이 풍부해. 입도 많은 말을 하게 생겼어. 웃기도 잘하고 상대방에게 애정을 보여주기도 해. 하지만 문제는 이마야. 주어진 행운을 밀어내고 있어. 거기에는 이런 게 쓰여 있어. '내 자존심과 상황 때문에 그래야만 한다면 나는 혼자 살 수 있다. 행복을 위해 내 영혼을 파는 짓은 할 수 없다. 굳건한 내 이성이 내 감정의 고삐를 단단히 쥐고 있다. 내 이성은 감정이 제멋대로 구렁텅이에 빠지는 걸 막아주고 있다'고."

거기까지 말한 후 그녀의 목소리가 갑자기 변했다.

"하지만 나는 그 이마를 존중하지 않아. 나는 미소와 애정을 원해. 나는 뭔가를 자라나게 하고 싶지 말라죽게 하고 싶지는 않아. 오, 내가 이제 완전히 헛소리하고 있군. 이제까지는 그래도 나를 꾹 눌러왔는데…… 여기까지는 내가 결심한 대로 말하고 행동했지만 더 이상 안 되겠군. 여기까지가 내 힘의 한계야.

자, 에어 선생, 일어나시오. 그만 나가보시오. 연극은 끝났소."

내가 꿈을 꾸고 있던 것일까? 아직도 꿈을 꾸고 있는 것일까? 변한 노파의 목소리, 억양, 그리고 몸짓은 마치 거울에 비친 내 모습처럼 너무나도 익숙했다. 나는 일어섰다. 하지만 밖으로 나가지는 않았다. 점쟁이 노파가 모자를 벗고 변장한 옷을 벗어 던지자 놀랍게도 그것은 바로 로체스터 씨였다.

"제인, 나를 알아본 거요? 내가 내 역할을 제대로 연기했나? 어떻게 생각하오?"

"주인님은 나를 정신없게 만들었어요. 터무니없는 이야기들을 해서 저도 덩달아 터무니없는 이야기를 하게 만들었어요. 그건 옳은 일이 아니에요."

"나를 용서해주겠소, 제인?"

"좀 더 깊이 생각해보기 전에는 대답을 못 해드리겠어요. 그런 후 내가 너무 바보 같은 짓을 한 게 아니라고 생각되면 그때는 용서해드리지요."

나는 다시 이 방에 들어와서 내가 한 말, 내가 한 행동들을 되새겨보았다. 그리고 안심이 되었다. 나는 처음부터 경계하고 있었다. 누군가 가면을 쓰고 위장한 것은 아닌가 의심도 했었다. 노파가 진짜 집시 점쟁이라면 이런 식으로 말하지는 않을

텐데 하는 생각도 했었다. 하지만 나는 노파가 로체스터 씨라
고는 조금도 생각하지 못했었다. 그래서 나는 속에 가진 내 생
각을 분명하게 말할 수 있었다.

생각에 잠긴 나를 보고 그가 말했다.

"무슨 생각을 하고 있는 거요? 미소를 띠고 있구려."

"자신에게 놀라기도 하고 대견하기도 해서요. 참, 주인님, 낯
선 손님 한 분이 찾아오신 건 모르시지요?"

"낯선 사람이라니? 아무도 약속한 사람은 없는데."

"메이슨 씨라고 했어요. 서인도제도의 자메이카에서 오셨다
고 하던데요."

내 입에서 그의 이름이 나오자 그는 내 손을 꽉 쥐었고 미소
를 띠고 있던 얼굴이 굳었다. 큰 충격을 받은 것 같았다.

"메이슨! 서인도제도!"라고 말하고 그는 몇 번이나 반복해
중얼거렸다.

"주인님, 어디 편찮으세요?"

그는 의자에 앉더니 나도 곁에 앉으라고 했다. 그가 포도주
를 한 잔 갖다달라고 해서 나는 식당으로 가서 포도주를 한 병
들고 다시 그에게 왔다. 모두 즐거운 이야기를 나누느라 내게
는 눈길도 주지 않았다.

내가 돌아오자 포도주로 목을 축이더니 그가 말했다.

"제인, 사람들이 어떻게 하고 있던가? 뭔가 심각한 표정들이 아니던가?"

"아뇨, 즐겁게 이야기를 나누고 있던데요."

"메이슨은?"

"그 사람도 즐거운 표정이었어요."

"제인, 내 한 가지 묻겠소. 그 사람들이 모두 한패가 되어 내게 침을 뱉으려 한다면 당신은 어떻게 하겠소?"

"할 수만 있다면 그들을 모두 방에서 쫓아내겠어요."

"만일 당신이 내 곁에 있는 걸 금한다면? 그러면 어떻게 하겠소?"

"아무 상관없어요. 아무도 저보고 이래라저래라 할 수 없어요. 제가 옆에 꼭 붙어 있어줘야 할 사람인가 아닌가는 제가 판단하는 거지요."

"자, 이제 살롱으로 가시오. 메이슨에게 내가 이 방에서 그를 기다리고 있다고 남들 몰래 말하시오. 그를 이리로 데려온 후 선생은 선생 방으로 가도록 하시오."

나는 그가 시키는 대로 한 후 2층 내 방으로 갔다. 내가 침대에 누운 지 한참 후에 손님들이 각자 자기 방으로 가는 소리가

제19장

들렸다. 손님들 목소리 중에는 "이리 오게, 메이슨. 이게 자네 방이야"라는 로체스터 씨의 목소리도 있었다. 쾌활한 목소리였고 나는 그 목소리에 안심되어 곧바로 잠에 빠져들었다.

제20장

그날 나는 침대 커튼을 내리는 걸 깜빡 잊고 잠이 들었다. 잠을 자다가 환한 달빛이 창문을 두드리는 바람에 잠에서 깨어났다. 나는 커튼을 내리기 위해 몸을 반쯤 일으켰다.

오, 맙소사! 그때 너무나 끔찍한 비명이 들려온 것이다. 맥박이 멎고 심장이 정지해버린 것 같았으며 뻗었던 팔은 그대로 얼어붙었다.

비명은 3층에서 나고 있었다. 싸움 소리가 들렸다. 그 소리로 보아 치열한 싸움임이 틀림없었다. 이어서 거의 숨넘어가는 고함이 들렸다.

"사람 살려! 아무도 없어요? 로체스터, 제발 이리 와줘요!"

나는 대충 옷을 입고 밖으로 나왔다. 사람들이 모두 방에서 나와 도대체 무슨 일이냐고 웅성대고 있었다. 그때 복도 끝의 문이 열리고 손에 촛불을 든 로체스터 씨가 나타났다. 그는 위층에서 내려온 것이었다.

그가 사람들에게 큰 소리로 말했다.

"자, 아무 일도 아닙니다. 하녀 한 명이 악몽을 꾼 모양입니다. 신경이 예민한 하녀입니다. 그게 다입니다. 꿈에서 유령이라도 보고 무서운 소리를 지른 겁니다. 자, 방으로들 들어가셔서 부인들을 달래주십시오."

나는 밖으로 나올 때와 마찬가지로 그 누구의 눈에도 띄지 않고 살며시 방으로 들어왔다.

하지만 도저히 잠을 이룰 수 없었다. 나는 옷을 제대로 챙겨 입었다. 다른 사람들은 비명만 들은 모양이었지만 나는 외치는 소리도 분명히 들었다. 그 소리가 바로 내 위에서 났기 때문이다. 나는 그 소리가 절대로 악몽을 꾼 하녀의 외침이 아니라는 것을 확신하고 있었다. 그 이상한 비명과 싸움 그리고 외침에 이어 그 무언가 사건이 일어날 것만 같았다.

하지만 조용했다. 웅성거리는 소리도 잦아들었고 손필드 장은 다시 이전처럼 적막에 잠겼다. 달이 기울고 있었다. 바로 그

때였다. 누군가 가볍게 내 방문을 두드리는 소리가 들렸다. 방문을 열어보니 로체스터 씨가 손에 촛불을 들고 복도에 서 있었다.

그가 말했다.

"마침 옷을 입고 있었군요. 당신이 필요하오. 조용히 나를 따라오시오."

그는 복도를 지나 위층으로 올라가더니 어둡고 음침한 복도에서 걸음을 멈추었다. 그를 뒤따르던 나도 그 자리에 섰다.

그가 내게 물었다.

"피를 보게 되더라도 견딜 수 있겠지?"

"아직 그런 경험은 없지만 괜찮을 것 같아요."

"자, 손을 이리 줘요. 당신이 기절이라도 하면 큰일이니."

나는 그의 손가락에 깍지를 꼈고 그가 문을 열었다. 페어팩스 부인이 저택 구석구석을 내게 구경시켰을 때 본 적이 있던 방이었다. 양탄자 한 자락이 들려진 곳에 숨겨진 문이 드러나 있었다. 문이 열려 있는 그 방에서 마치 개가 싸울 때처럼 으르렁거리는 소리와 무언가 잡아채는 소리가 들렸다. 그가 그 방으로 들어가자 웃음소리가 들렸다. 그렇다. 내가 가끔 듣곤 하던 그레이스 풀의 웃음소리였다. 방을 정돈하는 소리가 들리더

제20장

니 그가 다시 밖으로 나왔다.

그가 나를 방의 다른 쪽 구석으로 데려갔다. 커다란 침대를 돌아 건너편으로 가니 꽤 큰 공간이 있었고 의자에 셔츠 차림의 남자가 고개를 뒤로 젖힌 채 앉아 있었다. 메이슨 씨였다. 얼굴은 창백하고 셔츠 한쪽과 팔이 피로 흠뻑 젖어 있었다.

로체스터 씨는 내게 촛불을 건네고 스펀지를 물에 담그더니 그의 얼굴에 적셔주었다. 그러고는 식염수를 묻힌 솜을 코앞에 갖다 댔다. 그러자 메이슨 씨가 눈을 떴다. 로체스터 씨가 그의 셔츠를 벗기자 붕대가 감긴 팔과 어깨가 드러났다. 아직 피가 뚝뚝 떨어지고 있었다. 로체스터 씨는 솜으로 피를 닦은 후 말했다.

"내가 의사를 데려올 테니 좀 참고 있게."

그러더니 그가 나를 보고 말했다.

"제인, 한두 시간 이 사람을 당신에게 맡기겠소. 별일은 없을 거요. 다시 의식이 가물가물해지면 저기 저 식염수로 입술을 축여주고 코를 문질러줘요. 하지만 절대로 말은 걸지 마시오. 리처드, 자네도 절대로 제인 선생에게 말을 걸지 말게. 말을 하면 생명이 위험해져. 그저 가만히 있어야만 하네."

말을 마치고 밖으로 나간 그의 발소리가 멀어졌다.

이 낯선 사내와 함께 있는 동안 내게 들었던 오만 가지 생각을 어찌 다 표현할 수 있을까? 더욱이 나는 그레이스 풀이 바로 저 안에 있다는 것을 알고 있었다. 한밤중에 알지 못할 화재를 일으키고 이런 참사를 불러일으킨, 저 여자 모습을 한 괴물, 그레이스 풀은 도대체 누구일까? 이 사람은 누구이기에 거기에 얽혀든 것일까? 그는 왜 모두 잠든 시각에 여기 올라온 것일까? 왜 로체스터 씨는 나와 이 사람에게 입을 다물라고 했고, 이 사람은 순순히 그에 복종하는 것일까? 로체스터 씨는 왜 이 모든 것을 비밀로 하려는 걸까? 이 사람이 왔다는 소리를 들었을 때 로체스터 씨는 왜 그렇게 당황했던 것일까? 왜 마치 이 세상 마지막을 맞이한 것처럼 얼굴빛이 변했을까?

나는 그렇게 생각에만 몰두해 있었던 것이 아니다. 한쪽 신경을 저 비밀의 방을 향해 곤두세운 채, 수시로 메이슨 씨의 팔에서 흐르는 피를 닦았고, 그의 정신이 가물가물해지면 얼굴을 물로 적시고 코에 식염수를 갖다 댔다. 그러는 사이 창문으로 새벽빛이 어스름하게 비치기 시작했다.

로체스터 씨는 집을 나간 지 한 시간이 조금 더 되어서 돌아왔다. 하지만 내게는 마치 몇 주일이 흐른 것 같았다. 그는 의사와 함께 방으로 들어섰다. 그가 의사에게 말했다.

"자, 그를 잘 돌봐주시오. 30분 내로 상처를 돌보고 밖으로 데리고 나가야 하오. 그의 몸이 회복될 때까지 그를 당신 집에 데리고 있어주시오. 하루나 이틀 뒤에 내가 보러 가겠소."

얼마 후 우리는 모두 환자를 부축하고 밖으로 나갔고 곧이어 그를 태운 역마차가 멀어졌다. 벌써 시간이 새벽 5시 반이었다. 이제 내 역할이 끝났다고 생각하고 안으로 들어가려 했다. 그러자 뒤에서 로체스터 씨가 나를 부르는 소리가 들렸다.

"제인, 신선한 공기를 조금 마시고 들어가요. 당신, 정말 이상한 밤을 보냈지. 메이슨과 단둘이 남겨놓았을 때 무섭지 않았소?"

"안쪽 방에서 누가 나올까봐 무서웠어요."

"내가 문을 잠가놓았으니 괜찮았소. 열쇠는 여기 내 주머니에 있었지. 내 귀한 어린양을 이리 굴 앞에 방비도 없이 내버려뒀다면 나는 정말 무책임한 양치기였겠지. 당신은 안전했소."

"그레이스 풀을 계속 이 집에 데리고 계실 건가요? 그녀가 이 집에 있는 한 주인님이 안전하지 않으실 것 같아요."

"걱정하지 말아요. 나는 신중한 사람이니까."

"이제 어젯밤 같은 일이 다시 벌어질 거란 걱정은 안 해도 되는 건가요?"

"메이슨이 영국을 떠나기 전까지는 확신할 수 없소. 아냐, 그 후에도 안심할 수는 없지. 제인, 내게 있어 산다는 것은 언제 폭발할지 모르는 분화구 옆에 서 있는 것과 같다오."

"하지만 메이슨 씨는 주인님께 고분고분하던데요. 주인님께 맞서거나 해를 끼칠 것 같지는 않았어요."

"사실이오. 내게 반항할 사람이 아니고 내게 일부러 해를 끼칠 사람도 아니오. 이제 더 이상 내게 그런 짓을 할 수는 없지. 하지만 자기도 모르는 새, 입을 뻥끗해서 내 목숨까지는 아니더라도, 내 행복을 영영 빼앗아갈 수 있는 사람이지."

우리는 정원 정자에 앉아 몇 마디 이야기를 나눈 후 안으로 들어갔다. 나는 아직 그의 말을 완전히 이해할 수 없었고, 그의 마음을 읽을 수 없었다.

제20장

제21장

다음 날 오후 페어팩스 부인이 작은 살롱에서 누군가 나를 기다리고 있다는 전갈을 보내왔다. 누가 나를 찾아오다니, 어떻게 그런 일이! 아무리 생각해도 이 세상에 나를 찾아올 사람은 없었다.

부인의 응접실로 들어가니 양갓집 하인처럼 보이는 남자가 나를 기다리고 있었다. 상복 차림이었고 손에 들고 있는 모자 가장자리에도 검은색 상장(喪章)이 둘려 있었다.

그가 나를 보자 자리에서 일어나며 말했다.

"아가씨는 아마 저를 잘 기억하지 못하실 겁니다. 아가씨께서 게이츠헤드 장에 사실 때 제가 마차를 몰았지요. 저는 여전히 거기 살고 있습니다."

"오, 로버트! 어떻게 지냈어요? 다들 잘 있어요?"

"저는 잘 지냅니다. 베시와 결혼했지요. 두 달 전에 애를 하나 더 선물받아 애가 벌써 셋입니다. 그런데 존 도련님이 그만…… 최근에 돌아가시고 말았습니다. 1주일 전에 런던에서요. 좀 방탕한 생활을 하셨지요. 질이 좋지 않은 친구들과도 어울리고. 얼마 전에 게이츠헤드에 오셔서 전 재산을 다 내놓으라고 마님을 졸랐답니다. 이미 많은 재산을 도련님이 축낸 상태였는데…… 마님이 거절하셨고 빈손으로 런던으로 돌아갔지요. 그러더니 얼마 후 세상을 떠났다는 소식이 온 겁니다. 사람들 말로는 자살했다고 하던데……."

나는 입을 열지 못한 채 듣고만 있었다. 어떻게 그런 끔찍한 일이!

로버트가 계속 말을 이었다.

"그런데 이번에는 마님께서 앓아눕게 되었습니다. 존 도련님이 재산을 축내면서 가난에 대한 걱정과 두려움에 건강이 안 좋아지셨는데, 아드님이 자살했다는 소식에 쓰러지신 겁니다. 사흘 동안 말 한 마디 못 하고 누워 계셨습니다. 사람들 말로는 위독하시다고…… 그런데 어제 아침 베시가 제게 말하더군요. '제인 아가씨를 찾아가봐요. 내가 계신 곳을 알아. 아가씨에게

제21장

소식을 전해야 해요' 아마 누군가에게서 아가씨가 여기 계시다는 소식을 들은 모양입니다. 저는 곧바로 게이츠헤드를 떠나 여기로 왔습니다. 아가씨께서 준비되시는 대로 내일 아침 일찍 함께 떠나실 수는 없는지요?"

"로버트, 갈게요. 얼른 준비할게요."

나는 곧장 로체스터 씨를 찾아가서 그에게 자초지종을 이야기하고 1~2주 휴가를 내달라고 했다. 그가 외숙모의 이름을 듣고 말했다.

"게이츠헤드에 리드란 치안판사가 있었다는 건 나도 알고 있는데. 그분이 당신과 어떤 관계란 말이오?"

"그분이 제 외삼촌이에요. 지금 외숙모가 아프신 거고요."

"뭐요? 외숙모? 친척은 한 명도 없다고 하더니!"

"그냥 그렇게 되었어요. 저를 친척으로 생각하는 사람이 하나도 없다는 뜻이었다고만 알아주세요. 어쨌든 가봐야 해요. 제 외숙모잖아요."

그가 잠시 생각에 잠겼다가 말했다.

"언제 떠날 거요?"

"내일 아침 일찍 떠났으면 해요. 참, 마침 주인님을 뵈었으니 다른 용건 한 가지 말씀드릴 게 있어요."

"용건이라니? 어서 말해보시오."

"주인님은 곧 결혼하시게 될 거잖아요. 그렇게 되면 아델을 기숙학교에 보내세요."

"아, 내 신부 앞에서 그 애를 치워버리라는 말이로군. 일리가 있어. 하지만 그렇게 되면 당신도 어디론가 떠나버리겠다 이거 아니오?"

"그렇게 되지 않기를 바라지만, 다른 일자리를 구해야 할지도 모릅니다."

"어쨌든 당신 멋대로 일자리를 구하지는 마시오. 광고 내는 짓도 하지 말고. 때가 되면 내가 다 알아서 해주겠소. 내일 떠난다고 했소? 잠깐 동안 이별하는 거로군. 그렇다면 뭔가 그럴듯한 작별 인사를 해야 하는 거 아니오? 나는 그런 거 잘 모르니 좀 가르쳐주시오."

"보통 '안녕히!'라고 말한답니다."

"그게 다요? 너무 무미건조하잖아. 뭐 다른 거 없어? 악수라도 하든지. 하지만 그것도 별로 마음에 안 들어."

그는 마치 나를 놔주지 않을 것처럼 질질 끌었다. 나는 속으로 안달이 났다. 새벽 일찍 출발하려면 어서 준비해야 했기 때문이다.

제21장

"주인님, 그 말 한 마디면 충분해요. 중요한 건 화려한 말 여러 마디보다 진심 어린 말 한 마디니까요."

말을 마친 나는 그 길로 내 방으로 가 출발 준비를 했다. 그리고 다음 날 아침 일찍 마차에 올라 게이츠헤드로 출발했다.

5월 1일 오후 5시쯤에 게이츠헤드 장에 도착했다. 내가 들어서는 것을 보고 베시가 반갑게 외쳤다.

"어머나! 오실 줄 알았어요!"

나는 그녀에게 입맞춤해준 후 말했다.

"반가워, 베시. 내가 너무 늦게 온 건 아니지? 외숙모는 어떠셔? 아직 무사하시지?"

"네, 아직 괜찮으세요. 의사 말로는 1~2주는 더 살아 계실 거래요. 회복하시기는 힘들다네요. 오늘 아침 아가씨 이야기를 하시더니 도착하는 대로 보고 싶다고 하셨어요. 우선 식당으로 가세요. 아가씨들이 거기 있을 거예요."

식당으로 들어가니 우선 일라이저의 모습이 보였다. 아니 일라이저라고 확신할 만한 여자의 모습이 보였다고 하는 게 옳다. 그만큼 어렸을 때의 모습은 조금도 남아 있지 않았다. 호리호리하게 키가 컸고 매몰찬 표정을 하고 있었다. 그녀와 달리

활짝 피어난 아름다움을 자랑하고 있는 처녀는 분명 조지아나였다.

그녀들은 일어나서 내게 인사를 건넸지만 옛날과 다름없이 은연중에 나를 깔보고 있었다. 말투나 행동을 통해 드러나지는 않았지만 그런 감정을 속이기는 어려운 법이어서 나는 금방 눈치챘다. 하지만 나는 스스로도 놀랄 정도로 덤덤했다. 일라이저의 태도에 대해 굴욕감을 느끼지도 않았고 조지아나 때문에 화가 나지도 않았다.

곧이어 베시가 내가 묵을 방으로 나를 데려갔다. 그곳에 짐을 풀자 그녀는 외숙모가 누워 있는 침실로 나를 안내했다. 실은 안내를 받고 말고도 없었다. 그 옛날 야단을 맞거나 벌을 받기 위해 뻔질나게 드나들던 방이었다.

외숙모는 침대에 죽은 듯이 누워 있었다. 정말 이상한 일이었다. 그녀의 얼굴을 보고도 아무런 증오가 일지 않았다. 세월이 복수심, 증오, 분노 등을 가라앉힐 수 있다는 건 정말 다행이었다. 침대에 누워 있는 외숙모의 얼굴을 보니, 그녀가 지금 겪고 있는 고통에 대한 연민 외에는 아무런 감정도 일지 않았다. 그녀가 내게 입혔던 모든 상처를 다 잊고 용서하겠다는 생각만 들었을 뿐이고, 그녀와 화해하고 손을 잡고 싶다는 소망만 느겨질 뿐이었다.

　너무나도 낯익은 얼굴이었다. 이전과 똑같이 냉혹하고 딱딱한 얼굴이었다. 나는 내게 떠오르는 어린 시절의 슬픈 추억을 억누르며 몸을 굽혀 그녀에게 입을 맞추었다. 그녀는 깨어 있었다.

　나는 이불 밖으로 나온 그녀의 손을 잡았다. 그때 그녀가 내 손을 정답게 잡아주었다면 나는 정말로 기뻤을 것이다. 그러나 냉정한 성격은 그리 쉽게 부드러워지지 않는 법인가보다. 타고난 반감도 그리 쉽게 사라지지 않는 법인가보다. 외숙모는 내게서 손을 빼내더니 차가운 눈으로 나를 바라보았다. 순간 나는, 나를 향한 그녀의 감정이 조금도 변하지 않았으며 절대 변하지 않으리라는 것을 알았다. 하지만 그녀는 죽어가고 있다. 죽기 전에 그 무언가 나에게 할 이야기가 있는 것 같다는 느낌을 받았다.

　그녀가 입을 열었다.

　"거기 있는 게 누구냐? 얼굴이랑 눈, 이마가 낯이 익구나. 제인 에어 같은데…… 맞지?"

　나는 가만히 고개를 끄덕였다.

　"나는 곧 죽을 거다. 죽기 전에 마음의 짐을 좀 더는 게 낫겠지. 건강할 때는 아무렇지도 않던 게 죽음을 앞에 두니 마음의 짐이 되는 모양이다. 사실 그렇게 짐으로 여기지 않아도 되는 일인지도 모르지만. 내가 네게 두 가지 잘못을 한 게 있는 모양이다. 너를 친딸처럼 키운다고 남편과 한 약속을 지키지 못했고, 또 한 가지는…… 이런! 내가 너 같은 애한테 이렇게 머리를 숙여야 한다니! 아무튼 저기 내 화장대 서랍을 열어봐라. 거기 들어 있는 「편지」를 꺼내라."

그녀는 그렇게 죽어가면서도 내게 오만했고 쌀쌀했다. 나는 그녀가 시키는 대로 했다.

"어디 읽어봐라."

짧은 「편지」였으며 이런 내용이 적혀 있었다.

부인께,

부인, 부디 제 조카 제인 에어가 어디 사는지, 그 애가 잘 지내는지 소식 좀 전해주지 않으시겠습니까? 제가 그 애에게 저를 보러 마데이라로 오라는 「편지」를 보내고 싶어서입니다. 하나님께서 제 노력에 보답을 해주셔서 저는 꽤 많은 재산을 모을 수 있었습니다. 제게는 부인과 자식이 없으므로 제가 살아 있는 동안 그 애를 양녀로 삼고 제가 죽으면 제가 가진 모든 것을 그 애에게 남겨주려 합니다. 부인, 저는……

마데이라에서 존 에어 올림

「편지」에는 3년 전 날짜가 적혀 있었다.

내가 그녀에게 물었다.

"제게 삼촌이 있었군요. 왜 제게 이런 소식을 전해주지 않으신 거지요?"

그러자 그녀가 말했다.

"내가 너를 정말 싫어해서였다. 네가 잘되는 꼴을 볼 수 없었어. 네 행동을 잊을 수 없었고, 어느 날 네가 내게 화를 내던 모습을 잊을 수 없었어. 네가 이 세상에서 내가 제일 밉다고 하던 말도 잊을 수 없었고. 어린애답지 않게 내게 퍼부었던 원한의 말들을 내가 어떻게 잊겠니? 나는 네가 무서웠어."

"외숙모, 그땐 제가 너무 어렸잖아요. 그때 일은 다 잊어버리세요. 제가 외숙모에게 상처를 주었다면 용서해주세요."

"아냐, 난 잊을 수 없었어. 그래서 네게 복수한 거야. 네가 네 삼촌의 양녀가 되어 편안하게 지내게 되리라는 생각을 견딜 수 없었어. 나는 그에게 네가 로우드에서 티푸스에 걸려 죽었다고 편지했어. 제인, 이제 네 마음대로 해. 내 말이 거짓이었다고 폭로하는 「편지」를 써. 제인, 너는 정말 나를 괴롭히기 위해 이 세상에 태어난 거니? 너만 아니면 절대로 저지르지 않았을 잘못을 저지르게 하고 그것 때문에 이렇게 죽어가면서까지 고문을 받게 하다니……."

"외숙모, 과거 일은 다 잊으세요. 저를 다정하고 너그럽게 바라봐주세요."

나는 뺨을 그녀의 입술 가까이 가져갔다. 그러나 그녀는 내 뺨에 입을 대려 하지 않았다. 나는 손으로 얼음처럼 차가운 그녀의 손을 감싸주었다. 그녀의 힘이 하나도 없는 손가락들이 내 손 안에서 슬그머니 움츠러들었다. 그녀의 시선도 내 눈을 피했다.

마침내 내가 말했다.

"저를 사랑하건 미워하건 마음 내키는 대로 하세요. 저는 외숙모를 완전히 용서했어요. 그러니 이제 하나님께 용서를 비세요. 그래서 마음의 안식을 얻으세요."

오 가엾은 병든 여인이여! 살아 있을 때 나를 그렇게 미워하더니, 죽어가면서도 나를 미워하다니!

나는 그녀에게서 어떤 애정의 표시라도 볼 수 있지 않을까

하는 생각에 30분을 더 그녀 곁에 머물렀다. 하지만 그녀는 그 어떤 친근감도 보여주지 않았다. 그녀는 그날 밤 자정에 세상을 떠났다. 나는 임종을 지키지 못했고 두 딸도 마찬가지였다.

제22장

로체스터 씨에게서 받은 휴가는 1주일간이었다. 그러나 나는 한 달 가까이 게이츠헤드 장에 머물 수밖에 없었다. 엄마가 없는 집에 언니랑 둘이 있는 게 무섭다며 자신이 런던으로 떠날 때까지 머물러달라고 간청하는 조지아나를 뿌리치지 못하고 머물게 된 것이었다.

그사이 페어팩스 부인이 「편지」를 보내왔다. 손님들은 모두 떠났고, 로체스터 씨는 3주 전에 런던으로 갔으며 보름 정도 후면 손필드로 돌아올 것이라는 내용이었다. 부인은, 주인이 새로 마차를 구입하겠다는 것으로 보아 아마 결혼 준비를 위해 간 것 같다고 썼다.

나는 조지아나가 런던으로 가자 곧바로 손필드로 떠나려 했다. 그러자 이번에는 일라이저가 붙잡아서 1주일 더 머물 수밖에 없었다. 일라이저는 자신이 세운 계획을 실천하는 동안, 내가 집안일을 돌봐주기를 바란다고 내게 부탁했다. 그녀는 수녀원에 들어갈 계획이었고 그 준비를 한 것이었다. 내가 떠나는 날 그녀는 내게 진심으로 고맙다며 내 손을 잡았다. 다시는 독자 여러분께 일라이저와 조지아나의 이야기는 할 기회가 없을 것 같아 그녀들의 최근 근황에 관해 미리 말해주는 것이 좋겠다. 조지아나는 삶을 실컷 즐기는 데 지친 상류층 인사와 유리한 조건의 결혼을 해서 잘살고 있고, 일라이저는 결국 수녀가 되어 지금은 자신이 수습 기간을 거친 수녀원의 원장으로 지내고 있다. 이것으로 내가 친척으로 알고 있던 사람들과의 인연은 완전히 끊긴 것이다.

나는 손필드 장을 향해 출발했다. 손필드로 돌아오면서 나는 이제 그곳에 오래 머무르지 못하리라는 것을 잘 알고 있었다. 하지만 손필드 장이 가까워질수록 내 마음은 기쁨으로 가득 차올랐다. 도무지 터무니없는 기쁨이었다. 그가 곧 결혼할 것이며 나는 슬픔에 잠겨 그곳을 떠나야 할 텐데, 왜 그곳이 가까워질수록 설렐 정도로 기쁘고 행복해지는 것일까?

언제나 그렇듯이 나는 속으로 그 이유를 따져보았다. 내게는, 내 감정이 그냥 흘러가게 두지 않고 그것을 하나하나 따져보는 버릇이 있다. 아무리 생각해도 이유는 단 하나였다. 로체스터 씨가 거기 있다는 것, 바로 그것이었다. 그가 곧 결혼해서 떠나건 말건 상관없었다. 그가 내 생각을 하건 말건 상관없었다. 2~3주 후에 그와 헤어지게 된다면 가능한 한 빨리 돌아가서 조금이라도 더 그와 함께 있는 게 상책이라고 나는 마음속으로 자신을 부추겼다.

내가 손필드 장에 도착했을 때 사람들이 건초지에서 목초를 말리고 있었다. 아니다. 내가 도착했을 때 일꾼들은 일을 마치고 집으로 돌아가는 중이었다. 저택에 도착하려면 아직 밭 한두 군데는 더 건너가야 했다. 그런 후 길 하나만 가로지르면 바로 저택이었다. 저택이 가까워질수록 나는 마음이 급했다. 이어서 돌로 된 저택 층계가 눈에 들어왔다. 그런데, 바로 거기에 그가 책과 연필을 들고 앉아 있었다.

"아니, 이게 누구신가?"

그가 나를 보자 책과 연필을 내려놓으며 소리쳤다.

"이 시간에 밀코트에서 오는 길인가! 그것도 걸어서! 정말 당신답군. 마치 그림자나 꿈처럼 이렇게 은밀히 '자기 집'으로 돌아오다니. 한 달 동안 아무 소식 없이 내 곁을 떠나 있다니, 나를 완전히 잊은 게로군."

그의 마지막 말이 내게 위안이 되었다. 내가 그를 잊고 있었는지 아닌지가 그에게 큰 의미가 있다는 것을 은연중 보여주는 말이었다. 게다가 '자기 집'이라니! 이 손필드가 나의 집? 아아, 이 손필드가 정말 나의 집이라면 얼마나 좋을까!

그는 특유의 웃음, 그러나 아주 특별한 경우 외에는 보이지 않는 웃음을 띠고 나를 바라보았다. 그건 햇살처럼 따사하게 자신의 마음을 보여주는 미소였다. 그가 지금 그 따사한 빛을 내게 보내고 있었다.

그가 내게 말했다.

"자, 어서 들어가봐요. 헤매느라 지친 당신의 발을 친구의 집 안에서 편히 쉬게 해줘요."

내가 손필드 장으로 돌아온 지 보름이 되었다. 아무도 주인의 결혼에 관해 이야기해주는 사람이 없었으며 결혼 준비를 하는 기색도 없었다.

게다가 로체스터 씨는 단 한 번도 잉그램 양의 집을 방문하지 않았다. 이게 다 무슨 징조란 말인가?

나는 헛되다고 할 수밖에 없는 희망을 품기 시작했다.

'혹시 결혼이 깨진 건 아닐까? 결혼 소문 자체가 잘못 난 것 아닐까? 당사자들의 마음이 바뀐 건 아닐까?'

나는 자주 로체스터 씨의 얼굴을 살펴보았다. 슬프거나 화가 나 있지 않은지 확인하기 위해서였다. 그런데 지금처럼 그의 얼굴에서 구름이 말짱 걷혔던 것을 본 적이 없다. 지금처럼 그 어떤 기분 나쁜 흔적이 보이지 않은 적이 없다. 아델 앞에서 그가 지금처럼 명랑했던 적은 없다. 지금보다 그가 더 자주 나를 부른 적도 없으며 내게 상냥하게 대한 적도 없다. 오오! 그리고, 그리고! 내가 지금보다 더 그를 사랑했던 적도 없다!

제23장

눈부신 한여름의 햇살이 영국 전역을 구석구석 내리비치고 있었다. 마치 이탈리아의 맑은 날씨가 철새처럼 영국으로 날아와 영국 땅 절벽에 앉아 쉬고 있는 것 같았다.

어느 날 저녁 아델은 온종일 산딸기를 따러 다니다가 지쳐 햇빛을 받으며 누워 있었다. 아이가 잠든 것을 확인하고 나는 그 곁을 떠나 정원을 거닐었다. 하루 중 가장 쾌적한 때였다.

정원을 벗어나 과수원으로 향했다. 나무들이 무성하고 꽃들이 아름다운 자태를 뽐내고 있는 에덴동산 같은 곳이었다. 과수원 제일 안쪽에 무너진 울타리가 쳐 있어 고적한 들판과 과수원을 가르고, 그곳까지 월계수 나무들이 양옆으로 늘어선 산책로가 있었다. 그 누구의 눈에도 띄지 않고 조용히 산책하기에 알맞은 길이었다. 나는 그 길로 접어들었다.

그런데 누군가 내 뒤를 따라오는 소리가 들렸다. 로체스터 씨였다. 그가 내게 다가와 내 이름을 조용히 부르더니 말했다.

"제인, 손필드 장은 여름에는 정말 멋진 곳이오. 당신도 이 집에 애착을 갖게 된 게 틀림없어. 당신은 자연의 아름다움을 보고 즐길 줄 아니까."

"그래요, 저는 여기가 정말 좋아요."

그러자 그가 한숨을 쉬면서 말했다.

"그래, 인생 항로에서는 그런 일이 자주 벌어지지. 겨우 편한 곳에 자리를 잡았는가 싶은데, '이제 그만 일어나라, 이제 휴식은 끝나고 떠날 때가 되었다'는 목소리가 들려오는 일."

"주인님, 저는 떠나야 하나요? 손필드 장을 떠나야만 하는 건가요?"

"그래야만 할 것 같소, 제인."

충격이었다. 하지만 나는 쓰러지지 않으려 애썼다.

"그렇다면 정말로 곧 결혼하실 거예요?"

"아마도 곧…… 내가 결혼하게 되면 아델과 함께 이곳을 떠나겠다고 먼저 말한 건 당신이오. 그 말에는 내가 결혼하려는 사람을 비난하는 뜻이 담겨 있다는 걸 잘 알고 있소. 하지만 그건 그냥 넘어가겠소. 그 말이 얼마나 지혜로운 말인지만 가슴에 새겨두겠소. 아델은 학교에 가야 하고 당신은 다른 일자리를 찾아야 하오. 내가 이미 다 알아보았소. 그동안 우리는 좋은 친구였소, 제인. 안 그렇소?"

"그렇습니다."

"친구라면 헤어지기 전날 밤 얼마 남지 않은 시간을 함께 보내고 싶어하는 거 아니오? 자, 저 하늘의 별을 바라보며 반 시간이라도 이야기를 나누어봅시다. 저기 마로니에 나무 밑에 벤치가 있소. 저기 가서 가만히 앉읍시다."

그는 나를 벤치에 앉힌 다음 내 가까이 앉더니 말했다.

"제인, 나는 가끔 당신에게 이상한 느낌을 받을 때가 있었소. 특히 지금처럼 내 곁에 있을 때…… 마치 내 갈비뼈 아래 줄이 하나 있고, 그 줄이 당신의 갈비뼈와 연결된 것과 같은 느낌…… 풀어질 수 없게 맺어진 것과 같은 느낌…… 우리가 멀리 떨어지게 되면 그 끈이 탁 끊어지지나 않을까 하는 두려움…… 제인, 당신은 나를 잊겠지?"

"어떻게 그럴 수가…… 저는, 저는……."

나는 더 이상 말을 이을 수 없었다.

"제인, 숲에서 나이팅게일 우는 소리가 들리오? 자, 한번 들어봐요."

새 울음소리를 들으면서 나는 울음을 터뜨렸다. 이제까지 참아왔지만 더 이상 억제할 수가 없었다. 겨우 말문이 트이자 내 입에서 나온 소리는 태어난 것이 원망스럽다, 손필드 장에는 오지 말았어야 했다는 등의 거친 말들이었다.

그가 내게 물었다.

"여길 떠나는 게 슬퍼서 그러는 거요?"

내 가슴속의 격한 감정들이, 그동안 그렇게 억눌려왔으니 이제 드러낼 기회를 달라고, 언제까지 그렇게 얌전히 있을 수는 없다고 내 안에서 들끓고 있었다. 내 입에서는 참고 참았던 말들이 터져 나왔다.

"그래요, 손필드 장을 떠나는 게 슬퍼요. 나는 손필드 장을 사랑해요. 내가 여기에서 더없이 감미롭고 즐거웠기 때문이에요. 적어도 잠깐 동안은…… 이곳에서는 아무도 나를 짓밟지 않았어요. 저는 이곳에서 아름다운 사람, 강한 사람, 고결한 사람에게 따돌림 당하지 않았어요. 그 사람과 가까이할 수 있었어요. 제가 존경하고 기쁨을 느끼는 사람, 독창적이면서 마음이 넓은 사람을 마주하고 이야기를 나눌 수 있었어요. 저는 주인님에 대해 알 수 있게 된 거예요. 그런데 이제 주인님과 영원히 헤어져야 한다고 생각하니 너무 두렵고 고통스러워요. 마치 죽음을 피할 수 없는 것과 마찬가지로 당신과의 이별을 피할 수 없다는 것이."

그러자 그가 말했다.

"왜 이별을 피할 수 없다는 거요?"

"저는 떠나야만 하잖아요. 직접 말씀하셨잖아요."

그러자 그가 큰 소리로 외쳤다.

"아냐, 당신은 여기 있어야 해. 내 맹세하지. 그리고 그 맹세를 반드시 지킬 거야."

"안 돼요. 저는 떠나야 해요. 제가 당신에게 아무것도 아니면서 여기 머물러 있을 수 있다고 생각하세요? 제가 자동인형이라고 생각하세요? 아무것도 느낄 줄 모르는 기계라고 생각하세요? 내가 가난하고 미천한데다 못생기고 어리다고 해서 영혼도 없고 심장도 없다고 생각하세요? 저도 주인님 못지않은 영혼을 갖고 있고 지금 제 영혼이 주인님 영혼에 말을 걸고 있는 거예요. 지금 우리의 영혼은 평등한 거예요! 두 영혼이 무덤을 지나 하나님 앞에 평등하게 서 있는 것처럼 말이에요!"

그때였다. 그가 갑자기 나를 껴안더니 내 입술에 그의 입술을 포개면서 말했다.

"그렇소, 제인! 평등한 우리의 영혼! 당신에게 내 손과 내 마음을 주겠소. 제인, 나와 결혼해주겠소?"

나는 아무 말도 할 수 없었다. 그가 나를 놀린다고 생각했다. 그러자 그가 말했다.

"나를 의심하는 거요, 제인?"

"물론이지요."

"당신 눈에는 내가 거짓말쟁이로 보이오?"

그가 열을 내며 말했다.

"요런 어린 회의주의자 같으니, 내가 믿게 해주지. 내가 잉그램 양을 사랑한다고? 당신이 알다시피 절대로 아니지. 그녀가 나를 사랑한다고? 절대로 아니지. 내가 증거를 대주겠소. 나는 내 재산이 세상에 알려진 것의 3분의 1도 안된다는 거짓 소문을 냈소. 잉그램 가족 귀에도 들어갔겠지. 그다음에 그들이 어땠는지 아시오? 나를 거들떠보지도 않았소. 내가 찾아가도 아주 냉랭하기 그지없더군. 나는 잉그램 양과는 결혼할 생각도 없고 결혼할 수도 없소. 당신, 거의 이 세상 사람 같지도 않고 별나기만 한 당신, 내가 내 몸만큼 진심으로 사랑하는 건 바로 그런 당신이오. 가난하고 어리고 하찮고 못생긴 당신, 당신이 나를 남편으로 받아주기를 간절히 바라오."

"정말로 하시는 말씀이세요? 나를 정말 사랑하신단 말이에요? 당신 외에는 이 세상에 가까운 사람 하나 없고, 당신이 주신 돈 외에는 단 한 푼도 없는 나를? 정말 제가 아내가 되어주기를 바라시는 거예요?"

"진정이오. 맹세해야만 만족하겠다면 기꺼이 하겠소. 내 청혼을 받아주시오. 그리고 이제부터 나를 에드워드라고 불러주시오."

"오, 주인님, 당신과 결혼하겠어요."

"에드워드라고 불러달라니까."

"그래요, 에드워드, 나는 당신을 사랑해요."

"자, 내 곁으로 와요. 아무 거리낌 없이, 내게로."

그런 후 그가 아주 낮은 목소리로 덧붙였다.

"제인, 나를 행복하게 해주오. 나도 당신을 행복하게 해주리다. 하나님, 용서하시기를! 그 누구도 우리 둘 사이에 끼어들지 않게 해주십시오. 나는 이 사람을 갖고, 또한 이 사람을 지킬 겁니다!"

내게는 너무나 황홀한 말이었고 축복의 말이었다.

아직 달은 지지 않았다. 그런데 사방이 깜깜해서 가까이 있는 그의 얼굴이 보이지 않을 정도였다. 월계수 산책로에 바람이 울부짖듯이 휘몰아치고 있었다.

그가 말했다.

"날씨가 사납게 변하는군. 들어가야겠소. 아침이 될 때까지 당신 곁에 있고 싶었는데 말이오."

날씨만 아니었다면 나도 그러고 싶다고 대답했을 것이다. 하지만 금세 하늘에서 섬광이 일어 구름을 갈라놓았다. 번갯불에 눈이 부셔 그의 어깨에 머리를 기대고 눈을 감았다.

갑자기 비가 쏟아지기 시작했다. 그는 내 손을 잡고 황급히 오솔길을 되짚어 집 안으로 데려갔다. 그가 현관에서 내 숄을 벗겨주고 머리의 빗물을 털어주고 있을 때 페어팩스 부인이 자기 방에서 나왔다. 우리 둘 다 그녀의 모습을 보지 못했다. 현관의 등이 켜져 있고 시계는 12시를 치고 있었다. 그는 내게 여러 번 입맞춤을 했다. 내가 그의 품에서 벗어나 눈을 들었을 때 하얗게 질린 채 아연한 표정을 하고 있는 페어팩스 부인의 얼굴이 보였다. 나는 그녀에게 미소를 지어 보였다.

방으로 돌아오자 그녀가 오해했을 수도 있다는 생각에 마음이 아팠다. 하지만 기쁨이 다른 감정들을 모두 지워버렸다. 천둥이 울리고 번갯불이 번쩍이며 억수같이 비가 퍼부었지만 하나도 무섭지 않았다. 밤에 로체스터 씨, 아니 에드워드가 세 번이나 내 방을 찾아와 내 마음을 다독거리고 갔다. 마치 그 어떤 시련 앞에서도 힘과 위안을 주는 것 같았다.

　다음 날 아침, 내가 아직 잠자리에서 일어나지도 않았는데 아델이 내 방으로 달려와서, 간밤에 과수원 안쪽 마로니에 나무에 벼락이 떨어져 나무가 두 쪽이 났다고 재잘거렸다.

제24장

아침에 일어나 옷을 입으면서 나는 지 난밤 일어났던 일을 되새겼다. 혹시 꿈을 꾼 건 아닌지 의심이 들었다. 그 정도로 너무 행복했다.

머리를 빗으면서 거울을 들여다보았다. 더 이상 못생긴 얼굴 이 아니었다. 얼굴에는 생기가 돌고 희망에 차 있었으며, 눈은 기쁨의 샘물을 바라보며 그 반짝이는 빛을 그대로 빌려와 담은 것 같았다.

홀로 내려오니 언제 그랬냐는 듯 날은 맑았고 상쾌한 산들바 람이 불어오고 있었다. 자연도 나처럼 기쁜 것 같았다. 정말 행 복했다. 아래층에서 로체스터 씨가 나를 기다리고 있었다. 그는 간단한 말 몇 마디나 악수로 나를 맞은 것이 아니라 포옹과 입맞춤으로 나를 맞았다. 그렇게 사랑받고 애무를 받는 것이 너무 자연스러웠다.

그가 나를 보고 말했다.

"제인, 당신 정말 갓 피어난 꽃봉오리처럼 싱싱하고 예뻐. 그래 정말 예뻐. 그 창백했던 어린 요정 맞아?"

"네, 제인 에어 맞아요."

"그래, 딱 4주일만 있으면 제인 로체스터가 될 사람이지. 그이상은 단 하루도 더 지체하지 않을 거요. 자, 부탁하고 싶은 거 있으면 뭐든 말해보시오. 당신에게 뭔가 부탁을 받고 싶어 안달이 나거든."

"정말이요? 벌써 부탁할 걸 준비하고 있었는데요. 제가 여쭤볼 게 있거든요."

"물어볼 게 있다? 그게 부탁이란 말이오? 난 아무리 값비싼 보석이나 옷이라도 다 사줄 준비가 되어 있는데……. 오늘 아침 벌써 손필드가의 가보로 은행에 보관하고 있는 보석들을 보내라고 했는데……."

"어머, 그런 건 다 필요 없어요. 당신이 나를 좋아하는 건 내 외모나 겉치장 때문이 아니잖아요. 제가 원하는 건 그런 게 아니에요."

"하여튼 당신은 남들과 달라도 너무 달라. 그래 당신이 원하는 게 뭐요?"

"제가 정말로 궁금한 게 있어서 그래요. 제 궁금증을 풀어주시겠어요?"

내 입에서 '궁금증'이라는 말이 나오자 그는 좀 당황한 것처럼 보였다.

"뭐요? 궁금한 거? 지나친 호기심은 위험한 법인데…… 어떤 부탁이라도 다 들어준다고 맹세하지 않은 게 다행이군."

"하지만 제 청을 들어주신다고 해도 아무런 위험도 없어요. 아주 간단한 질문일 뿐이에요. 왜 당신이 잉그램 양과 결혼하리라고 제가 믿게끔 애를 쓰셨냐 하는 거예요."

"겨우 그거야? 그 정도라면 얼마든지 호기심을 풀어줄 수 있지. 당신이 좀 화가 날지 모르지만 얼마든지 진심을 털어놓을 수 있어. 그건 내가 당신을 사랑하는 만큼 당신의 마음도 나를 향해 활활 불타오르게 하기 위해서였소. 그 목적을 이루기 위해서는 질투심만 한 원군이 없다고 생각했던 거요."

"정말 대단하시네요! 아휴, 정말 쩨쩨한 분이시네. 제 새끼손가락보다도 작은 분이시네. 그런 짓을 한다는 건 부끄럽고 명예롭지 못한 일이에요. 그렇다면 잉그램 양의 감정은 아무래도 상관없었다는 건가요?"

"그 여자 마음속에 뭐 섬세하게 살펴볼 게 있었던가? 오로지 자만심만으로 똘똘 뭉쳐 있었는데. 그런 건 꺾어놓을 필요가 있지. 게다가 그녀에게 내가 잘못한 건 아무것도 없어. 내가 별로 재산이 없다는 소문을 듣자 나를 향한 불꽃이라는 것도 일순간에 식어버리고 꺼져버렸으니."

"정말 훌륭한 모략가시군요. 하지만 너무 몰상식한 짓 아닌가요."

"아무도 어느 게 옳은 방향인지 가르쳐준 사람이 없었기 때문이지. 내가 조금 뒤틀어져 있는지도 모르고. 어쨌든 당신 사랑을 확인할 수 있으니 된 거지, 뭐."

그의 손에 내 입술을 갖다 댔다. 나는 그를 정말 사랑하고 있었다. 그를 사랑한다고 스스로 인정하는 것 이상으로, 그 어떤 말로도 표현할 수 없을 정도로 그를 사랑하고 있었다.

그가 다시 말했다.

"자, 그 외에 더 원하는 건 없소? 당신이 그 무언가 부탁하는 것, 그걸 들어주는 것, 그게 바로 내 기쁨이오."

나는 이미 준비하고 있던 말을 그에게 꺼냈다.

"페어팩스 부인께 당신 생각을 전해주세요. 어젯밤 당신과 함께 현관 앞에 있는 걸 그녀가 봤어요. 너무 놀란 것 같았어요. 제가 그녀를 만나기 전에 설명을 좀 해주세요. 그렇게 착한 부인에게 오해를 산다는 건 괴로운 일이니까요."

"그럼 당신은 당신 방으로 가서 외출 준비를 하고 오시오. 함께 가볼 데가 있소. 당신이 치장하는 동안 내가 그 노부인에게 모든 걸 다 밝혀주겠소."

나는 내 방으로 올라가 옷을 갈아입었다. 그리고 로체스터 씨가 페어팩스 부인의 작은 살롱에서 나오는 소리를 듣고 내 방에서 나와 아래층으로 내려갔다. 부인의 방으로 들어가니 부인은 오전에는 늘 그러듯이 『성경』책을 읽고 있었던 것 같았다. 그러나 안경은 『성경』책 위에 놓여 있고 벽을 바라보고 있는 그녀의 눈에는 아직 놀라운 일을 겪은 후의 충격이 그대로 남아 있었다.

안으로 들어온 나를 보자 그녀는 자리에서 일어나더니 마지못해 미소를 띠면서 몇 마디 축하 인사를 우물우물 건넸다. 하지만 미소는 곧 사라졌고 축하의 말도 다 맺지 못했다. 그녀의 표정에는 축하하는 마음이 조금도 담겨 있지 않았다. 그보다는 오히려 냉랭한 기운이 감도는 것 같았다.

그녀는 로체스터 씨가 나와 결혼하겠다고 말한 게 사실인지 아직도 믿을 수 없다며 도무지 이해가 안 된다고 말하더니 이렇게 말했다.

"어쨌든 에어 선생님, 정말 너무 놀랐어요. 그래서 무슨 말을 해줘야 할지 모르겠어요. 주인님이 정말 당신을 사랑해서 결혼하시려는 건가요?"

나는 그녀의 차가운 표정과 의심하는 말투에 상처를 받았다. 아마 내 눈에 눈물이 그렁거렸나보다. 그러자 그녀가 다시 덧붙였다.

"마음을 아프게 했다면 미안해요. 하지만 선생님은 아직 어리고 남자를 너무 몰라요. 그래서 조심하라고 당부하고 싶은 거예요. 선생님이 그분과 결혼하면 선생님이나 내가 기대하던 것과는 전혀 다른 일이 벌어질지도 몰라요."

나는 항변하듯 말했다.

"왜요? 제가 무슨 괴물이라도 되나요? 그분이 저를 진정으로 사랑한다는 건 있을 수 없는 일이란 말인가요?"

"그런 뜻이 아니에요. 선생님은 좋은 분이고 점점 더 좋아지신다는 걸 나도 알아요. 주인님도 선생님을 사랑한다고 믿어요. 실은 저도 그분의 마음이 점점 더 당신에게 기우는 걸 눈치채고 걱정이 되었어요. 당신에게 조심하라고 당부하고 싶기도 했지요. 하지만 당신이 기분 상해할까봐 가만있었던 거예요. 이제 일이 여기까지 왔으니 말하겠어요. 모든 게 끝까지 잘되면 좋으련만…… 진심으로 해주는 말이니 제발 귀를 기울이고 내 말을 믿어줘요. 정말 조심해야 해요. 아무리 조심해도 지나치지 않아요. 그분뿐만 아니라 당신 자신도 믿지 말아요. 그를 멀리하세요. 그분 같은 위치에 있는 분이 가정교사와 결혼한다는 건 쉽게 있을 수 있는 일이 아니지요."

나는 정말 화가 치밀어 올랐다. 마침 그때 아델이 "나도 데려가줘요, 나도 데려가줘요"라고 외치며 방으로 뛰어들어오는 바람에 참아내기 어려운 훈계에서 벗어날 수 있었다.

아델을 데리고 가기를 주저하는 로체스터 씨에게 내가 부탁해서 셋은 함께 이미 대기하고 있던 마차에 올랐다.

솔직히 밀코트에서 그와 함께 지낸 시간은 좀 괴로운 시간이었다. 로체스터 씨의 강압 때문에 나는 실크 옷 가게에 억지로 들어가야 했고 그는 거기서 내게 옷을 여섯 벌이나 사주려고 했다. 나는 정말로 그런 짓을 하기가 싫어 다음에 사자고 그에게 말했다. 하지만 그는 당장에 옷을 사라고 했다. 내가 겨우 떼를 쓴 끝에 여섯 벌을 두 벌로 줄일 수 있었다. 그것도 그가 고른 화려한 옷을 마다하고 수수한 검은색 공단(貢緞: 두껍고 무늬는 없지만 윤기가 도는 비단) 옷과 진주색 실크 옷을 택할 수 있어서 기분이 좀 풀렸다.

이어서 들어간 보석 가게에서도 마찬가지였다. 그가 자꾸 내게 화려한 물건을 사주려 할수록 뺨이 달아올랐다. 귀찮기도 했고 뭔가 굴욕감이 들었기 때문이다. 셋이 다시 마차에 올랐을 때 나는 완전히 지쳐 있었고 열도 조금 올랐다. 의자에 등을 기대고 앉아 있자니 그동안 이어진 급박한 일들 때문에 까맣게 잊고 있던 사실이 하나 떠올랐다. 내게 삼촌이 있었다는 사실, 그가 외숙모에게 「편지」를 보내 나를 양녀로 삼고, 내게 재산을 물려주겠다고 했다는 사실이었다. 나는 마데이라의 삼촌 주소를 알고 있었다. 나는 생각했다.

'비록 얼마 되지 않는 재산이라도 내가 자립할 수만 있다면 큰 위안이 될 거야. 이렇게 로체스터 씨가 입혀주는 옷을 인형처럼 걸치지 않아도 되잖아. 돌아가면 바로 삼촌에게 「편지」를 써서 내가 결혼하리라는 것을, 상대가 누구라는 것을 알려야지. 내가 로체스터 씨의 재산에 보탬을 줄 수도 있다는 걸 알게 되면 오늘처럼 로체스터 씨가 내게 베풀어주는 일들을 한결 쉽게 견딜 수 있을 거야.'

그런 생각을 하니 마음이 좀 가벼워졌다. 그제야 나는 내 주인이며 애인인 그의 눈을 제대로 바라볼 수 있었다. 그는 나를 바라보며 미소 짓고 있었다. 그런데 자격지심 때문인지 그 미소가 꼭 터키 황제가 자기 노예를 황금과 보석과 예쁜 옷으로 치장시킨 후 흐뭇하게 바라보는 미소 같았다. 나는 내 손을 잡으려고 더듬는 그의 손을 뿌리치며 말했다.

"그런 얼굴 하지 마세요. 자꾸 그러면 옛날 로우드 학교에서 입던 코트만 입을 거예요. 그게 마음이 편해요. 당신, 제게 셀린 바랑 이야기를 해주셨지요? 보석과 캐시미어 옷들로 화려하게 치장해주었다면서요? 저는 당신의 영국판 바랑이 되고 싶지 않아요. 저는 아델의 가정교사 일을 계속할 거예요. 그 일을 해서 먹고 자면서 30파운드의 돈을 벌겠어요. 그리고 그 돈으로 내 옷들을 사겠어요. 당신은 더 이상 아무것도 해주지 않아도 돼요. 다만……."

"다만 뭐요?"

"저를 존중해주기만 하면 돼요. 그러면 저도 당신을 존중해 줄 거고, 그걸로 계산은 끝나는 거예요."

"정말 기가 세고 자존심이 센 아가씨로군. 그 점에서는 아무도 당신을 당할 사람이 없을 거야. 아무튼, 집으로 돌아가면 오늘 나와 함께 저녁을 들기로 합시다."

"고맙지만 사양하겠습니다, 주인님."

"갑자기 주인님이라니! 혹시 나를 사람 잡아먹는 귀신으로 아는 거 아니요? 내가 당신을 잡아먹을까봐 겁을 내는 거요?"

"제가 왜 그런 생각을 하겠어요. 다만 앞으로 한 달 동안 전과 다름없이 지내게 해주세요. 낮에는 전처럼 당신을 피하겠어요. 저를 보고 싶으시면 저녁에 저를 부르시고요. 그러면 당신을 보러 가겠어요. 하지만 다른 때는 안 됩니다. 저는 일을 해야 하니까요."

그러자 그가 말했다.

"나, 참 그 말을 들으니 담배가 당기는군. 하지만 마차 안이니 도리가 없네. 요런, 작은 폭군 같으니라고. 알았어요. 하지만 이번에는 내 말을 잘 들어요. 지금은 당신 맘대로 해도 좋지만 이제 곧 내 맘대로 할 수 있을 때가 올 거요. 당신을 내가 붙잡을 수 있게 되면 당신을 이 회중시계 줄 같은 것으로 꼭 묶어놓을 거야. 그래, 내 분명히 그럴 거야. 사랑하는 제인, 내 가장 소중한 보석인 당신을 잃으면 안 되니까, 내 가슴 가까운 곳에 달고 다닐 거야."

제25장

한 달은 금방 지나갔다. 모든 준비는 완벽하게 끝나 있었다. 최소한 내 입장에서는 더 이상 준비할 것이 없었다.

결혼 전날 나는 후끈 몸이 달아 있었다. 허겁지겁 결혼 준비를 하느라 바빠서 그런 것이 아니었다. 내게 닥쳐온 엄청난 변화와 내일이면 시작될 새로운 삶에 대한 기대 때문에 그런 것도 아니었다.

내 마음속에는 알지 못할 불안감이 도사리고 있었다. 바로 어젯밤, 내가 도저히 이해할 수 없는 사건이 벌어졌기 때문이다. 로체스터 씨는 아침 일찍부터 외출 중이었다. 손필드로부터 30마일 정도 떨어진 그의 소작지에 볼일이 있었던 것이다. 결혼 후 우리는 영국을 떠날 계획이었고, 그전에 반드시 해결해야 할 일들이었다.

나는 그가 돌아오기를 애타게 기다렸다. 그가 그 수수께끼 같은 사건을 해명해주어 내 마음의 짐을 덜어주기를 간절히 바라고 있었다. 독자 여러분, 그 사건이 무엇인지 당장 말해주지 않는 것을 양해해주기 바란다. 내가 그에게 그것을 털어놓을 때 여러분들도 그 비밀을 알게 될 것이니, 조금만 기다려주기 바란다.

날씨가 나빴지만 나는 도저히 집 안에 가만히 있을 수 없어 과수원 쪽으로 나갔다. 바람이 세차게 불어오고 있었지만 비는 내리지 않았다. 밤이 되어도 바람은 잦아들기는커녕 점점 더 심해졌다. 나는 그 세찬 바람에 마음을 내맡긴 채 과수원을 쏘다니다가 벼락 맞아 둘로 쪼개진 마로니에 나무 앞까지 가게 되었다. 둘로 쪼개진 나무는 완전히 분리되지 않은 채 밑동만은 붙어 있었다. 하지만 생명은 이미 끊어진 상태였고 수액도 흐르지 않았다. 양쪽 기둥에 달린 나뭇가지들도 이미 죽은 상태였고, 겨울에 폭풍우가 몰려오면 그 자리에서 고꾸라질 게 분명했다. 하지만 지금 당장은 그 죽어버린 두 쪽이 아직 나무 한 그루를 이루고 있는 것 같았다. 하지만 그것은 폐목이었고,

그것도 완전한 폐목이었다. 나는 그것들이 마치 내 말을 알아들을 수 있기라도 한 듯 말했다.

"그래, 그렇게 둘이 꼭 붙어 있어서 참 다행이로구나. 그렇게 새까맣게 타버렸지만 그렇게 뿌리를 함께 하고 있으니 너희에게는 아직 분명히 생명이 남아 있으리라는 생각이 들어. 이제 너희가 푸른 싹을 틔울 수는 없겠지. 새들이 가지에 날아와 즐겁게 지저귀는 일도 없을 거야. 이제 너희에게 기쁨과 사랑의 나날들은 사라진 거야. 하지만 비록 썩어가면서도 그렇게 함께 있으니 외롭지 않을 거야."

나는 이리저리 과수원을 헤매며 다니다가 서재로 돌아왔다. 여름이었지만 난로에 불이 지펴져 활활 타올랐다. 로체스터 씨는 여름이라 할지라도 이런 궂은 날씨에는 난로에 불이 지펴져 있는 것을 좋아했다. 나는 불 옆에 로체스터 씨의 의자를 갖다 놓았다. 그런 후 커튼을 치고 양초를 준비했다. 그를 맞을 준비를 한 것이기도 했지만 가만히 있을 수 없었기 때문이다. 나는 서재를 서성였다. 시계가 10시를 알리고 있었다.

'너무 늦는걸. 정문으로 가서 기다려야겠어. 멀리서라도 그이의 모습을 보면 마음이 좀 가라앉겠지.'

나는 정문에 차분히 서서 그를 기다릴 수도 없었다. 정문을

제25장

나서서 길을 걷기 시작했다. 한 500미터쯤 걸었을까, 말발굽 소리가 들렸다. 나는 앞을 향해 달렸다.

내 모습을 보자 그가 말 위에서 몸을 굽혀 손을 내밀면서 큰 소리로 외쳤다.

"아니, 여기까지 나와 있는 거요! 나 없이는 살 수 없다는 확실한 증거로군! 자, 내 부츠 앞부분을 잡고 어서 이 위로 올라와요. 자, 손을 이리 줘!"

나는 그의 말대로 했다. 기쁜 마음에 몸도 가뿐했다. 그가 내게 입맞춤을 하더니 물었다.

"제인, 이 시각에 마중 나오다니 무슨 일이라도 있는 거요? 뭐 나쁜 일이라도 있었소?"

"아니에요. 이제는 더 이상 무섭지도 슬프지도 않아요."

"아니, 그렇다면 나를 보기 전까지는 무섭고 슬펐다는 이야기요?"

"조금은요. 좀 있다가 말씀드릴게요. 뭘 그런 걸 가지고 그렇게 안절부절못했는지 절 비웃으실 거예요. 아, 다 왔네요. 저를 말에서 내려주세요."

집에 도착하자 존이 우리를 마중 나왔고 우리는 말에서 내려 집 안으로 들어갔다.

벌써 시계가 자정을 가리키고 있었다. 그가 내게 말했다.

"자, 가지 말고 무슨 일인지 내게 이야기해봐요. 우리, 결혼식 전날에는 잠을 자지 말자고 약속했지 않소?"

나는 입을 열었다.

"어제 저는 너무 바빴어요. 정말 행복했고요. 저는 그렇게 행복한 가운데 잠자리에 들었어요. 그런데 날이 어두워지고 바람이 심하게 불어 쉽게 잠을 이루지 못했어요. 그러다 깜빡 잠이 들었는데 꿈을 꾼 거예요. 꿈속에서도 여전히 돌풍이 불고 있었지요. 깜깜한 밤이었는데, 제 품에 웬 어린아이가 안겨 있었어요. 아이는 제 품에 안겨 벌벌 떨면서 울고 있었지요. 그런데 저 멀리 앞쪽에 당신이 걸어가고 있는 모습이 보였어요. 저는 안간힘을 다해 당신을 따라가며 제발 멈춰달라고 고함을 쳤어요. 하지만 제 발걸음은 무겁기만 했고 당신은 저 멀리 멀어져 갔어요."

"그게 다요? 내가 이렇게 가까이 있는데 그깟 꿈 때문에 이렇게 우울해한단 말이오?"

"그게 다가 아니에요. 저는 또 다른 꿈도 꾸었어요. 글쎄, 꿈속에 손필드 장이 황량한 폐허로 변해 있는 거예요. 박쥐와 부엉이들만 사는 폐허요. 아름답던 정면에는 뼈대가 앙상한 벽만 남아 있었어요. 금세 무너질 것만 같았어요. 저는 숄을 두른 채 여전히 아이를 품에 안고 잡초가 무성한 저택 안을 여기저기 헤매고 있었어요. 어떤 때는 대리석 벽난로에 발이 걸려 비틀거리기도 했고 어떤 때는 쓰러진 들보 토막에 걸려 넘어지기도 했어요. 저는 당신을 찾기 위해 기를 쓰고 담 위로 올라갔어요. 저 멀리 길 위에 당신의 모습이 하나의 점처럼 보였어요. 그 모습조차 점점 작아지고 있었지요. 저는 당신의 모습을 더 잘 보기 위해 몸을 기울였고 그 순간 담벼락이 무너졌어요. 그리고 잠에서 깨어났어요.”

“제인, 한낱 꿈 가지고 뭘 그러오? 자, 이제 이야기가 다 끝났소?”

“아니에요. 아직 시작에 불과해요. 진짜 이야기는 이제부터예요. 잠에서 깨어났을 때 희미한 불빛이 비치고 있었어요. 저는 벌써 아침이 밝은 줄 알았어요. 그런데 그건 촛불이었어요. 저는 소피가 들어온 줄 알았지요. 화장대 위에 촛대가 놓여 있고 웨딩드레스와 면사포를 걸어놓은 옷장이 열려 있었어요. 저는 ‘소피, 거기서 뭐 하는 거야?’라고 물었어요. 그런데 아무 대답이 없었지요. 그런데 옷장 쪽에서 사람의 모습이 나타났어요. 그 사람은 촛불을 들더니 옷걸이에 걸려 있는 옷들을 살피는 게 아니겠어요? 얼굴이 보였는데 소피도 아니었고 레아도 아니었으며 페어팩스 부인도 아니었어요. 게다가 그 이상한 여자, 그레이스 풀도 아니었어요. 저는 당황했고 온몸의 피가 얼어붙는 것 같았어요."

"어떻게 생겼소?"

"키가 크고 몸집도 건장했어요. 분명 여자였어요. 검은 머리카락이 치렁치렁 늘어져 있었고요. 그녀는 제 면사포를 들더니 그걸 머리에 써보았어요. 그리고 거울을 향해 가더니 거기에 자기 모습을 비춰보았어요. 저는 그때 거울에 비친 그 여자 얼굴을 똑똑히 볼 수 있었어요. 유령처럼 무서운 모습이었어요. 새빨갛게 불거진 그 눈, 시커멓게 부풀어 오른 그 무서운 얼굴을 잊을 수가 없어요."

"제인, 유령은 대개 창백하기 마련이오."

"그 여자는 자줏빛 얼굴이었어요. 부풀어 오른 입술은 칙칙한 검은빛이었고요. 흡혈귀 같았어요. 그 여자는 머리에서 면사포를 벗더니 그걸 두 조각으로 찢어서 바닥에 내동댕이쳤어요. 그러더니 그걸 마구 짓밟았어요."

"그런 후 어떻게 했소?"

"커튼을 열고 밖을 쳐다보더군요. 날이 밝은 걸 확인한 것 같았어요. 촛불을 들고 문 쪽으로 가더군요. 그런데 그 여자가 침대 바로 곁에 멈춰 서더니 이글거리는 눈으로 저를 바라보았어요. 그 끔찍한 얼굴이 제 코앞으로 다가오자 저는 정신을 잃고 말았어요. 제발, 그 여자가 누구인지 말씀해주세요."

"분명 당신 신경이 날카로워져서 만들어낸 허깨비일 거요. 이제부터 당신에게 더 신경을 써주어야겠소. 당신은 내 보물이니까. 당신처럼 예민한 사람은 조심해서 보살펴주어야 해."

"아니에요. 분명히 말씀드리지만 제 신경은 정상이에요. 실제로 있었던 일이에요. 꿈이었다면 어떻게 면사포가 찢어진 채 바닥에 있어요?"

나는 로체스터 씨가 몸을 떨고 있음을 알 수 있었다. 그는 황급히 나를 두 팔로 안았다.

"오, 그만하길 정말 다행이오. 피해를 본 건 면사포뿐이니. 오오, 무슨 변고가 일어날 수 있었는지 생각만 해도 정말 끔찍하오."

그는 나를 숨도 쉬지 못할 정도로 꼭 껴안았다. 잠시 후 그가 말을 이었다. 기운을 좀 차린 듯 짐짓 쾌활한 말투였다.

"제인, 내가 다 설명해주리다. 당신이 보았던 것, 반은 꿈이고 반은 현실이오. 여자가 당신의 방에 들어섰던 것은 확실하오. 그녀는 틀림없이 그레이스 풀이요. 당신도 그녀가 이상하다고 말하지 않았소? 그녀가 이제까지 저지른 짓을 생각해봐요. 틀림없이 그녀가 당신 방으로 들어온 거요. 당신은 열도 나고 잠도 오락가락하는 상태에서 그 여자를 다른 모습으로 본 거고. 면사포를 찢은 것도 그녀가 맞고, 그럴 만하오. 그런 여자를 왜 내보내지 않느냐고 당신이 물었지? 우리가 결혼한 지 정확히 만 1년이 되는 날, 내가 다 말해주겠소. 지금은 때가 아니오. 됐소, 제인? 내 설명을 받아들이겠소?"

나는 곰곰이 생각해보았다. 지금으로써는 그의 말을 받아들이는 수밖에 없는 것 같았다. 나는 그의 설명이 흡족하지 않았다. 하지만 그에게 납득한 것처럼 보이려고 애를 썼다. 벌써 새벽 1시를 넘긴 지도 꽤 되었기에 나는 그의 곁을 떠나려 촛불을 밝혔다. 그런 나를 보고 그가 말했다.

"소피가 아델과 한 방에서 자고 있겠지? 당신 정도면 아델 침대에 함께 누울 수 있을 거요. 제인, 오늘 밤은 그 애와 함께 자도록 해요. 문을 안에서 단단히 잠그고. 자, 이제 우울한 생각일랑 그만 해요. 쓸데없는 걱정은 떨쳐 버려요. 이별이니 슬픔이니 하는 꿈은 꾸지 말고 행복한 사랑과 기쁨에 넘치는 꿈을 꾸도록 해요."

제25장

그의 말은 절반은 맞았다. 나는 슬픈 꿈을 꾸지 않았다. 그러나 행복한 꿈도 꾸지 않았다. 나는 잠을 이루지 못했던 것이다. 아델을 품에 안고 그토록 조용하게, 순진무구한 표정으로 잠들어 있는 그 애의 모습을 바라보았다. 아델은 과거의 내 삶을 보여주는 하나의 상징처럼 여겨졌다. 이제 나는 두려우면서도 경배하는 내 미지의 미래 상징을 만나러 가야 했다.

제26장

　　성당은 저택 맞은편 너머에 있었다. 신랑 들러리도 신부 들러리도 없었고 수행하는 가족과 친척도 없이, 로체스터 씨와 나 단둘만 참석한 결혼식이었다.

　　나는 지금도 내 앞에 조용히 서 있던 낡고 잿빛을 띤 하나님의 집과 성당 주변을 맴돌던 까마귀 무리를 떠올릴 수 있다. 그리고 성당 무덤의 초록빛 봉분들도 또렷이 떠오른다. 그와 함께 두 명의 낯선 그림자가 무덤 사이를 배회하며 묘비에 새겨진 글을 읽고 있던 것도 기억난다. 그들은 우리를 보자 성당 뒤로 사라졌고 로체스터 씨는 그들을 눈여겨보지 않았다. 그는 오로지 내 얼굴을 바라보는 데만 정신이 팔려 있었던 것이다.

　　우리는 호젓하고 소박한 성당 안으로 들어갔다. 신부가 흰

사제복을 입은 채 낮은 제단 앞에 서 있고 곁에는 서기가 서 있었다. 정적만이 감돌고 멀리 떨어진 구석에 두 사람의 그림자가 움직이는 게 보일 뿐이었다. 그들은 우리보다 먼저 성당에 들어와서 우리를 외면하고 있었다.

예식이 시작되었다. 결혼의 의미에 대한 설명을 한 후에 신부님이 한 발짝 앞으로 나와 로체스터 씨 쪽으로 몸을 굽힌 후 말을 계속했다.

"두 사람 모두에게 묻습니다. 어느 누구든지 이 결혼이 합법적으로 이루어질 수 없게 만드는 장애 사유가 있다면 지금 이 자리에서 고백하십시오. 고백할 게 있습니까?"

그는 관례대로 약간의 시간을 우리에게 주었다. 당연히 침묵이 이어졌다. 그 침묵이 누군가의 대답 때문에 깨진 적이 과연 있었을까? 아마도 백 년에 한 번 있을까 말까였을 것이다.

어느 정도 시간이 지나자 신부는 『성경』에서 눈을 떼지 않은 채 호흡을 고른 뒤 다시 식을 진행했다. 신부님이 손을 로체스터 씨에게 내밀고 "이 여자를 아내로 맞이하겠습니까?"라고 물었다.

바로 그때였다. 성당 안에 있던 누군가가 아주 또렷하게 외쳤다.

"이 결혼은 계속될 수 없습니다. 장애 사유가 있습니다."

로체스터 씨는 그 소리를 듣고도 조금도 개의치 않는 것 같았다. 그는 내 손을 더 굳게 잡으며 흔들리지 않고 서 있었다. 비록 얼굴이 약간 창백해지기는 했지만 그 얼마나 강인하게 빛나고 있었던가!

신부님은 당황한 표정으로 그 사람에게 물었다.

"그래, 그 장애 요인이 뭔가요?"

말한 사람은 앞으로 나서더니 또렷이 말했다.

"간단합니다. 로체스터 씨는 이미 결혼한 몸입니다. 부인이 아직 살아 있습니다."

나지막한 그 말에, 천둥소리에도 떨지 않던 내가 몸을 떨었다. 나는 로체스터 씨를 바라보았다. 그리고 그도 나를 바라보게 했다. 그의 얼굴은 창백한 바위 같았고 눈에서는 번갯불이 이글거리고 있었다. 그는 부인하지 않았다. 그 어떤 것에도 맞서려는 것 같았다. 그는 내 허리를 꽉 감싸 안았다. 마치 그 자리에 꼼짝도 못 하게 붙잡아두려는 것만 같았다.

신부님이 그 미지의 사내에게 물었다.

"당신은 누구요?"

"나는 브릭스라고 하는 사람입니다. 런던에서 소송대리인 일을 하고 있습니다."

그는 주머니에서 서류를 꺼내더니 공식적인 어투로 서류를 읽어나갔다.

나는 다음 사실을 확증함.

서기 ****년 10월 20일(지금으로부터 15년 전) 손필드 장과 펀딘 장의 소유주인 에드워드 페어팩스 로체스터 씨는 무역상 조너스 메이슨과 그의 아내 앙투아네트의 딸인, 내 동생 버사 앙투아네트 메이슨과 자메이카의 스패니시타운에 있는 ** 교회에서 결혼하였음. 결혼 기록은 교회 「등기부」에 남아 있음을 확인하고 이에 서명함.

리처드 메이슨

그가 서류를 다 읽자 로체스터 씨가 입을 열었다.

"그 문서가 진짜라면 내가 결혼했던 사실이 있음은 증명해주고 있겠지요. 하지만 거기 내가 결혼했다고 적혀 있는 사람이 아직 살아 있다는 건 증명하지 못하지 않소?"

그러자 브릭스 씨가 대답했다.

"그녀는 적어도 석 달 전까지는 살아 있었습니다. 증인도 있습니다.”

“어디 불러보시오. 그렇지 않다면 썩 꺼지시오!”

“증인을 내놓지요. 바로 여기에 와 있습니다. 메이슨 씨 앞으로 나와주시겠습니까?”

그 이름을 듣자 로체스터 씨는 이를 악물었다. 그의 온몸이 경련이라도 난 듯 떨리고 있었다.

브릭스 씨가 부르는 소리에 그때까지 구석에 숨어 있던 사내가 앞으로 왔다. 변호사의 어깨너머로 파리한 얼굴이 보였다. 그렇다, 바로 그 사람이었다. 로체스터 씨는 몸을 돌리더니 그를 노려보았다.

신부님이 그에게 천천히 물었다.

“로체스터 씨의 부인이 아직 살아 있다는 걸 분명히 알고 있다는 겁니까?”

메이슨 씨가 기어들어가는 목소리로 말했다.

“그녀는 분명 살아 있으며 지금 손필드 장에 살고 있습니다. 지난 4월에 손필드 장에서 그녀를 분명히 보았습니다.”

신부님이 놀라서 외쳤다.

“손필드 장에 살고 있다고요? 그럴 리 없소! 그곳에 로체스터 부인이 살고 있다는 이야기는 들어본 적이 없소.”

그러자 쓰디쓴 미소가 로체스터 씨의 입술에 떠올랐다. 로체스터 씨가 말했다.

"그러실 겁니다. 아무도 그 여자의 이름을 들을 수 없게, 아니 그 여자에 관한 이야기조차 들을 수 없게 모두 조심해왔으니까요."

그는 잠시 입을 다문 채 있더니 이윽고 결심한 듯 일사천리로 말을 이어갔다.

"이제 됐습니다. 이제 총알이 총구를 떠난 셈입니다. 저 소송 대리인과 메이슨 씨의 말은 모두 사실입니다. 신부님, 저의 집에 로체스터 부인이 살고 있다는 이야기는 들어보지 못했다고 하셨지요? 하지만 제집에 웬 미치광이 여자를 보호하고 있다는 소문을 들어보셨을 겁니다. 나의 배다른 여동생이라고도 하고 저의 옛 정부라고 쑥덕거리는 소리를 들어보셨을 겁니다. 이제 그녀가 15년 전에 결혼한 제 아내 버사 메이슨임을 밝힙니다. 그녀는 미쳤습니다. 그리고 그녀는 삼대에 걸쳐 미치광이와 백치가 나온 가문 출신입니다. 그녀의 어머니 역시 알코올중독에 광인이었습니다. 저는 그 사실을 결혼한 후에야 알았습니다. 모두 침묵으로 그 비밀을 지켰기 때문입니다. 버사는 모든 면에서 그녀 어머니의 복사판이었습니다. 결혼했을 때 그녀는 매력적이고 정숙했습니다. 그리고 나는 정말 행복했습니다. 하지만 그 뒤의 일은 더 이상 말씀드리지 않겠습니다. 신부님과 여러분 모두 제 저택으로 가시지요. 그레이스 풀 부인이 돌보고 있는 환자를 보여드리겠습니다. 여러분은 내가 얼마나 끔찍한 사람과 속아서 결혼했는지 확인할 수 있을 겁니다. 또한 내가 얼마나 그 결혼을 무효로 하고 정상적인 사람의 사랑을 받고 싶어했을까도 확인할 수 있을 겁니다."

그는 나를 바라보며 덧붙였다.

"이 아가씨는 신부님처럼 그 비밀에 대해 전혀 모르고 있었습니다. 그녀는 모든 게 정상적이고 합법적이라고 생각하고 있었습니다. 비록 속아서 한 결혼이긴 하지만 이미 결혼한 남자와의 잘못된 결혼이라는 덫에 치인 것을 모르고 있었습니다. 자신이 비열한 사기꾼과 결혼하려 한다는 것을 꿈에도 생각하지 못했습니다. 자, 이제 모두 나를 따라오십시오!"

그는 여전히 내 손을 꽉 움켜쥔 채 성당 문을 나섰다. 신부를 비롯해 세 명은 그의 뒤를 따랐다. 저택에 들어서자 페어팩스 부인과 아델, 소피가 축하 인사를 건네기 위해 우리를 기다리고 있었다.

그들을 보고 로체스터 씨가 말했다.

"자, 모두 저리 비켜요. 축하는 필요 없어! 이미 15년이나 늦었단 말이야!"

우리는 3층으로 올라갔고 그는 전에 그와 내가 들어온 적이 있던 방문을 열쇠로 열었다. 그가 메이슨 씨에게 말했다.

"메이슨, 이 방을 잘 알겠지? 자네 누이가 자네를 물고 칼로 찔렀던 바로 그 방이라네."

방으로 들어간 그가 벽걸이를 들어 올리자 숨겨진 방이 나타났다. 그는 그 문을 열었다. 창문이 없는 방에는 거대하다고 할 수밖에 없이 높은 울타리가 쳐진 난로에서 불이 훨훨 타오르고 있었다. 그레이스 풀이 난로 쪽으로 몸을 숙이고 뭔가 음식을 조리하고 있는 것 같았고 저 안쪽 어두운 구석에서 무언가가 움직였다. 얼핏 보아서는 사람인지 동물인지 구별하기 힘들었다. 네발로 기면서 짐승처럼 으르렁거리고 있었지만 옷을 입고 있었으며 이리저리 헝클어진 채 제멋대로 자란 머리카락들로 거의 가려져 있는 것은 분명 사람의 얼굴이었다.

로체스터 씨가 풀 부인에게 인사를 했다.

"안녕하시오, 풀 부인. 당신 환자는 어때요?"

"좀 화가 난 것 같긴 한데 그렇게 심하지는 않습니다."

그런데 곧이어 사납게 울부짖는 비명이 들렸다. 마치 그따위

거짓 보고를 하지 말라고 윽박지르는 것만 같았다. 옷을 입은 하이에나 같은 그 존재는 벌떡 일어나 두 다리로 섰다.

그레이스 풀 부인이 소리쳤다.

"어머, 주인님! 주인님을 본 것 같아요. 제발, 조심하세요."

미친 여자는 짖어대고 있었다. 그녀는 헝클어진 머리카락을 쓸어 올리고 찾아온 사람들을 사납게 노려보았다. 내가 전에 본 적이 있던 그 무서운 얼굴이었다.

세 신사는 동시에 뒤로 물러났고 로체스터 씨는 나를 등 뒤로 숨겼다. 순간 광인이 로체스터 씨에게 달려들었다. 그녀는 그의 멱살을 잡더니 뺨을 물었다. 로체스터 씨는 물러서지 않고 맞붙어 싸웠다. 그녀는 힘이 셌으며 키도 로체스터 씨와 거의 비슷했고 몸집도 컸다. 그녀의 힘은 웬만한 남자보다 센 것 같았다. 그녀가 그의 목을 졸랐다. 그가 그녀를 가격했다면 그녀를 쉽게 제압할 수도 있었을 것이다. 하지만 그는 그녀를 때리지 않았다. 다만 힘으로 그녀를 제압하려고 했을 뿐이다. 마침내 그가 그녀를 제압했고 그레이스 풀이 끈을 갖다주자 그녀의 두 팔을 등 뒤로 묶는 데 성공했다. 그리고 곁에 있던 밧줄로 그녀를 의자에 묶었다. 그사이에도 광녀는 미친 듯이 비명과 고함을 질러대고 있었다.

그녀를 제압하는 데 성공한 로체스터 씨는 일행들을 향해 돌아섰다. 그의 얼굴에는 쓰디쓰면서 쓸쓸한 미소가 떠올라 있었다. 그가 입을 열었다.

"자, 이 사람이 바로 내 아내요. 그리고 여러분이 방금 본 것이 바로 부부간의 유일한 포옹 방법이오."

이어서 그는 내 어깨에 손을 얹었다.

"자, 이 사람은 내가 갖길 원했던 사람이오. 바로 지옥문 앞에서 악마의 행패를 의젓하고 조용히 바라보고 있는 이 여자! 자, 그 차이를 보시오! 그리고 이런 상황에서 이 여자를 내 아내로 택하려던 나를 심판하시오. 복음을 전하는 신부님이시여, 법을 지키는 분이시여, 두 분이 이걸 보고 나를 심판해주시오! 나는 두 분께 '너희가 행한 심판으로 너희가 심판받으리라'는 『성경』 말씀(「마태복음」 7장 2절)을 돌려드리고 싶소. 자, 이제 더 이상 보여드릴 것도 없고 말할 것도 없소. 먼저 나가보시오. 나는 내가 꽁꽁 감추어두었던 내 보물을 다시 잘 숨겨야 하겠소."

나와 함께 모두 방에서 나갔고 로체스터 씨는 얼마 동안 그곳에 남아 그레이스 풀에게 뭔가 지시를 했다. 계단을 내려오면서 소송대리인이 내게 말했다.

"아가씨, 아가씨는 결백합니다. 당신 숙부님도 이 사실을 알게 되면 기뻐하실 겁니다. 다만 메이슨 씨가 마데이라로 돌아갔을 때까지 그분이 살아 계신다면 말입니다."

나는 놀라서 물었다.

"제 삼촌이라고요! 당신이 그분을 아세요?"

"그분은 메이슨 씨와 잘 아는 사이입니다. 에어 씨는 벌써 수년 전부터 메이슨가와 거래를 하고 있습니다. 당신이, 로체스터 씨와 결혼한다는 소식을 당신 숙부에게 전했지요? 에어 씨가 그「편지」를 받았을 때 메이슨 씨는 자메이카로 돌아가는 도중에 우연히 그곳에 머물고 있었습니다. 불편한 몸을 좀 추스르기 위해서였지요. 에어 씨는 메이슨 씨가 로체스터 씨와 알고 지내는 사이라는 것을 알았기에 그에게 당신「편지」를 보여주었습니다.「편지」를 본 메이슨 씨는 몹시 괴로워하며 에어 씨에게 모든 사실을 털어놓았습니다. 당신 숙부께서는 직접 영국으로 와서 이 결혼을 말리고 싶어했습니다. 하지만 이런 말을 전하게 되어 유감입니다만, 그는 몹시 앓고 있습니다. 폐병입니다. 아마 다시는 병석에서 일어나기 어려울 거예요. 그래서 그는 메이슨 씨에게 이 사기 결혼을 막아달라고 간청했고 메이슨 씨가 저를 찾아오게 된 것이며 천행으로 제시간에 맞춰 도착할 수 있었던 것입니다."

제26장

내게 사정을 설명해준 후 그들은 로체스터 씨를 기다리지도 않고 작별 인사도 없이 손필드 장을 떠났다.

그들이 떠나자 나는 내 방으로 들어왔다. 나는 아무도 들어오지 못하게 빗장을 걸었다. 울음이 나오지도 않았고 슬프지도 않았다. 이상하리만치 마음이 평온했다. 나는 웨딩드레스를 벗고 어제 입었던 평상복으로 갈아입었다.

의자에 앉으니 몸에 힘이 하나도 없었으며 피곤했다. 나는 두 팔을 탁자 위에 올리고 머리를 그 사이에 묻었다. 그리고 차분히 생각에 잠겼다.

사건에 사건이 꼬리를 물어 일어났고 계속해서 새로운 사실들이 밝혀졌다. 나는 그것들에 그냥 끌려다니며 정신없이 보고만 있었다. 이제야 겨우 찬찬히 되짚어보고 생각할 시간이 난 것이다.

겉보기에 나는 변한 게 아무것도 없었다. 하지만 나는 이미 어제의 제인 에어가 아니었다. 내 삶은 다시 버림받았으며 사랑을 잃었고, 희망은 꺾였으며 마음속 신뢰는 깨져버렸다. 그 모든 것을 또렷이 인식하자 나를 위협하는 무시무시하고 거대한 그 무언가가 내 앞을 가로막고 있는 것만 같았다.

나는 로체스터 씨가 악당이라고 말하고 싶은 생각은 추호도 없었다. 그가 나를 배반했다고 생각하지도 않았다. 그러나 그를 이전처럼 흠 없이 진실한 사람으로 대할 수는 없었다. 그는 이제 내게 더 이상 과거의 로체스터 씨가 아니었고, 내가 생각했던 모습이 아니었다. 그가 나를 향해 보내주었던 깊은 애정도 충동에 불과했고 대리 만족에 지나지 않았다는 생각을 멈출 수 없었다.

한시라도 빨리 그의 앞에서 내가 사라져야만 했다. 어떻게, 어디로 가야 할지도 알 수 없었지만 어쨌든 그를 다시 볼 수는 없었다.

나는 눈을 감았다. 이곳을 떠나야 한다는 생각뿐이었지만 온몸에 힘이 빠져 꼼짝할 수 없었다. 마치 강바닥에 힘없이 누워 있는 채 홍수 같은 큰 물살이 덮쳐오고 있는 느낌이었다.

나는 하나님께 기도했다.

"하나님이시여, 나를 구해주소서. 물살이 내 영혼까지 밀려 들어오고 있나이다. 나는 진흙탕에 빠져 서 있을 수도 없나이다. 오오, 나는 깊은 수렁에 쓰러져 있고 거대한 물결이 나를 덮치고 있나이다."

제27장

　　다음 날 오후 늦게야 나는 자리에서 일어났다. 머리가 핑 돌았다. 온종일 아무것도 먹지 않은데다 흥분 때문에 내 몸은 정상이 아니었다. 하지만 이 집을 떠나야 한다는 생각은 여전했다.

　　내가 그토록 방에서 꼼짝 않고 누워 있었는데 내 방문을 두드린 사람은 아무도 없었다. 페어팩스 부인도, 아델도 나를 찾지 않았다는 생각에 운명으로부터 버림받은 사람은 가까운 사람들조차 금방 잊어버린다는 비감에 젖었다.

　　나는 비틀거리는 걸음으로 빗장을 풀고 밖으로 나왔다. 그러자 나는 무엇엔가 걸려 비틀거렸다. 여전히 머리가 빙빙 돌고 있었고 팔다리에 힘이 하나도 없었다. 나는 그 자리에 쓰러졌다. 아니다. 쓰러질 뻔했다. 누군가 내 팔을 잡아 나를 부축해 준 것이다. 로체스터 씨였다. 그는 내 방 문턱 앞에 의자를 놓고 거기 앉아 있었다. 페어팩스 부인이나 아델이 내 방문을 두드리지 않은 것은 그 때문이었다.

그가 내게 말했다.

"벌써 오래전부터 여기 앉아서 귀를 기울였소. 움직임도 없고 흐느낌도 없더군. 당신이 내게 달려와 마구 비난을 퍼부으리라 생각했는데…… 당신은 그토록 격정적인 사람이 아니오? 그래, 제인, 내게 비난의 말을 한 마디도 안 할 작정이오? 당신 혼자 속으로 그렇게 피눈물을 흘리겠다는 거요? 안 되오. 이런 식으로 당신에게 상처를 주고 끝낼 수는 없소. 제인, 당신은 결코 나를 용서해주지 않겠지?"

독자 여러분! 나는 즉석에서 그를 용서했다! 그의 눈에는 깊은 자책의 빛이 떠올랐고 그의 목소리에는 진정 어린 연민이 깃들었으며 동시에 그의 태도에는 정말로 남자다운 힘이 넘쳐흘렀다. 그 모든 것에 나에 대한 충만한 사랑이 깃들어 있었다. 나는 감동해서 그를 완전히 용서했다. 하지만 생생한 목소리로가 아니라 마음속으로만 용서했을 뿐이었다.

내가 말없이 있자 그가 주의 깊게 나를 바라보며 물었다.

"제인, 내가 비참하고 나쁜 놈인 걸 이제 알겠소?"

"네, 그렇습니다."

"그렇다면 내게 화를 내며 그런 놈이라고 말해줘. 사정 봐주지 말고."

"그럴 수 없어요. 너무 지치고 아파요. 물이나 좀 마시고 싶어요."

그는 한숨을 깊이 내쉬더니 내 팔을 부축해서 아래층으로 데려갔다. 그가 나를 방으로 이끌었지만 거기가 어딘지도 모를 정도로 정신이 없었다. 모든 것이 어둡기만 했다. 잠시 후 그가 내 입에 포도주를 갖다 대자 나는 조금 마셨고 어느 정도 기운이 났다. 나는 서재 안락의자에 앉았고 그는 바로 내 옆에 서 있었다.

"이제 기분이 어떻소, 제인?"

로체스터 씨가 물었다.

"훨씬 나아졌어요. 곧 기운이 날 거예요."

그는 방 안을 왔다갔다 하더니 내게 입맞춤을 하려는 듯 몸을 굽혔다. 하지만 이제 그와 키스하면 안 되었다. 나는 고개를 옆으로 돌리며 그의 얼굴을 밀어냈다.

그가 말했다.

"알겠소. 버사 메이슨의 남편과는 입맞춤할 수 없다 이거로 군. 내 품은 이제 비어 있는 게 아니고 임자가 있다 이거로군."

"어쨌든 이제 당신 곁에 제 자리는 없어요. 제게는 당신과 입을 맞출 권리도 없고요. 내 주변의 모든 것이 바뀌었고 나도 바뀌어야 해요. 모든 것을 자꾸 떠올리는 과거와의 싸움에서 제가 벗어날 수 있는 방법은 단 하나밖에 없어요. 아델이 새 가정교사를 구하는 거예요."

"오, 아델은 학교에 가게 될 거요. 이미 결정되었소. 그리고 당신을 이곳 손필드 장에 대한 괴로운 기억으로 괴롭힐 생각은 없소. 이곳은 저주받은 곳이오. 그런 곳인지 알면서 당신을 이리로 오게 한 내가 잘못이오. 이곳이 그런 곳이라는 걸 알면 어느 가정교사도 오지 않으리라 생각하고 비밀로 한 거요. 제인, 당신은 이제 이곳에 살게 되지 않을 거요. 나는 손필드 장을 폐쇄할 거요. 연봉 200파운드를 풀 부인에게 주고 저 여자와 이곳에 살게 할 거요. 이미 모든 준비는 다 되었소. 내일이면 떠날 수 있으니 하루만 더 참아주시오. 혐오스러운 기억, 거짓, 방해 등으로부터 완전히 벗어난 안전한 곳으로 가게 될 거요."

"그렇다면 그곳에 아델을 데리고 가주세요. 그 애가 당신의 벗이 되어줄 거예요. 당신이 은둔해서 고독하게 산다는 건 너무 슬픈 일이에요."

그는 흥분한 어조로 말했다.

"고독? 고독이라니! 아델과 고독을 나누라고? 나와 고독을 나눌 사람은 바로 당신이란 말이오. 나는 당신을 프랑스 남쪽에 있는 내 소유의 집으로 데려갈 거요. 거기서 당신은 실질적으로나 명목상으로나 내 아내가 되는 거요. 제인, 왜 고개를 가로젓는 거요? 당신은 나를 사랑하지 않는 거요?"

그의 목소리도 떨리고 손도 떨리고 있었다. 그의 큰 콧구멍이 벌렁거렸으며 눈으로는 불꽃이 일고 있었다. 하지만 나는 용기를 내서 말했다.

"물론 당신을 사랑해요. 그전보다 더 많이. 하지만 당신의 부인은 엄연히 살아 있어요. 제가 당신과 함께 그곳에서 지낸다면 저는 당신의 정부(情婦)가 되는 셈이에요. 그걸 부인하는 건 궤변이고 거짓일 뿐이에요."

"제인, 그건 아직 당신이 나를 잘 몰라서 하는 소리요. 내 아내가 엄연히 살아 있다고 했지? 사실이오. 하지만 그녀는 나의 진정한 부인이라고 할 수 없소. 내 이야기를 다 들으면 그런 소리는 하지 않을 거요. 제인, 잠시 내 말 좀 들어보겠소?"

"좋아요. 당신이 원하신다면 몇 시간이라도 듣겠어요."

"잠깐이면 되오. 제인, 나는 장남이 아니오. 내게는 형님이 있었소. 당신도 아마 페어팩스 부인에게 들었는지 모르오. 집안의 추한 꼴을 내 입으로 들춰내는 건 부끄럽지만 다 이야기하겠소. 나의 아버지는 재산을 모으는 데 혈안이 된 탐욕스러운 분이었소. 그는 전 재산을 내 형에게 물려주려 했소. 하지만 내가 빈털터리가 되는 것을 아버지는 원치 않았소. 남들 눈이 있었던 거요. 아버지는 재산이 많은 집 딸과 나를 결혼시켜 내가 재산을 갖게 하려던 거요. 메이슨가와 일찍이 교류가 있었던 아버지는 그 집 내력을 다 알고 있으면서 나를 자메이카로 보냈소. 버사 메이슨의 어머니와 버사의 남동생이 정신병원에 갇혀 있다는 것을 알고도 나를 그녀와 결혼시킨다는 음모를 세운 거요. 물론 내 형도 그 음모에 가담했소. 내가 어찌 되건 상관없이 3만 파운드의 돈이 탐났던 거지. 아직 젊었던 나는 경솔하게 버사의 겉모습에 반해 결혼하게 된 거요. 그건 사랑도 아니었고 젊음의 일시적 충동이었을 뿐이오. 결혼 후 나는 그녀의 광기가 나타나기 전에 이미 내가 실수했음을 곧 깨달았소. 그녀는 그만큼 천박했고 편협했소. 그리고 결혼한 지 4년 정도 되었을 때부터 그녀의 광기가 나타나기 시작한 거요. 그사이에 내 형이 세상을 떠났고 아버지도 다음 해 세상을 떠났소. 나는 집

제27장

249

안 재산을 전부 소유하고 부자가 되었소. 그리고 영국으로 오게 된 거요. 나는 내 아내와 이혼할 수 없었소. 아내의 동의를 받을 수 없었고, 또 그녀가 미쳤다는 진단이 나온 이상 설사 서명을 해도 유효할 수 없었기 때문이오. 나는 그녀가 미쳤다는 걸 알고도 그녀를 외진 곳에 감금할 수도, 정신병원에 보낼 수도 없었소. 그건 차마 못 할 짓이라고 여겼소. 내 마음이 약했기 때문이오. 나는 정신 요양소에서 일하던 그레이스 풀을 고용했소. 그녀는 대체로 버사를 잘 감시했소. 하지만 그녀가 잠시 한눈이라도 팔게 되면 광녀가 몰래 그 방에서 빠져나와, 당신도 이미 알고 있는 사건들을 저지른 거요. 내가 이곳을 자주 오랫동안 떠나 있던 것도 바로 그 때문이었소. 그리고 어느 날, 바로 이곳으로 돌아오는 날, 당신을 만난 거요. 제인, 당신을 만난 이후의 이야기는 하지 않아도 알 수 있을 것이오. 나는 청년기와 장년기의 절반을 이루 말할 수 없을 정도로 비참하게 지냈소. 나머지 절반은 쓸쓸한 고독 속에서 지냈소. 그런 후에야 내가 진정으로 사랑하는 사람을 만나게 된 거요. 나보다 더 훌륭한 나의 반쪽을, 내 수호천사를 만나게 된 거요. 당신을 볼 때마다 내게 정열이 용솟음쳤고 당신은 내 생명의 원천이 되었소. 그리고 당신 주변을 내가 감싸주고 있다는 것을 느낄 수 있었소.

당신과 나는 서로 융합되어 하나가 될 수 있음을 느낄 수 있었소. 내게 아내가 이미 있다고 말한다는 건 말장난에 불과하오. 나는 속아서 결혼한 것이며 진정으로 내 아내를 사랑해본 적이 없기 때문이오. 게다가 당신은 내가 지금 추악한 괴물과 살고 있음을 알고 있소. 내가 당신을 속인 건 잘못이오. 하지만 차마 고백할 수 없었소. 그렇게 되면 당신을 잃을까 하는 두려움 때문이었소. 비밀을 털어놓기 전에 먼저 당신을 확실히 내 사람으로 만들어놓고 싶었소. 하지만 그건 비겁한 짓이었다는 걸 이젠 깨달았소. 지금처럼 당신의 너그러움과 고결함에 호소해야 했소. 그런 후 당신에게 남편으로서의 정절을 서약하고 당신에게 서약을 받아야 했소. 제인, 제발 한마디 서약만 해주오. '나는 당신 것이 되겠어요, 로체스터 씨'라고."

나는 그에게 대답했다.

"나는 당신의 것이 되지 않겠습니다."

긴 침묵이 계속되었다. 마침내 그가 입을 열었다.

"제인, 당신은 당신의 길을 가고 나는 다른 쪽 길로 가라는 이야기요?"

"네, 죄 없는 삶을 사시라고, 저처럼 하나님과 당신 자신을 믿으라는 말씀을 드리고 싶을 뿐이에요."

제27장

251

"오, 제인 너무하는구려. 단 한순간만이라도 당신이 떠난 후 내가 얼마나 슬플 것인가 생각해주오. 당신과 함께 내 모든 행복이 온통 사라져버리리라는 생각해주오. 그 뒤에 내게 뭐가 남을까? 내가 비참하게 살다가 저주받아 죽으라는 선고를 내리겠다는 거요? 당신이 나와 함께 살면 당신과 나, 둘 다를 살리는 거 아니오? 그런다고 당신을 비난할 친척도 없는 것 아니오?"

그 말은 사실이었다. 그가 말을 하는 동안 나의 양심과 이성이 나 자신을 배반하고, 그를 거부하는 것은 죄악이라고 자신을 비난하고 있었다. 내 양심과 이성은 내 감정과 한편이 되어 나에게 이렇게 외치고 있었다.

'그만 양보해! 그가 얼마나 고통스러울지, 네가 그를 얼마나 큰 위험에 처하게 할 것인지 생각해봐! 자기가 버려졌음을 알았을 때 그가 어떤 행동을 하게 될지 생각해봐. 그가 얼마나 충동적인지, 절망 상태에서 얼마나 무모해지는지 생각해봐. 그를 위로해! 그를 구해! 그를 사랑해! 이 세상에서 너를 생각해줄 사람이 또 어디 있어? 네 행동 때문에 상처받을 사람이 또 누가 있어?'

하지만 내 속에서 나온 대답은 그 질책에 굴복하지 않았다.

‘아니야, 나 홀로 살아간다는 걸 겁내면 안 돼. 내가 고독하면 할수록, 친구나 의지할 사람이 없을수록, 나는 더 자기 자신을 존중할 수 있어. 하나님이 내리시고 인간이 받아들인 규범을 지켜야 해. 그런 것들은 이런 시련이 닥쳤을 때 더 지켜야 하는 거야. 내 마음과 영혼이 이렇게 반란을 일으키고 있을 때 더 엄격히 지켜야 하는 거야. 그 신성불가침한 것을 나만의 안위를 위해서 위반한다면 더 큰 죄악을 저지르는 거야.’

로체스터 씨는 나를 유심히 바라보더니 내 속마음을 읽은 모양이었다. 그의 분노는 극에 달한 것 같았다. 그는 내 팔을 잡고 내 허리를 껴안았다.

그가 이를 악물고 말했다.

"이제까지, 이토록 연약하면서도 완강한 존재는 본 적이 없었어! 손가락 몇 개로도 꺾어버리고 으스러뜨릴 수 있을 정도야. 그런데 저 눈은! 저렇게 단호하고 야성적이며 자유로운 저 표정! 저 눈 안에서 새 한 마리가 나를 쏘아보고 있어! 용감하게 나에게 맞서며 의기양양해하고 있어! 내가 저 새장 주인이 되면 뭐해! 저 새를 도저히 잡을 수 없어! 나는 당신을 억지로 내 손에 넣을 수도 있어. 하지만 당신의 영혼은 내게서 벗어나 훨훨 날아가겠지. 그 향기를 들이마시기도 전에 사라지겠지."

그 말과 함께 그는 포옹을 풀었다. 나는 문 앞으로 갔다.

"가는 거요, 제인? 나의 이 깊은 사랑과 구애와 미친 듯한 기도가 아무 소용이 없다는 거요?"

아, 그의 목소리에는 그 얼마나 큰 고통이 담겨 있었던가! 그에게 단호한 말투로 대답하는 것이 얼마나 힘들었던가!

"떠나겠어요."

그는 돌아서서 소파에 몸을 던졌다. 그의 마음속 저 깊은 곳에서 나오는 울음소리를 들을 수 있었다. 나는 서재를 나오면서 마음으로 외쳤다.

'안녕!'

내 속의 절망이 덧붙여 속삭였다.

'영원히 안녕!'

그날 밤 나는 잠을 잘 생각이 없었다. 그러나 피곤했는지 침대에 잠깐 눕자마자 잠이 들어버렸다. 내가 잠에서 깨어났을 때는 아직 어두웠다. 하지만 7월의 밤은 짧았다. 자정이 지나면 얼마 지나지 않아 동이 튼다. 나는 서둘렀다. 자리에서 일어났다. 옷은 입은 채였다. 신발만 벗은 채 잠든 것이었다. 나는 옷장을 열고 속옷가지와 목걸이, 반지 등을 챙겼다. 그것들을 챙

기다가 며칠 전에 로체스터 씨가 사준 진주 목걸이가 눈에 띄었다. 그것을 그 자리에 그대로 두었다. 그건 내 것이 아니었다. 이제는 허공으로 사라진 가상 신부의 것이었다. 지갑을 챙기면서 안을 열어보니 20실링이 들어 있었다. 그것이 내 전 재산이었다. 나는 꾸러미와 신발을 들고 방에서 나와 살금살금 복도를 걸었다.

페어팩스 부인 침실 앞을 지나면서 "잘 있어요, 페어팩스 부인"이라고 나지막이 속삭였다.

"안녕, 사랑하는 아델."

아이의 방 쪽을 흘낏 바라보며 인사했다.

나는 로체스터 씨 방 앞을 지나면서 처음에는 그냥 지나치려고 했다. 하지만 일순간 심장이 멎는 것 같았고 저절로 발걸음도 멈춰버렸다. 방 안에서 이리저리 왔다갔다 하는 발소리가 들렸다. 몇 마디 탄식도 들렸다. 내가 선택만 한다면 바로 그 안이 내 천국이 될 수 있었다. 단지 문을 열고 들어가 "로체스터 씨, 당신을 사랑해요. 영원히 함께하겠어요"라고 말만 하면 되었다. 내가 몰래 사라진 걸 알면 그가 얼마나 절망할까 하는 생각에 나는 자칫 문고리를 잡을 뻔했다. 그러나 나는 즉시 고개를 가로저으며 얼른 문에서 물러났다.

손필드 장에서 1마일 정도 떨어진 곳에 큰길이 있었다. 밀코 트로 가는 길과는 정반대 방향으로 뻗어 있는 길이었다. 한번 도 가본 적이 없는 길이었고, 그리로 가면 어디가 될까 궁금해 하기만 하던 길이었다. 나는 그 길 쪽으로 발걸음을 옮겼다. 그 어떤 잡념도 해서는 안 되었고 단 한 번이라도 뒤로 눈길을 주 면 안 되었다. 과거는 천국처럼 달콤하면서 동시에 죽음처럼 슬펐다. 미래는 아무것도 알 수 없는 공백이었다. 그 무언가로 채워질 하얀 공백이 아니라 나를 잡아 삼킬지도 모르는 시커먼 공백!

해가 떠오를 때까지 들판과 울타리와 오솔길을 걸었다. 아름 다운 여름날 아침이었다. 하지만 나는 떠오르는 해도, 미소 짓 는 하늘도, 깨어나기 시작하는 자연도 바라보지 않았다. 가슴 에 고통을 간직한 채, 스스로 의무를 다하겠다고 발버둥 치는 자신을 생각하다보니 갑자기 자신이 미워졌다. 스스로 자신을 정당화해보아도 아무런 위안도 되지 못했다. 나는 내 주인에게 상처를 입히고 그를 버렸다. 내 눈에도 내가 혐오스러웠다.

드디어 길이 나타났다. 마침 역마차가 한 대 굴러오는 것이 보였다. 손짓을 하자 마차가 섰다. 마부에게 어디로 가는 마차 냐고 물었더니 그곳에서 아주 멀리 떨어진 마을 이름을 댔다.

로체스터 씨와는 아무 연고도 없는 고장임이 확실했다. 거기까지 가려면 요금이 얼마냐고 물었더니 그가 30실링이라고 했다. 내가 20실링밖에 없다고 하니 그거면 됐다고 대답했다. 내가 마차 안에 오르자 문이 닫히고 마차는 덜컹거리며 달리기 시작했다.

제28장

　　그로부터 이틀이 지났다. 마부는 나를 횟크로스라는 곳에 내려놓았다. 그 돈으로는 더 이상 데려다줄 수 없다는 것이었다. 마차가 떠나자 나는 내 꾸러미를 마차에 놓고 내린 것을 알았다. 잘 간수한다고 의자 포켓에 넣었다가 깜빡한 것이다. 나는 그야말로 알거지 신세가 된 것이다.

　　횟크로스는 도시도 아니고 촌락도 아니었다. 그냥 네거리에 세워진 돌기둥에 새겨진 이름일 뿐이었다. 푯말에 따르면 가장 가까운 마을도 10마일은 떨어져 있었다.

　　나는 뜨겁게 내리쬐는 햇빛을 피해서 길을 걸었다. 어디로 가야 할지 어떻게 해야 할지 아무런 생각도 없었다. 나는 도중에 쉬기도 하면서 오랫동안 길을 걸었다. 그때 어디선가 종소리가 들려왔다. 마을 성당 종소리였다.

종소리가 들리는 곳을 향해 부지런히 걸으니 마을과 종탑이 나타났다. 시계탑을 보니 오후 2시였다. 하나뿐인 길 안쪽에 몇 개의 빵을 진열해놓은 가게가 있었다. 그 한 조각이라도 먹고 싶어 견딜 수 없었다. 한 조각만 먹어도 기운을 차릴 수 있을 것 같았고, 그러지 않으면 단 한 걸음도 옮기기 힘들 것 같았다.

나는 내가 수중에 지닌 것 중에 저 빵과 바꿀 수 있는 게 뭐가 있을까 생각해보았다. 목에는 작은 비단 손수건이 매여 있었고 장갑이 하나 있었다. 하지만 나는 도저히 가게로 들어갈 수 없었다. 그런 걸 받아줄 리 없다는 생각이 강하게 들었고, 그걸 빵과 바꿔달라는 말이 도저히 입에서 나올 것 같지 않아서였다.

나는 다시 길을 걸었다. 좌우로 집들이 있었지만 그 어느 집 하나도 들어갈 핑곗거리를 마련할 수 없었다. 그렇게 나는 한 시간가량 마을을 헤맸다. 때로는 마을에서 멀어졌다가 다시 돌아오기도 했다.

그렇게 마치 길 잃은 개처럼 마을을 헤매고 다니는 사이 오후가 되었다. 독자여, 나는 그날 내가 겪었던 일을 상세하게 말하지 않으련다. 골목 끝에 있는 깨끗한 집에 들어가서 무작정

제28장

나 같은 사람이 할 만한 일이 없겠느냐고 물었다가 문전박대를 받았고, 사제관에 찾아가면 혹시 일자리를 얻을 수 있을까 하여 찾아갔다가 신부님은 아버님이 돌아가셔서 2주일 후에나 돌아온다는 대답을 들었을 뿐이었다. 그리고 마침내, 용기를 내서 다시 찾아 들어간 빵 가게에서는, 정말 처참할 정도로 거절을 당했다. 옷을 제대로 차려입은 거지는 동냥을 얻는 것조차 어려운 법임을 나는 알았다.

사흘을 굶은데다 잘 곳도 없었다. 나는 히스 숲속으로 찾아가 잘 만한 곳을 찾았다. 하지만 땅바닥은 축축하고 밤공기는 차가웠다. 나는 거의 눈을 붙이지 못한 채 아침을 맞았다. 그날의 일도 어제와 다름없었다. 게다가 온종일 비가 내렸다. 나는 그야말로 기진맥진이었다. 밤이 되자 절망이 몰려왔다. 이대로 길거리에 쓰러져 그대로 죽어버릴 것만 같았다. 무작정 길을 걸으며 기도했다.

"오, 하나님, 조금만 더 견딜 수 있게 해주세요! 저를 도와주세요! 저를 인도해주세요!"

흐릿해지는 눈으로 주위를 살피니 마을로부터 멀어진 것을 알 수 있었다. 주위는 비할 데 없이 황량했고 어두운 언덕, 황야만 눈에 들어올 뿐이었다. 도저히 몸을 눕힐 만한 곳을 찾을 수 없었다.

그때였다. 저 멀리 습지와 언덕 마루 사이에서 희미한 불빛 하나가 갑자기 나타났다. '찾아가기에는 너무 멀어'라는 생각이 들었지만 나는 그곳을 향해 지친 몸을 끌고 나아갔다. 그것만이 내 유일한 희망이었고 어쨌든 거기에 도달해야만 했다.

얼마를 걸었을까, 습지대를 지나자 희끄무레한 길이 나타났다. 길은 불빛이 나오는 곳으로 이어지고 있었다. 나는 그 길을 따라갔다.

얼마 후 내 눈에 낮고 긴 집의 검은 형체가 보였다. 하지만 나를 거기까지 인도한 불빛은 사라지고 없었다. 무언가 내 앞에 장애물이 놓여 그 불빛을 가로막고 있었다. 나는 손을 내밀어 그 장애물을 더듬거려보았다. 돌로 된 낮은 담벼락이었다. 더듬거리다가 겨우 작은 쪽문을 찾을 수 있었다. 손으로 밀자 그 문이 열렸다. 안으로 들어가 건물 출입구를 찾으려고 모퉁이를 돌았다. 그러자 땅바닥에서 30센티미터 정도 되는 낮은 창문이 나타났고 그 창문에서 불빛이 새어 나오고 있었다. 아주 작은 창이었다. 창문 앞에 드리워진 나뭇가지를 옆으로 젖히니 안이 들여다보였다. 내게 길 안내를 해주었던 촛불이 탁자 위에 켜 있고, 그 불빛에 꽤 나이가 든 여자 모습이 보였다.

좀 무뚝뚝해 보이기는 했지만 깔끔해 보이는 인상이었으며 양
말을 짜고 있었다.

벽난로 옆에는 두 명의 얌전한 숙녀, 정말로 숙녀라 부를 만
한 젊은 여자들이 앉아 있었다. 아마 상중인 듯, 상장을 두르고
상복을 입고 있었다. 상복 색깔이 그녀들의 하얀 목과 얼굴을
더욱 돋보이게 해주었다. 생전 처음 보는 사람들인데도 이상하
게 친근함이 느껴졌다.

두 사람은 책을 읽고 있었으며 그 두 사람 사이의 작은 탁자
위에도 책이 놓여 있었다. 둘은 책을 읽는 도중 수시로 탁자에
놓인 책을 들춰보았다. 두 책을 비교하는 것 같기도 했고 뭔가
찾는 것 같기도 했다. 아마 번역을 하고 있을지도 모른다. 사방
은 너무 고요해서 뜨개질 소리가 들린다고 착각할 정도였다.

책 읽기에 열중하던 두 숙녀 중 한 명이 입을 열어 말했다.

"언니, 이것 좀 들어볼래?"

그러더니 그녀는 아마 책을 낭송하는 것 같았다. 하지만 나
는 한 마디도 알아들을 수 없었다. 프랑스어도 아니었고 라틴
어도 아니었다. 그리스어인지 독일어인지 구분할 수도 없었다.

뜨개질하던 부인이 고개를 들더니 말했다.

"그런 이상한 말을 쓰는 나라도 있나요?"

"그래요, 한나. 영국보다 훨씬 큰 나라야. 하지만 우리는 독일 말은 잘 못 해. 『사전』이 없으면 뜻도 잘 모르고."

"그런데 뭘 그렇게 열심히 공부하는 거유?"

"언젠가 어린 학생들에게 독일어를 가르치려고. 그러면 돈을 좀 더 벌 수 있을 거야."

"그럴 수 있겠네요. 하지만 오늘은 늦었으니 이제 공부 그만해요."

"그래, 그만해야겠어. 좀 피곤해. 메리, 넌 어때?"

"너무 피곤해."

"그런데 세인트 존 오빠는 언제나 돌아오시려나?"

"곧 돌아오겠지. 벌써 10신데. 한나, 응접실에 불이 꺼지지 않았는지 좀 가 보실래요?"

부인이 일어나서 문을 열자 희미하게 복도가 보였다. 곧이어 그녀가 난롯불을 뒤적이는 소리가 들리더니 바로 돌아와서 자매들에게 말했다.

"아휴, 아가씨들, 이제 저 방에 들어가는 게 정말 싫어요. 빈 의자가 구석에 놓여있는 걸 보면 너무 쓸쓸해 보인다니까. 아버님께서 조금 전까지 거기 계시다가 일어나신 것 같아요."

그녀는 손수건을 꺼내 눈물을 닦았다. 그러고는 식사를 준비

제28장

하기 시작했다. 자매들이 자리에서 일어났다. 그때까지 나는 그들을 바라보는 데 너무 몰입해서 내 비참한 처지를 거의 잊고 있었다. 이제 다시 내 처지가 생각났고, 이전보다 더 절망에 빠졌다. 그녀들과 비교해보니 너무나 대조적이었기 때문이다. 이렇게 다른 처지에서 그녀들에게 내 상황을 납득시키고 내게 동정을 가질 수 있게 한다는 것은 불가능한 일로만 여겨졌다. 하지만 부딪쳐야만 했다. 더듬더듬 문을 찾아 망설이다가 그 문을 두드렸다.

한나가 와서 문을 열었다.

"무슨 일이지요?"

그녀는 손에 들고 있는 촛불에 내 모습을 비춰보고 놀란 것 같았다.

나는 용기를 내어 말했다.

"헛간이든 어디든 하룻밤 묵을 곳이 필요합니다. 그리고 한 조각 빵이라도 주셨으면……."

내가 우려했던 감정, 의혹의 감정이 그녀의 얼굴에 또렷이 나타나 있었다.

"자, 여기 1페니가 있으니 이걸 갖고 어서 가요."

"지금 당장 내게 필요한 건 돈이 아니에요. 그걸 먹을 수는 없잖아요. 게다가 이제는 더 이상 걸음을 옮길 힘도 없어요. 제발, 문을 닫지 말아주세요. 이대로 죽어버릴 것 같아요."

그러나 그녀는 매몰차게 문을 닫아버렸다. 나는 그 자리에 주저앉으며 "아아, 이제 죽는 수밖에 없어. 이게 다 하나님의 뜻이야. 그분 뜻을 받아들이는 수밖에 없어"라고 절망적으로 중얼거렸다.

그때였다. 내 옆에 누군가 있었다. 내 말을 들은 듯 그가 내게 말했다.

"사람은 다 죽게 되어 있지요. 하지만 당신처럼 이렇게 죽게 되지는 않지."

그 말을 하더니 그는 요란하게 문을 두드렸고 한나가 다시 문을 열었다. 그러자 그가 말했다.

"할멈, 할멈은 이 여자분을 쫓아내는 걸로 할 일을 다 한 거야. 이제 내가 해야 할 일을 하게 해줘요. 일은 저분을 안으로 들이는 거야. 자, 아가씨, 일어나요. 어서 안으로 들어가요."

곧이어 나는 조금 전에 본 밝고 깨끗한 부엌 난롯가에 서게 되었다. 마치 유령 같은 내 몰골이 그들에게 얼마나 꼴사납게 보일까 하는 생각에 마음이 편치 않았다. 두 명의 숙녀와 세인트 존, 나이 많은 하녀 모두 나를 찬찬히 바라보고 있었다.

제28장

한나가 말했다.

"얼굴이 창백해요."

그러자 누군가 말했다.

"정말, 너무 흙빛인데다 죽은 사람처럼 창백해요. 저러다 쓰러지겠어요. 빨리 의자에 앉혀야겠어요."

실제로 나는 머리가 어지러워지면서 그 자리에 쓰러졌다. 의자가 나를 받았다. 의식은 있었지만 말은 할 수가 없었다.

자매 중 한 명인 다이애나가 빵조각을 조금 떼어내어 우유에 적신 뒤 내 입술에 갖다 댔다. 나는 그녀가 준 빵을 먹었다. 처음에는 힘없이 조금씩 씹어 넘겼지만 이내 허겁지겁 빵을 먹었다. 그 모습을 보고 세인트 존 씨가 말했다.

"처음부터 너무 많이 먹으면 안 좋은데…… 그만 주는 게 좋겠어. 우선은 그걸로 충분할 것 같아. 어디 이제 말을 할 수 있는지 보자. 이름을 물어보자."

나는 말을 할 수 있을 것 같았다. 나는 대답했다.

"내 이름은 제인 엘리엇입니다."

내 정체가 탄로 날까봐 가명을 댔다.

"어쩌다 이렇게 된 건지 설명하실 수 있겠습니까?"

"선생님, 오늘 밤에는 자세한 설명을 해드리기 어려울 것 같습니다. 여러분이 저를 어떻게 하든 처분대로 하겠어요. 하지만 긴 이야기를 못 드리는 것만은 양해해주세요. 호흡이 너무 가빠서 말을 할 때마다 경련이 일 것 같아요."

얼마 후 나는 하녀의 부축을 받아 겨우겨우 층계를 오를 수 있었다. 빗물에 젖은 내 옷을 그녀가 벗겨주었으며 따뜻하고 폭신한 침대가 나를 맞았다. 나는 하나님께 감사했다. 이루 말할 수 없이 탈진한 가운데 한량없이 기쁜 감사의 마음에 젖어 나는 잠에 빠져들었다.

제29장

　　그날 이후 사흘간에 대해서는 흐릿한 기억만 남아 있을 뿐이다. 나는 내가 사흘 동안 작은 방 좁은 침대에 누워 있었다는 것만 확실히 기억난다. 마치 내가 침대가 된 것처럼 죽은 듯 누워 있었다.

　　나흘째가 되자 나는 말을 하고 움직일 수 있었으며 침대에서 일어나 몸을 돌릴 수도 있었다. 한나가 가져다준 오트밀 죽과 빵을 이전보다 훨씬 맛있게 먹을 수도 있게 되었다. 몸에 힘이 났고 누워만 있는 게 지겹게 생각되었으며 일어나 몸을 움직이고 싶어 몸이 근질근질해졌다.

　　나는 침대 옆 의자에 놓인 내 옷을 입었다. 옷은 깨끗하게 세탁이 되고 다림질도 잘 되어 있었다. 난간을 잡고 돌계단을 천천히 내려왔다. 이어서 좁고 낮은 복도를 얼마간 걸어가자 부엌이 나타났다.

부엌에서는 빵 굽는 냄새가 났으며 따뜻했다. 한나가 내게 흔들의자를 눈으로 가리켰고 나는 거기 앉았다. 그녀에게는 나를 처음 보았을 때의 차갑고 뻣뻣하던 표정이 사라지고 없었고 새 옷으로 단정하게 차려입은 나를 보고 미소를 지었다.

그녀는 하던 일을 계속하면서 느닷없이 내게 물었다.

"여기 오기 전에도 구걸해본 적이 있어요?"

나는 순간적으로 화가 났지만 화를 낼 처지가 아니라는 걸 알고 조용히 대답했다.

"나는 아주머니나 이 댁 아가씨들이 거지가 아니듯이 거지가 아니에요. 누구든지 집이나 돈이 없을 수는 있지요. 그렇다고 누구나 아주머니가 말하는 거지가 되는 건 아니에요. 하지만 그런 건 별로 중요하지 않아요. 제게 이 집 이름을 좀 알려주실 수 있어요?"

"어떤 사람은 마시 엔드(습지대 끝 집)라고 부르기도 하고 어떤 사람은 무어하우스(황야의 집)라고 부르기도 해요."

"이 집 주인 이름이 세인트 존 씨인가요?"

"그분은 여기에 안 사세요. 모턴에 있는 교구의 신부님이랍니다.”

그러자 나는 사제관에 찾아갔다가 문지기에게 신부님이 부친상을 당해서 2주일 후에나 돌아오신다는 대답을 들었던 게 생각났다.

“그렇다면 그분 아버님이 사시던 집이로군요.”

“그래요. 리버스 어르신께서 여기 사셨지요. 3주 전에 그만 뇌졸중으로 돌아가셨어요.”

“그렇다면 신부님 성함은 세인트 존 리버스겠군요.”

“맞아요. 세인트 존은 세례명이고요. 동생들 이름은 다이애나와 메리예요. 어머니는 오래전에 돌아가셨고요. 저는 이 집에 30년이나 있었답니다. 세 분 모두 내가 키웠어요.”

“정말 충실하고 정직한 분이시네요. 그렇게 오래 이 집을 돌봐오시다니.”

한나는 놀란 눈으로 나를 바라보더니 말했다.

“내가 아가씨를 잘못 보았던 것 같아요. 주변에 사기꾼들이 하도 많아서 그만 나도 모르게 경계를 한 거예요. 이제 아가씨를 다시 보게 되었어요. 정말 단정하고 교양 있는 아가씨로 보여요.”

그녀는 밀가루투성이의 거친 손으로 내 손을 잡았다. 그녀의 얼굴에 정겨운 미소가 환하게 퍼졌고 그 순간부터 우리는 친구가 되었다.

나는 그녀에게 이 집 아가씨들과 오빠는 지금 어디에 있느냐고 물었다.

"모턴 마을로 산책을 갔어요. 반 시간 정도 지나면 돌아올 거예요. 티타임이니까요."

그들은 한나가 말한 정확한 시각에 돌아와 부엌문을 통해 안으로 들어왔다. 세인트 존 씨는 나를 보자 가볍게 목례만 한 뒤 안으로 들어갔다. 두 숙녀는 부엌에 머물며 나와 이야기를 나누었다. 메리는 내가 아래층으로 내려올 수 있을 정도로 회복되어 너무 기쁘다고 상냥하게 말했다. 하지만 다이애나는 내 손을 잡으며 고개를 가로저었다.

"그러면 안 되는 거였어요. 자리에서 일어나기 전에 내게 그래도 되느냐고 물었어야죠. 이것 봐요. 아직 얼굴이 창백하잖아요. 게다가 얼마나 야위었는데! 가엾어라. 어쨌든 당신은 우리 손님이에요. 우리 응접실로 가요."

그녀는 내 손을 놓지 않은 채 나를 안쪽 방으로 데리고 갔다. 그리고 소파에 앉혔다. 응접실에는 세인트 존 씨가 앉아서 신문을 읽고 있었다. 그녀가 나를 앉히고 밖으로 나가자 응접실에는 세인트 존 씨와 나, 단둘이 남게 되었다.

세인트 존 씨는 벽에 걸린 그림처럼 꼼짝도 하지 않은 채 입을 꽉 다물고 눈길을 신문에만 주고 있어서 그의 얼굴을 쉽게 살펴볼 수 있었다. 그는 스물여덟에서 서른쯤 되어 보이는 젊은 사람이었다. 키가 컸고 늘씬했으며 얼굴은 사람들의 눈길을 끌기에 충분했다. 얼굴 모습이 너무 미끈해서 꼭 그리스 조각상을 보는 것 같았다. 커다란 푸른 눈이 갈색 눈썹에 덮여 있었고 코는 너무 곧아서 고전적이라는 표현이 딱 맞았다. 그리고 입술과 턱은 그대로 그리스인이었다.

독자여, 아주 매력적인 초상화라고 생각하지 않는가? 여러분은 그 잘생긴 얼굴에 떠오른 온화한 미소를 그리며, 이 매력적인 초상화를 완성하려 할지도 모른다. 하지만 그 실제 인물은 자신은 온건하거나 상냥한 사람이 아니며, 다정다감하고 평온한 사람이 아니라는 인상을 강하게 풍기고 있었다. 그의 입과 코 이마는 뭔가 불안하면서도 다부지고 열정적인 그의 성격을 느끼게 해주었다. 그는 누이동생들이 다시 들어올 때까지 내게 눈길 한 번 주지 않았다. 차를 준비하느라 들락날락하던 다이애나는 오븐에서 과자를 꺼내 내게 가져다주면서 말했다.

"이걸 좀 들어요. 배가 무척 고플 거야."

나는 식욕이 왕성하게 되살아나서 그녀가 주는 것을 거절하지 않았다. 세인트 존 씨는 그제야 읽고 있던 것을 내려놓고 푸른 눈을 들어 나를 바라보았다.

그가 말했다. 사무적이고 딱딱한 목소리였다.

"배가 몹시 고팠던 모양이군요. 이제 좀 뭔가 먹어도 됩니다. 하지만 너무 무절제하면 안 됩니다."

그의 태도 때문인 듯 내 입에서 나온 대답이 어색하고 버릇이 없었다.

"너무 그렇게 오랫동안 댁에 폐를 끼치면서 얻어먹지는 않을 겁니다."

그러자 그도 역시 차갑게 대답했다.

"그렇게 되겠지요. 당신 가족이 어디 사는지 알려주시면 곧바로 「편지」를 보내드리겠습니다. 그러면 바로 집에 돌아갈 수 있으시겠지요."

"저는 집도 없고 가족도 없습니다."

"아니, 친척이 한 명도 없다는 말이에요? 당신 나이에 어떻게 그럴 수가!"

말을 마친 그는 내 손으로 눈길을 주었다. 나는 처음에는 그 눈길의 이유를 알 수 없었으나, 그의 질문을 듣고는 그 의미를 이해했다.

"아직 미혼이신가요?"

그러자 다이애나가 웃음을 띠고 말했다.

"오빠, 무슨 그런 말을! 기껏해야 열일곱 살이나 열여덟 살밖에 안 돼 보이는데."

"저는 열아홉 살입니다. 그리고 아직 미혼입니다."

그 말을 하면서 저절로 내 얼굴이 붉어졌다. 결혼과 관련된 단어에 쓰디쓴 기억이 떠올랐기 때문이다. 그들 모두 내가 당황해하며 동요하는 것을 보았다.

그러나 세인트 존 씨는 내 표정에는 아랑곳하지 않고 다시 물었다.

"최근에 어디에서 살았습니까?"

내가 대답했다.

"죄송하지만 제가 살던 곳 이름은 비밀입니다."

나는 나를 바라보는 그를 빤히 바라보며 계속 말을 이었다.

"당신과 당신 누이들은 제게 정말 큰 도움을 주셨습니다. 사람이 사람에게 베풀 수 있는 가장 큰 은혜를 주신 셈입니다. 저를 이렇게 환대해주시고 목숨을 구해주셨으니까요. 그러니 저의 정체가 누구인지, 어디서 누구와 살다 왔는지 모든 걸 털어놓으라고 말씀하실 권한이 있으시다는 것을 인정합니다. 좋습니다. 다 말씀드리지요. 다만 제 마음의 평화와 안전, 그리고 다른 사람들의 정신적이고 육체적인 안전을 해치지 않는 범위 안에서만 말씀드릴 수 있다는 점을 양해해주시기 바랍니다. 저는 성직자의 딸로 태어난 고아입니다. 저의 부모님은 제가 그분들을 알아보기도 전에 돌아가셨습니다. 저는 친척 집에 얹혀살다가 브로클허스트 씨가 재정 책임자로 있는 로우드의 자선 학교에 들어갔습니다. 리버스 씨께서도 아마 그의 이름을 들어보셨는지 모르겠습니다."

"그 이름을 들어보았고, 그 학교도 가본 적이 있습니다."

"저는 1년 전쯤 그 학교를 떠나 어느 집에 가정교사로 들어갔습니다. 그 집 이름을 말씀드리지 못하는 것을 죄송스럽게 생각합니다. 다만 아주 훌륭한 곳이었고 거기 있는 동안 행복했다는 것은 말씀드릴 수 있습니다. 그런데 그곳을 떠나야만 했습니다. 죄송하지만 그 이유도 말씀드리기는 어렵습니다. 하지만 제가 세 분과 마찬가지로 결백하다는 것은 믿어주십시오. 저는 지금 불행합니다. 제게 천국처럼 여겨졌던 그곳에서 일어났던 사건이 정말 너무 이상하고 무서운 사건이었기 때문입니다. 저는 그곳을 급히 떠나와야 했고, 그곳에 대해 비밀을 지켜

제29장

야 했습니다. 저는 작은 짐 꾸러미만 가지고 그곳을 떠났습니다. 그런데 깜빡해서 제 짐 꾸러미를 마차에 놓고 내려 이렇게 거지꼴로 이곳을 헤매게 된 것입니다."

그러자 세인트 존 씨가 내게 말했다.

"좋습니다. 그렇다면 당신 이름이 제인 엘리엇이라는 것은 사실로 믿어도 될까요?"

"아, 제가 그렇게 말했지요. 제 본명이 아닙니다. 당분간 그렇게 불러주셨으면 합니다."

"본명을 말해줄 수는 없습니까?"

"제발, 그 이름으로 불러주시길 바랍니다. 제가 밝히고 싶지 않은 사실들이 드러날까 두렵기 때문입니다. 제발, 부탁드립니다. 그리고 또 한 가지만 부탁드리겠습니다. 제가 일자리를 구할 방법을 알려주십시오. 그래야 더 이상 폐를 끼치지 않을 수 있을 테니까요. 재단사 일도 할 수 있고, 그냥 삯바느질을 할 수도 있으며, 그도 아니면 하녀나 보모 노릇도 할 수 있습니다."

"좋습니다. 당신 생각이 그렇다면 내가 일자리 찾는 걸 도와주겠소."

여전히 차가운 세인트 존 씨의 목소리였다. 그는 그 말을 마치자 탁자 위에 놓았던 신문을 다시 집어 들었다.

제30장

내가 무어하우스에 사는 사람들을 알게 되면 알게 될수록 나는 이들을 더욱더 좋아하게 되었다. 나는 다이애나와 메리가 하는 일에는 언제나 함께했다. 그녀들과 늘 이야기를 나누었고 그녀들이 원하면 그녀들을 도울 수도 있었다. 내가 살아오면서 처음 느끼는 즐거움이었다. 생전 처음으로 기호도, 감성도, 원칙도 나와 딱 맞는 사람들과 어울릴 수 있게 된 것이었다.

우리 중 리더는 단연 다이애나였다. 그녀는 외모도 예뻤고 몸도 튼튼했을 뿐 아니라 생기발랄했고 언변도 좋았다. 내가 금방 밑천이 드러날 화제도 그녀는 끊임없이 이어갈 수 있었으며 내가 입을 다문 후에도 동생 메리와 계속 논쟁을 벌였다.

다이애나가 내게 독일어를 가르쳐주겠다는 제안을 했다. 나는 그녀에게 독일어를 배우는 게 너무 좋았다. 선생님이라는 직업이 그녀에게 딱 어울리는 것 같았고 나는 오랜만에 주어진 학생 역할이 즐거웠다. 우리 둘은 성격이 잘 맞았으며 둘 사이에 깊은 애정이 생겨났다.

두 자매는 내가 그림을 잘 그린다는 것을 알게 되었다. 금방 그들의 화구를 내가 마음대로 쓸 수 있게 되었다. 내가 지닌 단한 가지 그녀들보다 뛰어난 재주에 그녀들은 놀랐고 매혹되었다. 메리가 나의 학생이 되어 그림을 배웠다. 그녀는 말 잘 듣고 이해도 빠르며 열심히 배우는 학생이었다. 이처럼 서로 어울려 즐기는 가운데 몇 날이 마치 몇 시간처럼 지나갔고 몇 주일이 마치 몇 날처럼 흘러갔다.

하지만 나와 자매들 간에 자연스럽게 형성된 이런 친밀감이 세인트 존 씨에게까지 연장되지는 않았다. 나와 그 사이에는 여전히 거리가 존재했다. 그 주된 이유는 우선 함께 지내는 시간이 적었기 때문이다. 그는 거의 집에 없었다. 그는 대부분 시간을 교구 여기저기 가난한 사람들과 환자들을 방문하는 데 썼다.

하지만 그것 말고 더 중요한 이유가 있었다. 그가 과묵하며 생각에 잠기는 때가 많고 심지어 침울해 보이기까지 하는 성격의 소유자였기 때문이다. 그는 성직자의 의무를 열정적으로 수행했고 생활 태도에서도 흠잡을 것이 없었다. 하지만 진지한 기독교인이나, 선행을 실천하는 사람이라면 일종의 보상처럼 당연히 누릴 수 있는 정신적 평화나 내면의 만족감을 별로 즐기는 것 같지 않았다.

그런 가운데 한 달이 흘러갔다. 다이애나와 메리는 얼마 안 있으면 그녀들을 기다리고 있는 전혀 새로운 삶을 맞이하기 위해 무어하우스를 떠날 형편이었다. 그녀들은 영국 남부의 대도시에서 가정교사 일을 하게 된 것이다. 그녀들은 그곳의 부유하고 거만한 사람들에게서 하잘것없는 하녀 취급을 받을 게 뻔했다. 그곳에서 그녀들이 지닌 재주는 요리사의 요리 솜씨나 하녀의 취미 정도 취급을 받을 것이 뻔했다.

이제 나도 시급히 일자리를 구해야만 했다. 어느 날 우연히 세인트 존 씨와 단둘이 거실에 있게 되자 나는 그에게 용기를 내어 다가갔다. 하지만 그를 늘 감싸고 있는, 얼음처럼 차가운 침묵을 어떻게 깰 수 있을지 도무지 자신이 없었다. 그런데 다행히 그가 먼저 입을 열었다.

"제게 무슨 물어볼 말이 있습니까?"

"네, 혹시 제 일자리에 대해서 들으신 게 있나 해서……."

"3주 전부터 생각해놓은 게 하나 있긴 있습니다. 하지만 제 누이들과 하도 잘 지내고, 당신이 우리 집에 있는 게 그 애들에게도 좋을 것 같아서 그 애들이 떠나기 전까지는 이야기를 미루고 있었습니다."

"이제 3일 후면 그녀들이 떠나는데요?"

"그렇지요. 누이들이 떠나면 나도 모턴의 사제관으로 돌아갈 겁니다. 한나도 나와 함께 갈 거고 이 오래된 집은 닫아걸을 겁니다. 자, 솔직하게 말하지요. 제인 양에게 적합하거나 돈벌이가 되는 일자리라고 생각하지는 않습니다. 나는 가난해서 재정적으로는 제인 양을 도울 수 없습니다. 그건 마치 장님이 절름발이를 돕는 격일 겁니다. 실은 내가 제인 양에게 부탁하는 거고 제인 양은 받아들이기만 하면 됩니다. 다시 말하지만 나는 가난합니다. 아버지가 남긴 빚을 열심히 갚고 나면 겨우 이 낡은 집과 별 쓸모없는 땅뙈기만 조금 남을 겁니다. 내가 가난하고 미천하니 제인 양에게도 그런 일자리를 제안할 수밖에 없습니다. 내가 2년 전 이곳 모턴에 왔을 때 이곳에는 학교가 없었습니다. 그래서 나는 남자아이들을 위한 학교를 하나 열었습니다. 이제는 여자아이들을 위한 학교를 하나 열까 합니다. 거기

쓰려고 작은 건물 하나와 교사가 쓸 방 두 개를 빌려놓았습니다. 교사에게는 1년에 30파운드를 지급할 예정입니다. 제인 양, 그 학교 교사 일을 맡아보시겠습니까?"

그는 내가 자신의 제안에 화를 내거나 핑하며 돌아설 것으로 생각했을지도 모른다. 하지만 나는 선선히 받아들였다. 사실 초라하고 고된 일자리였지만 최소한 안식처는 제공되는 자리였고, 내가 당당히 독립할 수 있는 자리였다.

나는 즉각 그에게 대답했다.

"신부님 제안에 감사드려요. 진심으로 그 제안을 받아들이겠습니다."

"제 말을 제대로 이해한 건지 모르겠네요. 학생이라야 시골의 무지렁이들입니다. 기껏해야 뜨개질, 바느질, 읽기, 쓰기, 셈 본 정도만 가르치게 될 겁니다. 제인 양이 지닌 재능이 아깝지 않은가요?"

"상관없습니다. 제 하찮은 재능이야, 좀 아껴둔다고 해서 어디로 가겠습니까?"

"좋습니다. 그렇다면 언제부터 일할 수 있겠습니까?"

"내일 바로 학교로 떠나겠습니다. 그리고 괜찮다면 다음 주에는 학교를 열도록 하지요."

제30장

그는 좋다고 말한 후 방을 나갔다.

다이애나와 메리는 정든 집을 떠나 오빠와 헤어진다는 생각에 출발 날짜가 다가올수록 점점 침울해졌다. 다이애나는 내게 이번 이별이 여느 이별과는 다른 이별이 될지도 모른다고 말했다. 오빠와는 최소한 몇 년간은 떨어져 있게 될 것이며 어쩌면 살면서 영영 못 만나게 될지도 모른다며 덧붙였다.

"오빠는 그가 오래전부터 품고 있던 계획에 모든 걸 바치려 하고 있어. 제인이 보기에는 오빠가 차분해 보이지? 하지만 어떤 면으로는 지독하게 냉엄한 사람이야. 그리고 더 괴로운 건 그런 오빠를 말릴 수 없다는 거야. 오빠의 결심을 비난할 수 없다는 거야. 기독교인으로서 정당하고 고귀한 결심이니까. 이제 우리에겐 아버지도 안 계시고, 고향 집도 오빠도 없어지겠지."

그러면서 그녀는 눈물을 쏟았다.

바로 그 순간이었다. 세인트 존 씨가 「편지」한 통을 손에 들고 안으로 들어와서 말했다.

"존 외삼촌께서 돌아가셨다."

두 자매는 약간 놀란 것 같았지만 충격을 받았다거나 슬퍼하는 것 같지도 않았다. 괴로운 소식이라기보다는 좀 중요한 소식을 들은 정도로 보였다.

다이애나가 중얼거리듯 말했다.

"그래서요?"

"그래서? 그래서 어떻게 되었느냐고? 아무것도 없지. 자, 읽어보아라."

그가 「편지」를 다이애나에게 주었고 다이애나는 「편지」를 훑어본 후 메리에게 건넸다. 메리가 읽은 후 다시 오빠에게 「편지」를 건넸고 셋은 서로 쳐다보며 웃었다. 하지만 슬픈 미소였고 생각에 잠긴 미소였다.

한동안 아무도 말이 없었다. 잠시 후 다이애나가 나를 향해 말했다.

"제인, 외삼촌처럼 가까운 친척이 돌아가셨다는 소식에도 우리가 이렇게 담담하니까 이상하지? 우리가 나쁜 애들 같지? 하지만 우리는 외삼촌을 알지도 못하고 본 적도 없어. 우리 아버지하고 오래전부터 사이가 완전히 틀어졌거든. 나중에 외삼촌이 사업에 성공한 모양이야. 아마 2만 파운드 정도의 재산을 모으신 것 같아. 결혼도 하지 않으셔서 친척이라고는 우리랑 또 다른 한 사람만 있대. 우리랑 촌수가 같대. 아마 우리 외삼촌의 또 다른 자손인가봐. 이 「편지」에는 외삼촌의 모든 재산

제30장

283

을 그 사람에게 물려준다고 쓰여 있어. 물론 외삼촌 재산이니까 외삼촌 마음대로 처분할 수 있어. 하지만 우리가 은근히 기대했던 것도 사실이야. 나하고 메리가 1,000파운드씩만 받아도 우리는 부자가 되었다고 생각했을 거야. 오빠도 그 정도면 선행을 베풀면서 값있게 썼을 거고. 우리가 잠깐 슬픈 표정을 지었던 건 그 때문이야."

다이애나의 설명을 끝으로 아무도 그 이야기를 더 이상 화제로 삼지 않았다.

다음 날, 나는 무어하우스를 떠나 모턴으로 갔다. 그리고 그다음 날 다이애나와 메리는 앞으로 그녀들이 있게 될 머나먼 영국 남부 땅으로 갔다. 그리고 그다음 주에 세인트 존 씨와 한 나는 사제관으로 돌아갔고 이 고택은 돌보는 이 없이 버려지게 되었다.

제31장

드디어 나는 내 집, 진짜 내 집을 갖게 되었다. 비록 집이라기보다는 작은 보금자리에 불과했지만 분명 내 집은 내 집이었다. 석회를 바른 하얀 벽과 모래를 깔아 놓은 방에는, 칠을 해놓은 의자 넷, 탁자 하나, 시계들이 있고, 두세 개의 크고 작은 접시들과 흙으로 빚은 찻잔들이 놓인 찬장이 구비되어 있었다. 그 위층에는 주방과 비슷한 크기의 침실이 있었고 그 방 안에 침대와 옷장이 있었다.

저녁이 되었다. 나는 난롯가에 홀로 앉아 있었다. 그날 아침 학교가 열렸고 학생은 모두 스무 명이었다. 그중 세 명만 글을 겨우 읽을 줄 알았고 글을 쓸 수 있거나 셈을 할 줄 아는 아이는 한 명도 없었다. 뜨개질할 줄 알고 바느질을 약간 하는 아이들도 몇 명 있었다. 개중에는 무식한데다 버릇없고 다루기 힘든 아이들도 있지만 얌전하고 배우려는 의지가 강한 아이들도 있었다.

'이들이 비록 시골 아이들이긴 해도 그 안에는 좋은 가문의 아이들 못지않은 자질과 재능이 숨어 있으리라. 내 의무는 이들 속에 들어 있는 가능성의 싹을 키워주는 것이리라.'

이런 생각을 하며 나는 자리에서 일어나 문가로 갔다. 그리고 내 작은 집 앞에 펼쳐진 일몰 무렵의 들판을 바라보았다.

그 풍경을 바라보고 있자니 행복을 느꼈다. 그런데 얼마 안 있어 나는 울고 있는 자신을 발견하고 깜짝 놀랐다. 나는 왜 울었던 것일까? 나를 내 주인에게서 떼어낸 가혹한 운명 때문에 울었을 것이다. 그를 두 번 다시 만날 수 없다는 생각 때문에, 내가 떠난 것을 알고 너무나 큰 절망과 분노에 빠졌을 그를 생각하며 울었을 것이다.

나는 눈을 두 손으로 가린 채 머리를 창틀에 기댔다. 그런데 얼마 후 내 집의 작은 뜰과 목장을 가르고 있는, 사립문 근처에서 바스락거리는 소리가 났다. 나는 고개를 들어 밖을 바라보았다. 세인트 존 씨가 팔짱을 낀 채 사립문에 기대어 선 채 근엄한 표정으로 그곳에 있었다. 나는 그에게 들어오라고 권했다.

그러자 그가 대답했다.

"아닙니다. 오래 머무를 수 없습니다. 누이들이 제인 양에게 남겨놓은 꾸러미를 전달하려고 온 겁니다. 아마 물감통과 화필, 화지가 들어 있는 것 같습니다."

나는 그에게 다가가 그것을 받았다. 정말 반가운 선물이었다. 내가 가까이 다가가자 그가 그 근엄한 표정으로 내 얼굴을 살펴본 것 같았다. 그가 내 눈물 자국을 본 것이 틀림없었다.

그가 내게 말했다.

"너무 외로워서 견디기 힘들었던 모양이지요? 이 작은 집은 어두운데다 당신 말고는 아무도 없으니까요."

"아직까지 이런 조용함을 즐길 시간조차 갖지 못했는걸요. 그러니 외로워서 힘들다는 생각을 할 리가 있나요."

"잘 알았습니다. 말씀하신 대로 지금 현재에 만족하시길 바랍니다. 저는 제인 양이 등 뒤에 어떤 과거를 남겨두고 왔는지 모릅니다. 하지만 뒤를 돌아보라는 온갖 유혹에 강하게 맞서라는 충고를 해주고 싶습니다. 타고난 기질에 반하는 행동을 하거나 타고난 성향에 맞서 싸우는 게 얼마나 어려운지는 나도 잘 알고 있습니다. 하지만 불가능한 일은 아니라는 것을 저는 경험으로 알고 있습니다. 1년 전만 해도 나는 아주 불행했습니

제31장

다. 성직에 들어선 것이 잘못이라는 생각에 시달렸습니다. 사제에게 주어지는 단조로운 의무들이 너무나 지겨웠습니다. 저는 문학이나 예술, 작가나 웅변가 등 좀 더 활동적인 삶을 살고 싶다는 열망에 불탔습니다. 그렇습니다. 내 신부복 아래서 군인과 정치가의 심장이, 영예와 명성과 권력을 사랑하는 자의 심장이 고동치고 있었습니다. 그렇게 어둠 속에서 싸움을 벌인 결과, 갑자기 빛이 보이고 그와 함께 구원이 찾아왔습니다. 속박된 것처럼 느껴졌던 내 삶은 경계선조차 없는 광활한 곳으로 한없이 넓게 펼쳐졌으며 하늘로부터 들려온 일어나라는 부름의 소리에 내 시야는 저 하늘 보이지 않는 곳까지 뻗어나갔습니다. 하나님께서는 제게 소명을 주셨습니다. 그러나 그 소명을 완수하기 위해 나를 매혹했던 것들을 버릴 필요는 없었습니다. 그 소명을 더욱 잘 완수하기 위해서는 정치가와 웅변가, 군인에게 필요한 모든 자질, 즉 재능과 용기와 힘과 유창한 언변이 모두 필요하기 때문이었습니다. 훌륭한 선교사가 되려면 그 모든 것이 다 필요한 법입니다. 나는 선교사가 되겠다고 결심했습니다. 몇 가지 일을 정리하고 이곳의 후계자를 찾게 되면 나는 유럽을 떠나 동양으로 갈 겁니다."

그 말을 하면서도 그는 조금도 열정에 들뜬 모습을 보이지 않았다. 마치 남의 이야기를 전하는 석상 같았다. 다이애나는 자기 오빠가 '지독하게 냉엄한 사람'이라고 했었다. 그녀의 말은 결코 과장이 아니었다.

11월 5일, 그날은 휴일이었다. 나는 내가 하고 싶은 일, 예컨대 집 안 청소, 한 시간 정도의 독일어 번역 등을 하며 오후를 보냈고 그 일이 끝나자 그림을 그리려고 화구들을 펼쳐놓았다.

그때 누군가 문을 두드렸다. 세인트 존 씨였다.

안으로 들어온 그가 말했다.

"휴일을 어떻게 보내고 있는지 궁금해서 들렀습니다. 너무 깊은 생각에 잠겨 있는 건 아니겠지요? 그림 그리고 있었군요? 좋지요. 그림 그리는 동안은 외롭다는 생각이 들지 않을 테니까요. 저녁때 소일거리로 삼아 읽으시라고 책을 한 권 가져왔습니다."

그 말과 함께 그는 팔레트 옆에 새로 출간된 시집을 한 권 올려놓았다. 나는 얇은 백지로 그리던 그림을 덮었다. 그림을 그릴 때면 도화지가 더러워지는 것을 막기 위해 내 손을 그 위에 올려놓곤 하던 종이였다. 그런데 그가 그 종이에서 뭔가 발견한 것 같았다. 그게 뭔지는 알 수 없었지만 무언가가 그의 눈길을 끈 것이 분명했다. 그는 그 종이를 휙 낚아채더니 그 귀퉁이를 한참 바라보았다. 그리고 도저히 왜 그러는지 알 수 없는 기이한 눈길로 나를 바라보았다. 입을 열어 무언가 말을 하려다가 그대로 입을 다물었다.

"왜 그러세요?"

"아무것도 아닙니다."

나는 그가 그 종이를 다시 제자리에 놓으면서 재빨리 가장자리 조각을 조금 떼어내는 것을 볼 수 있었다. 그는 종잇조각을 장갑 속에 넣더니 인사말과 함께 사라졌다.

그가 나가자 나는 종이를 꼼꼼히 살펴보았다. 하지만 지저분한 물감 얼룩 외에는 아무것도 발견할 수 없었다. 나는 도대체 왜 그가 그런 행동을 했는지 잠깐 곰곰 생각해보았다. 하지만 아무리 생각해보았자 풀 수 없는 수수께끼일 뿐이라고, 또 그다지 중요한 일도 아니라고 생각하고는 곧 그에 대한 생각을 머릿속에서 지워버렸다.

제32장

　　　　세인트 존 씨가 가고 난 후부터 눈이 내리기 시작했다. 이어서 밤새 폭풍우가 몰아쳤다. 다음 날, 매섭게 차가운 바람이 한 치 앞도 안 보이는 눈보라를 몰고 왔다. 저녁이 되자 골짜기는 거의 통행이 불가능할 정도로 눈이 쌓여 있었다. 나는 난롯가에 앉아 시집을 읽기 시작했고 곧 시에 빠져들어 눈보라고 뭐고 다 잊고 있었다.

　그때 무슨 소리가 들린 것 같았다. 바람에 문이 흔들리는 소리인가 생각했지만 그게 아니었다. 세인트 존 씨가 빗장을 여는 소리였고 잠시 후 그가 내 앞에 나타났다. 그의 몸을 덮고 있는 외투가 빙하처럼 온통 새하얗게 눈에 덮여 있었다. 나는 소스라치게 놀랐다. 통행조차 어려운 이런 날, 그가 도대체 무슨 급한 일이 있기에 이렇게 나타난 것일까?

내가 그에게 황급히 물었다.

"무슨 안 좋은 일이라도 있나요? 무슨 일이 난 거예요?"

"아닙니다. 뭐 그렇게 쉽게 놀라나요?"

그는 외투를 벗어 문에 걸며 대답했다.

하지만 나는 다시 묻지 않을 수 없었다.

"그렇다면 이런 날씨에 왜 오신 거예요?"

"그것참, 이렇게 힘들게 찾아온 손님에겐 좀 예의 없는 질문이군요. 하지만 당신이 물으니 대답하지요. 무슨 일이 생긴 게 아니라 단지 당신과 이야기를 나누기 위해서일 뿐입니다. 실은 이야기를 나누기보다는 제가 이야기를 들려주기 위해서입니다. 제가 잘 아는 사람들 이야기입니다."

그는 잠시 뜸을 들이더니 이야기를 꺼냈다.

"20년 전의 일입니다. 어느 가난한 목사가 부잣집 딸과 사랑에 빠졌습니다. 그녀도 그를 사랑했고, 부모와 친척들의 반대를 무릅쓰고 둘은 결혼을 했습니다. 부모 친척들은 그들과 인연을 끊었습니다. 그런데 결혼한 지 2년 만에 부부는 딸 하나만 남긴 채 세상을 떠났습니다. 그리고 그 아이는 그 아이의 외숙모가 맡아 키우게 되었습니다. 이제 외숙모 이름을 말할 때가 된 것 같습니다. 그 아이는 게이츠헤드 장에 사는 리드 부인이 거두어들인 겁니다. 놀라는군요. 리드 부인은 그 아이를 10년 동안 데리고 있다가 당신도 아는 로우드 학교로 보냅니다. 그 사람은 꼭 당신처럼 거기서 교사로 지내게 됩니다. 당신이 말해 준 당신 이력과 너무 똑같아서 나도 놀랐습니다. 그 사람은 거기서 나와서 로체스터라고 하는 사람이 주인으로 있는 집에 들어가 그가 후견인으로 있는 아이의 가정교사가 됩니다. 이것도 당신의 이력과 아주 흡사합니다."

거기까지 듣자 나는 더 이상 참지 못하고 "리버스 씨!"라고 외치며 그의 입을 막으려 했다. 하지만 그는 내 반응과 상관없이 이야기를 계속했다.

"당신이 어떤 심정인지는 알고 있습니다. 하지만 잠깐 자제해주십시오. 간단하게 요점만 이야기하겠습니다. 로체스터 씨는 그 사람에게 반해서 청혼합니다. 하지만 그에게, 미치기는 했지만 살아 있는 아내가 있다는 것을 그녀가 알게 되고 그녀는 쥐도 새도 모르게 그의 집을 떠납니다. 이런 사실을 내가 어떻게 알게 되었는지 궁금하시지요? 오늘 아침 저와 관계를 맺고 있는 브릭스라는 소송대리인에게서 「편지」를 받았습니다. 브릭스 씨가 그녀를 열심히 찾고 있습니다. 신문마다 그녀를 찾는 광고가 실렸습니다."

나는 내가 떠난 후 로체스터 씨의 안부가 정말로 너무 궁금해서 물었다.

"그렇다면 로체스터 씨는 어떻게 되었는지 아시나요? 그런 이야기는 「편지」에 안 적혀 있던가요?"

"그건 전혀 모릅니다. 내 이야기는 이상으로 끝입니다. 저는 당신이 로체스터 씨의 안부보다는 그와 결혼하려 했던 여자가 누구인지 먼저 물을 줄 알았습니다. 당신이 묻지 않으니 내가 말해야겠습니다."

그러더니 그는 천천히 지갑을 꺼내어 안을 열었다. 그리고 지갑 한구석에서 찢어진 작은 종잇조각을 꺼냈다. 내가 그림의 덮개로 썼던 종이에서 찢어낸 조각이었다. 그는 그 조각을 내 눈 가까이 내밀었다. 거기엔 먹물로 쓴 '제인 에어'라는 내 이름이 적혀 있었다. 내가 아무 생각 없이 나도 모르게 내 이름을 끼적인 모양이었다.

그가 내게 말했다.

"브릭스 씨가 제게 보낸 「편지」에서 밝힌 이름이 바로 '제인 에어'입니다. 그는 '제인 에어'라는 사람을 찾고 있었습니다. 그리고 당신이 제인 엘리엇이 아니라 바로 제인 에어라는 것을 나는 어제 알았습니다."

브릭스 씨의 이름이 다시 나오자 나는 그가 로체스터 씨의 소식을 알 것 같아 다시 물었다.

"브릭스 씨가 지금 어디 있나요? 그분이라면 로체스터 씨가 어떻게 되었는지 당신보다 더 잘 아시겠지요."

"그는 런던에 있습니다. 하지만 로체스터 씨 소식은 내 관심사가 아닙니다. 당신은 도대체 브릭스 씨가 왜 당신을 찾는지 궁금하지도 않습니까?"

"그러네요. 그가 저를 왜 찾는 거지요?"

"제인 양의 삼촌이신 존 에어 씨가 돌아가셨다는 소식을 전하기 위해서입니다. 그는 마데이라에 살고 있던 분입니다. 그리고 그분께서 제인 에어 양에게 전 재산을 물려주었고, 그 덕분에 당신은 부자가 되었다는 소식을 전하기 위해서입니다. 내용은 그것뿐 다른 건 없습니다."

"네? 제가 부자가 되었다고요?"

"그렇습니다. 브릭스 씨가 「유언장」 등 필요 서류를 가지고 있습니다."

내가 부자가 돼? 단 한 푼 가진 것 없는 처지에서 부자로 변신했다고? 내 인생에 완전히 새로운 카드 패가 등장한 것이 아

제32장

닌가?

독자들은 내가 벌떡 일어나 만세를 불렀으리라 기대할지도 모른다. 하지만 그런 꿈같은 일이 벌어진다고 해서 당장 기쁨에 들떠 환호하는 일은 현실 속에서는 거의 벌어지지 않는 법이다. 그보다는 '이게 무슨 일이지, 그렇게 되면 어떻게 되는 거지, 내가 앞으로 어떻게 해야 하는 거지?' 등의 지극히 현실적인 걱정이 앞서게 되는 게 현실이다. 게다가 이 소식이 어떤 소식과 함께 왔는가? 이 세상에 단 한 명뿐이라고 믿고 있던 나의 친척의 죽음과 함께 온 소식이 아닌가? 내가 그토록 한번 만나고 싶어했던 삼촌의 죽음과 함께 찾아온 소식이 아닌가? 나는 마냥 기뻐할 수만은 없었다.

그러나 그 소식이 매혹적인 것은 사실이었다. 내가 그토록 간절히 원하던 독립을 이룰 기회가 온 것 아닌가? 그것도 완전한 독립을!

비로소 내 얼굴이 정상이 된 모양이었다. 세인트 존 씨가 입을 열어 말했다.

"이제야 얼굴이 좀 펴졌군요. 당신이 그대로 돌이 되어 굳어버리는 줄 알았습니다. 그런데 유산이 얼마나 되는지 궁금하지 않나요?"

"얼마나 되는데요?"

"글쎄요, 이 금액이 당신 기대에 미칠지…… 한 2만 파운드 정도 됩니다."

그의 말에 나는 깜짝 놀랐다. 나는 내심 4,000~5,000파운드 정도를 생각하고 있었다.

"2만 파운드라고요?"

내 표정이 재미있었나보다. 한번도 웃는 표정을 보여주지 않았던 세인트 존 씨가 웃고 있었다.

"당신이 살인죄를 저질렀고 그게 발각됐다고 내가 말했더라도 그렇게 놀라지는 않겠군요."

"뭔가 잘못된 거 아닌가요? 아마 2,000파운드라는 숫자를 잘못 읽으신 거겠지요."

"아닙니다. 숫자가 아니라 문자로 2만 파운드라고 분명히 적혀 있습니다."

말을 마치자 그는 밖으로 나가려고 했다. 하지만 나는 그를 막았다.

"잠깐만요. 제가 정말로 궁금한 게 있어요. 당신이 어떻게 나를 찾는 브릭스 씨의 「편지」를 받게 된 거지요? 더욱이 이렇게 외진 곳에 사는 당신에게……."

그가 말했다.

"나중에 말해주겠습니다."

이어서 그와 나 사이에는 승강이가 벌어졌다. 하지만 결국 내 고집에 그가 졌다.

"정말 끈질기군요. 게다가 어차피 언젠가는 밝혀질 일이니 말해주지요. 당신 이름이 제인 에어 맞지요?"

"그건 이미 드러난 사실 아닌가요?"

"하지만 내 이름이 세인트 존 에어 리버스라는 것은 몰랐겠 지요."

나는 그 말에 충격을 받았다. 그리고 그 한마디로 모든 것이 한꺼번에 풀렸다. 내 본능이 말을 했고 내 직관이 내게 알려주 었다. 그의 설명을 들을 필요도 없었다. 하지만 독자 여러분을 위해서 그가 해준 말을 들려주어야만 하겠다.

"우리 어머니 성이 에어였습니다. 어머니에게는 남동생이 두 분 계셨습니다. 한 분은 신부였으며 게이츠헤드 장의 제인 리 드 양과 결혼했습니다. 다른 한 분은 마데이라에서 장사하시다 가 얼마 전 돌아가신 존 에어 씨입니다. 브릭스 씨는 그분의 법 적인 일을 맡아 하던 소송대리인이었고, 지난 8월 제게 그분의 죽음과「유서」내용을 알려온 겁니다. 저희 아버지와 사이가 완전히 틀어져 지낸 외삼촌은 저희에게는 한 푼의 유산도 남기지 않고 모든 재산을 당신에게 남겼습니다. 하지만 브릭스 씨는 당신의 행방을 알 수 없었고 우리에게 당신이 행방불명이라는 소식을 「편지」에 담은 겁니다. 그리고 나는 당신이 우연히 끼적인 종이쪽지에서 당신의 본명을 알게 된 겁니다. 그다음 일은 당신이 다 아는 대로입니다."

말을 마친 그는 밖으로 나가려 했다. 내가 그를 막아서며 말했다.

"그렇다면 당신 어머니가 내 아버지의 누님? 그러니까 나의 고모님? 그렇다면 당신들은 내 외사촌들? 당신은 내 사촌 오빠네요."

"맞습니다."

나는 가슴이 벅차 그를 바라보았다. 내게 사랑하는 오빠와 두 언니가 생기다니! 오오, 내가 남이면서도 그렇게 사랑하던 그녀들이 나의 언니들이라니! 내 목숨을 구해준 게 나의 오빠라니! 너무나 벅찬 선물이었다. 내게 너무나 큰 재산이 생긴 것이었다. 이것이야말로 진정한 재산이었다. 물질적 재산과는 비교도 할 수 없이 어마어마한 정신적 재산, 마음의 재산이었다. 묵직한 황금보다 더 빛나는, 더 눈부신 선물이었다. 황금은 그

무게로 나를 무겁게 했다면 이 선물은 나를 가볍게 날아오르게 했다. 나는 너무 기뻐 손뼉을 치기 시작했다. 가슴이 떨렸고 핏줄이 요동쳤다.

"오오, 이미 다 큰 나에게, 그것도 한꺼번에 세 명이나 사촌이 생기다니!"

내가 거의 날뛰는 지경이었나보다. 그가 내게 진정하라고 충고하며 나를 의자에 앉히려 했다. 하지만 나는 그럴 수 없었다. 다만 스스로 기쁜 마음을 추스르며 생각했다.

'그래, 내가 이렇게 소중한 그 사람들을 위해 뭔가 해줄 수 있게 된 거야. 그래, 내가 이들을 자유롭게 해줄 수 있어. 돈 때문에 흩어진 이들을 다시 함께 살 수 있게 해줄 수 있어. 2만 파운드를 넷으로 나누면 한 사람이 5,000파운드씩 가질 수 있어. 그거면 뒤집어쓰고도 남을 수 있어. 다이애나는 자기에게 1,000파운드만 있어도 부자로 생각할 거라고 했어.'

나는 그에게 말했다.

"빨리 누이동생들에게 돌아오라고 편지하세요. 2만 파운드를 넷으로 나누면 5,000파운드예요. 언니들에게 1인당 5,000파운드씩 재산이 생겼으니 빨리 돌아오라고 편지하세요. 언니들이 돌아오면 저는 함께 무어하우스에서 살 거예요."

"제인 양은 아직 흥분해 있어요. 2만 파운드가 얼마나 되는지, 그게 제인 양에게 어떤 사회적 지위를 갖다줄지, 그게 제인 양에게 어떤 앞날을 열어줄지……."

"당신은 내가 지금 왜 이렇게 기뻐하는지 모르고 있어요. 내가 진정으로 갈망해온 건 형제자매의 사랑이랍니다. 저는 한번도 가정을 가져본 적이 없어요. 형제자매랑 정겹게 살아온 적도 없고요. 저는 한번 갖게 된 형제자매를 절대로 내 손에서 놓지 않을 거예요. 저는 이제부터 당신을 오빠라고 부를 거예요. 오빠, 저를 동생으로 인정해주시겠지요?"

"그래, 오빠가 되어주지. 동생들도 기꺼이 언니가 돼줄 거야. 하지만 그 조건으로 네 권리를 포기할 필요는 없어. 그 조건으로 네 정당한 재산을 나누어 가질 생각도 없고."

"오빠, 참 옳은 말만 하고 있네. 하지만 오빠는 수천 마일 떨어진 곳으로 가게 될 거고, 언니들은 저렇게 먼 곳에서 고생하게 내버려둔 채 정다운 형제자매가 되라고! 참, 정다운 형제자매네요."

그는 다시 몇 번이고 사양하려 했지만 내 결심을 꺾을 수는 없었다.

그가 말했다.

"좋아, 내가 동생들에게 편지할게. 그리고 제인을 진정으로 내 동생으로 받아들일게. 그런데 학교는 어떻게 할 거지? 당장 문을 닫아야 하나?"

"아니에요. 대리 선생을 구할 때까지는 계속 열어놓는 게 좋겠어요."

내 말에 그는 미소를 지었다. 그는 나와 악수를 한 후 밖으로 나갔다.

이후 재산 처분에 관한 일들이 어떻게 진행되었는지 세세히 늘어놓아 독자들을 괴롭힐 생각은 없다. 모든 일이 잘 마무리되었으며 세인트 존과 다이애나와 메리 그리고 나는 각기 상당히 많은 재산을 갖게 되었다.

제33장

　　모든 일이 마무리되었을 때는 크리스마스가 가까운 때였다. 그때까지 나는 학교 일을 계속했다. 축제가 가까워져 방학하게 된 날, 학교를 나가는 60명의 학생들의 뒷모습을 흐뭇하게 바라보며 이것으로 이 일은 끝이라는 생각을 하고 있었다. 1주일 후면 다이애나와 메리 언니가 무어하우스로 돌아올 예정이었고, 언니들과 함께 그곳에서 행복하게 지낼 앞날을 생각하며 가슴이 벅찼다.

　　내가 얼굴에 미소를 띠고 학생들 뒷모습을 바라보고 있는데 세인트 존 오빠가 학교로 들어섰다. 나는 그에게 학교 열쇠를 맡기면서 지금 당장 무어하우스로 가서 집 안 청소를 해야겠다고 말했다. 그러기 위해서는 한나가 필요했다. 나는 그에게 다른 사람을 좀 구해보라며 한나와 함께 무어하우스로 갈 수 있게 해달라고 말했다.

그런데 그의 표정이 무언가 심각했다.

"다 좋은 일이야. 새로 찾아온 행복한 상황을 즐길 준비를 하는 건 당연한 거지. 하지만 제인, 사람은 그렇게 안락한 생활만 하면서 지낼 수는 없어. 또 너는 그럴 사람이 아냐. 뭔가 더 높고 먼 곳을 바라보고 살 사람이야."

나는 그때까지도 그가 무슨 말을 하려는 것인지 짐작조차 할 수 없었다.

"오빠, 나는 앞으로도 정말 열심히 살 작정이에요."

"그걸로는 부족해, 제인. 나는 네가 하나님이 부여하신 능력, 언젠가 제대로 쓰라고 주신 그 능력을 제대로 쓰기를 바라고 있어. 가정이 주는 안락함에 너무 에너지를 낭비하지 마. 그보다 더 큰 대의명분을 위해 쓸 에너지를 남겨놓아야 해. 내가 지켜볼 거야."

"오빠도 정말! 나는 행복해질 대의명분이 있다고요. 그리고 분명히 행복해질 거예요. 안녕히 가세요!"

언니들이 돌아오고 무어하우스에서 나는 정말 행복한 나날들을 보냈다. 나는 1주일에 한 번 정도 모턴의 학교에 가서 이런저런 일을 돌아보고 아이들을 직접 가르치기도 했다. 세인트 존 오빠는 자주 집에 와 머물렀으며 우리 곁에서 몇 시간씩 공부에 몰두하기도 했다. 슬쩍 보니 뭔지 알 수 없는 동양의 언어를 공부하고 있었다.

내가 모턴의 학교에 가기로 되어 있던 어느 날이었다. 나는 학교에 가지 못했다. 심한 감기 몸살을 앓았기 때문이다. 두 자매가 나 대신 학교에 갔고 무어하우스 응접실에는 나와 세인트 존 오빠 단둘이 앉아 있었다. 나는 독일 시집을 읽고 그는 난해한 동양의 두루마리 문서를 해독하고 있었다.

시집을 읽고 있던 내가 문득 고개를 들었다. 오빠는 나를 바라보고 있었다. 그의 표정으로 보아 그가 꽤 오래 그렇게 나를 바라보고 있었음을 알 수 있었다.

나와 눈이 마주치자 그가 말했다.

"제인, 지금 뭐 하고 있어?"

"독일어 공부를 하고 있어요."

"독일어는 집어치우고 힌두스타니어를 배우는 게 어때?"

"무슨 말씀이세요? 진심으로 하시는 말씀이세요?"

"물론이지. 꼭 그래주어야겠어. 내가 이유를 말해줄게."

그가 내게 설명을 해주었다. 그는 힌두스타니어를 지금 새롭게 공부하고 있는데 워낙 어려운 언어라서 진도를 나가다보면 처음에 공부한 내용을 자주 잊게 된다는 것이었다. 그래서 찾아낸 방법이 자기가 공부한 것을 누군가에게 가르쳐주면서 그 내용을 완전히 자기 것으로 만들어야겠다는 것, 내가 모든 일에 열심이니 그런 제자로 적격이라는 말이었다.

그의 말은 언제나 거절하기가 힘들었다. 그래서 나는 그의 제자가 되었고 그는 내게 힌두스타니어를 가르치기 시작했다. 그는 너무나 엄한 선생님이었다. 내가 그에게 힌두스타니어를 배우는 동안 나는 나를 버려야만 했다. 끊임없이 긴장하고 압박을 느껴야만 했다. 수업 시간에 평소의 내 쾌활한 언동을 드러내면 그가 싫어하리라고 생각했기에 마치 온몸과 마음이 얼어붙는 것 같았다. 그는 나를 지배했고, 나는 그런 상태가 괴로웠다.

그 당시 나를 괴롭힌 것은 그것만이 아니었다. 나는 자주 슬픈 표정을 지었다. 나는 불안감이라는 병을 앓고 있었다. 바로 로체스터 씨의 신상에 대한 불안감이었다.

아마 독자 여러분께서는 내가 이렇듯 커다란 운명의 변화를 겪으면서 로체스터 씨에 대해서는 까맣게 잊고 있으리라고 생각할지도 모르겠다. 하지만 나는 잠시도 그를 잊은 적이 없었다. 그는 결코 내게서 지워질 수 없는 사람이었다. 브릭스 씨에게 혹시 그의 소식을 아는지 물어보았지만 그는 아무것도 모르고 있었다. 나는 페어팩스 부인에게 「편지」를 썼다. 당연히 답장이 올 줄 알았다. 「편지」를 보낸 지 2~3주가 되어도 답장이 없자 나는 놀랐다. 그리고 두어 달이 지나도록 아무런 소식도 없자 나는 말할 수 없이 불안했고 고통스러웠다.

나는 혹시 「편지」가 전해지지 않았는가 하는 생각에 다시 「편지」를 썼다. 하지만 이번에도 감감무소식이었다. 부질없는 기대 속에 반년 정도 지나자 모든 희망은 사라지고 나는 참담한 심정에 젖은 나날들을 보냈다.

나는 그런 상태에서 힌두스타니어 공부를 계속했다. 하지만 나는 수동적인 자세로 공부하는 거의 기계적인 학생일 뿐이었다. 어느덧 봄이 지나가고 여름이 다가왔다.

그러던 어느 날 공부가 끝나자 세인트 존 오빠가 말했다.

"제인, 나와 어디 산책이라도 나가볼까?"

나는 그의 말을 따랐다. 서쪽에서 불어오는 산들바람을 맞으며 우리는 오솔길을 거닐었고 이윽고 산속으로 접어들었다. 그가 바위를 가리키며 말했다.

"자, 여기 앉아서 좀 쉬도록 하지."

나는 바위에 앉고 그는 내 곁에 서서 골짜기를 내려다보고 있었다. 잠시 후 그는 근방의 풍경을 두루두루 살펴보더니 고개를 하늘로 향했다. 마치 그와 친숙한 이곳의 수호신들과 교감을 나누고 있는 것 같았으며 그 눈빛은 무엇인가와 작별 인사를 나누고 있는 것 같았다.

"이것들을 잘 봐둬. 갠지스 강가에서 잠들게 될 때, 꿈속에서 나 다시 보게 될 테니까."

이 무슨 기묘한 애정 고백이란 말인가! 엄숙한 애국자가 조국에 대해 사랑을 고백하는 것과 하나도 다를 바가 없었다.

그는 내 곁에 앉았다. 30분 이상 우리는 아무 말도 없었다.

"제인, 6주 후면 나는 출발해. 6월 20일에 떠나는 동인도 항로 배에 선실을 예약해놓았어. 제인, 나와 같이 인도로 가주지 않겠어? 하나님과 자연이 제인에게 사랑보다는 선교 일에 적합한 능력을 준 거야. 제인은 선교사의 아내가 되어야 해. 아니, 그렇게 될 거야. 제인은 내 아내가 될 거야."

그는 마치 하나님의 부름을 받은 사도 바울의 표정이었다. 그만큼 엄숙하고 진지했으며 장엄하기까지 했다. 하지만 나는 그런 부름을 듣거나 느낄 수 있는 사람이 아니었다.

"오, 존 오빠, 제발 저를 빼주세요. 저는 그런 일을 할 적임자가 아니에요. 제게는 그런 사명감도 없어요."

그는 그 정도 반대는 이미 짐작하고 있었음이 틀림없었다. 그는 조금도 화를 내지 않고 조용히 말했다.

"제인, 겸손하군. 기독교인이라면 기본적으로 갖추어야 할 미덕이지. 그걸 제인은 갖추고 있는 셈이야. 제인, 나도 내가 이 일에 적임자라고 확신하고 이러는 건 아냐. 나도 많이 부족해. 그래서 더 하나님의 말씀에 귀를 기울이고 하나님께서 인도하시는 길로 아무런 망설임 없이 나아가려는 거야. 그러니 제인, 나처럼 믿음을 가져. 제인이 스스로 부족하다고 생각하는 건 하나님께서 모두 채워주시리라는 믿음을 가져."

"하지만 저는 선교가 뭔지, 어떻게 하는지도 몰라요. 그런 제가 어떻게 도움이 되겠어요?"

"제인, 나는 제인의 능력을 알고 있어. 금세 내 도움도 필요 없는 강한 사람이 될 거야. 나는 그동안 제인을 유심히 살펴봤어. 특히 학교 일을 하면서 제인이 얼마나 자기 임무를 빈틈없이 수행하는 사람인지도 알게 됐어. 더욱이 제인은 자기 앞에 굴러온 재물을 넷으로 나누어 남에게 주었어. 제인에게 얼마나 큰 희생정신과 양보의 미덕이 있는지를 알게 된 거야. 내가 힌두스타니어를 배우지 않겠느냐고 했을 때 제인은 자기가 좋아하는 공부를 그만두고 흔쾌히 따랐어. 나는 제인에게서 순종이라는 미덕을 발견한 거야. 그리고 그 언어를 공부하면서 제인이 얼마나 끈기가 있는지도 알게 되었어. 제인, 스스로를 너무 낮추지 마. 나는 제인을 믿어. 제인은 인도에서 학교를 관리하고 내 선교 일을 도와주면서 내게 헤아릴 수 없을 만큼 큰 도움을 줄 수 있을 거야."

그의 말은 마치 쇠로 만든 수의처럼 나를 옥죄어왔다. 나는 눈을 감았다. 그의 마지막 말은 막연하던 것들을 일시에 또렷하게 해주는 힘을 지니고 있었다. 나는 그에게 잠시 시간을 달라고 한 후 자리에서 일어나 근처 풀밭으로 가서 누웠다.

나는 생각에 잠겼다.

'그래, 내가 그를 도울 수 있을 거야. 내가 영국을 떠나더라도 공허하기만 한 곳과 헤어지는 것에 불과해. 로체스터 씨가 없는 곳이 내게 무슨 의미가 있어? 그와 다시 맺어진다는 도저히 있을 수 없는 일을 기대하며 하루하루 지내는 건 너무 어리석고 나약한 삶을 사는 거야. 나는 내 삶의 기둥이 될 또 다른 관심사를 찾아야 해. 오빠가 지금 내게 권하는 일은 인간이 선택한 길 중 가장 영광된 길이야. 신이 내려주신 길이니까. 하지만 그의 아내로서는 그 일을 할 수 없어. 그가 나를 아끼는 것은 마치 병사가 자기 무기를 아끼는 것과 같아. 그가 나를 아끼기는 하겠지만 결코 나를 사랑하지는 않을 거야. 그와 결혼만 하지 않는다면 나는 얼마든지 그가 원하는 일을 할 수 있어.'

내가 풀밭에서 일어나 앉아 그에게 눈길을 주자 그가 내게 다가왔다.

내가 그에게 말했다.

"인도로 갈 수도 있어요. 다만 자유로운 몸으로 갈 수만 있다면요."

"그게 무슨 뜻이지? 설명을 좀 해줄래?"

"지금처럼 오빠와 누이동생의 관계로 있을 수 있다면 오빠를 따라가겠다는 말이에요."

그러자 그가 그 대답도 예상했다는 듯 즉각 대답했다.

"그건 안 돼. 제인이 내 친동생이라면 제인 말대로 할 수 있어. 하지만 제인은 내 친동생이 아니야. 제인과 함께 가게 되면 나는 절대로 다른 여자와는 결혼하지 않을 거야. 어쨌든 둘 중 하나야. 우리가 같이 가게 되면 결혼이라는 신성한 의식에 의해 하나로 맺어져야 해. 아니면 아예 가지 말든지. 우리가 결혼한 사이가 아니면서 함께 가게 되면 오해들도 많을 것이고 온

갓 현실적 장애들이 나타나서 우리들의 과업을 방해하게 될 거야. 제인, 그걸 모르겠어?"

"하지만, 오빠, 저는 오빠를 이성으로 생각해본 적이 없어요. 오빠는 늘 오빠였을 뿐이에요."

"제인, 너는 이미 내 사업에 동참하겠다고 말했어. 이미 쟁기에 손을 댔는데 다시 뒤로 빼지는 않겠지? 그렇다면 복잡하게 생각하지 마. 모든 걸 주님의 위대한 사명에 바치겠다는 단 하나의 목적에 모든 걸 집중시켜. 그러기 위해서는 나는 오빠가 아니라 남편이어야 해. 내가 원하는 건 평생 내 반려자가 되어 내게 협력할 수 있는 그런 사람이야."

나는 균형이 잘 잡힌 그의 얼굴을 다시 바라보았다. 잘생긴 얼굴이었지만 거기에는 뭔가 무서운 게 있었다. 전혀 따뜻하지 않았다. 그런 그의 아내가 된다는 걸 상상해보았다. 아아! 안 될 일이었다. 그를 돕는 자격으로는 얼마든지 그와 함께할 수 있었다. 하나님께 내 몸을 바칠 수도 있었다. 그만큼은 아니더라도 열심히 선교에 나설 수도 있었다. 하지만 그의 아내로 간다면? 평생 그에게 억눌리고 억압당할 게 뻔했다. 내 열정이 모자란다고 질책만 당하며 살 게 뻔했다. 그건 정말 견딜 수 없는 일이었다.

"오빠, 다시 한 번 말씀드리지만 동료 선교사 자격이라면 기꺼이 오빠와 함께 가겠어요. 하지만 부부로서는 아니에요. 저는 오빠와 결혼할 수 없어요."

하지만 그는 요지부동이었다.

"제인이 내 아내가 되지 않는다면 모든 약속이 다 소용없어. 제인, 제인이 뭘 걱정하는지 잘 알아. 하지만 제인, 나와 결혼하면 후회하지 않을 거야. 그리고 결혼만 하면 제인이 그토록 바라는 것, 우리 사이의 사랑도 뒤따라오게 될 거야."

그가 나를 설득하기 위해 한 마지막 말이 나를 분노하게 하였다. 사랑이 없는 결합을 당연히 여기고 그것이 뒤따라올 수 있다고 말하다니!

"오빠! 어떻게 그런 말을! 오빠의 그런 위장된 감정을 경멸해요! 결혼하자는 여자에게 사랑 따위는 아무것도 아니라고 말하다니! 그건 나중에 찾아올 수도 있다고 말하다니!"

그는 놀란 것 같았다. 그래도 그는 포기하지 않았다.

"내 아내가 되기를 거절하는 건, 그건 하나님을 거부하는 거라는 걸 명심해."

그 말과 함께 그는 다시 주변을 바라보았다. 우리는 어색한 침묵에 싸여 함께 집으로 돌아왔다.

제33장

제34장

독자여, 이야기를 건너뛰는 것을 용서해주기 바란다. 나중 일이지만 세인트 존 오빠는 결국 홀로 인도로 떠났다. 하지만 그건 내가 완강히 버텼고 그가 결국 포기를 했기 때문이 아니었다. 사실은 내가 그의 설득에 넘어가 그의 아내가 되어 인도로 떠나리라는 결심을 하기까지 이르렀었다는 것을 독자 여러분에게 밝힌다.

내가 그런 결심을 하게 된 것은 그가 집요하게 나를 설득했고 내가 그 설득에 넘어갔기 때문이 아니었다. 그 순간은 정말 갑자기 찾아왔다.

저녁 식사 기도 시간이었다. 세인트 존 오빠는 평소와 다름없이 『성경』을 봉독했다. 「요한계시록」 21장이었다. 그는 평소보다 훨씬 엄숙한 어조로 『성경』을 봉독했다. 그런데 그가 『성경』 내용을 봉독하는 동안 내게 오싹하는 전율이 일었다. 그가 그러면서 나를 주목하고 있다는 사실을 알게 된 순간 나는 몸이 더 떨려왔다.

승리하는 자는 이것들을 차지하게 되고 나는 그의 하나님이 되며 그는 내 아들이 될 것이다. 그러나 비겁한 자와 믿음이 없는 자, ……들이 차지할 곳은 불과 유황이 타오르는 바다뿐이리니 이것이 둘째 죽음이로다.

그런 후 그는 열의에 사로잡혀 기도했다. 나약한 마음을 지닌 사람들에게 힘을 주고 방황하는 양 떼를 인도해달라는 간절한 기도였다. 나는 점차 감동을 받기 시작했다. 그가 얼마나 원대한 목표를 갖고 훌륭한 일에 매진하고 있는지 점차 절실하게 느끼기 시작했다.

식사가 끝나자 다이애나와 메리는 방을 나섰다. 그가 미리 귀띔해놓은 것 같았다. 단둘이 남게 되자 그가 내게 말했다. 아직 시간이 있을 때 회개하고 결심하라는 내용이었으며 하나님께서 주신 운명을 거역하지 말라는 내용이었다. 그 말을 마치면서 그는 내 머리에 손을 얹었다.

사실 내용은 새로울 것이 없었다. 그런데 그의 어투가 그 어느 때보다 온화하고 다정했다. 물론 그가 사랑하는 연인의 눈길로 나를 바라본 것은 아니었다. 말 그대로 길 잃은 양을 부르는 목자의 눈길이었고 자신이 책임져야 하는 영혼을 바라보는 수호천사의 눈길이었다. 그 눈길은 더없이 진실했고 그렇기에 숭고했다. 나는 그 숭고함에 굴복했다. 나는 이제까지 그와 벌였던 모든 싸움을 멈출 지경에 이르렀다. 그의 격렬한 의지 속에 나를 맡기고 내 삶을 잊어버리자는 강렬한 유혹을 느꼈다.

나는 굴복했다. 내 판단력을 상실했기 때문이었다. 지금 와서 생각하면 나는 바보였다. 판단력을 상실한 순간에 내린 결정은 언제고 어리석은 법이다. 그러나 그때 나는 내가 얼마나 어리석은지 의식조차 못 하고 있었다.

나는 성스러운 사도의 손 아래 놓여 꼼짝도 하지 못하고 있었다. 이제까지 불가능하게 생각되었던 것들이 모두 가능한 것으로 여겨졌다. 종교가 나를 부르고 천사가 내게 손짓하고 하나님이 명령을 내리고 영원한 삶을 내게 보여주고 있었다. 그 앞에서 지금 현세에서의 모든 것은 희생되어도 좋다는 생각에 사로잡혔다.

"자, 결심이 섰소?"

선교사가 더없이 부드러운 목소리로 내게 묻고 있었다. 그리고 더없이 부드러운 몸짓으로 나를 자신 쪽으로 끌어당겼다. 아아, 그 부드러움의 힘은 이전의 강압적인 힘보다 얼마나 강력했던가! 나는 잔뜩 고무되었다.

"그래요, 당신과 결혼하는 게 하나님의 섭리라면 당신과 결혼하겠어요."

그가 큰 소리로 외쳤다.

"마침내 내 기도가 이루어진 거야."

온 집 안은 정적에 싸였다. 고동 소리가 들릴 정도로 내 심장이 심하게 뛰고 있었다.

그때였다. 갑자기 말로는 표현할 수 없는 느낌이 내 심장을 꿰뚫고 지나갔다. 마치 번갯불처럼 예리하고 충격적이었다. 이제까지는 몽롱한 상태였던 내 의식이 갑자기 깨어나는 것 같은 느낌이었다. 그와 함께 어디선가 나를 부르는 것 같은 목소리가 들렸다.

"제인, 제인, 제인!"

그 소리는 순식간에 사라졌다.

오, 도대체 어디에서 온 소리일까? 분명히 들리기는 했는데 집 안에서도 집 밖에서도 들려온 소리가 아니었다. 그 소리는 허공에서도, 땅에서도, 하늘에서도 들려온 소리가 아니었다. 하지만 나는 그 소리를 분명히 들었다. 그리고 그건 분명 사람의 목소리였다. 내가 잘 아는 사람, 내가 사랑하는 사람, 내가 너무도 잘 기억하고 있는 그 사람, 에드워드 로체스터 씨의 목소리였다. 고통과 절망에 빠져 다급하게 나를 부르고 있었다.

"갈게요! 기다리세요! 제가 갈 거예요!"

나는 밖으로 뛰쳐나갔다. 내 뒤를 따라 세인트 존 오빠가 집에서 나왔다. 나는 나를 붙들려는 그를 뿌리쳤다. 이제 그에게 굴복했던 내가 우위를 점할 차례였다. 나는 혼자 있어야만 했고 그에게 분명히 그렇게 말했다. 그는 내 말을 따랐다. 나는 내 방으로 들어와 세인트 존 오빠와는 다른 나만의 기도를 올렸다. 나는 성령을 가까이서 느꼈고 그 발아래 쓰러졌다. 나는 성령에게 감사 기도를 드린 후 침대에 누웠다. 그리고 아침이 오기만을 기다렸다.

제35장

　　　　나는 동이 틀 무렵 자리에서 일어났다. 자리에서 일어났을 때도 나는 여전히 목소리의 영감에 젖어 있었다.

　아침 식사를 한 후 나는 다이애나와 메리에게 여행을 떠날 것이며 적어도 나흘간은 집을 비울 것이라고 말했다. 독자들에게 말을 안 했지만 세인트 존 오빠는 인도로 출발 준비를 하기 위해 케임브리지로 이미 떠난 후였다.

　여행 준비를 끝낸 후 나는 오후 3시경 무어하우스를 나섰다. 나는 휫크로스 푯말 아래 서서 손필드행 역마차를 기다렸다. 화요일이었다. 여행은 하루 반이 걸렸다. 목요일 오전 나는 드디어 손필드에 도착했다.

"이제 내 여행은 끝난 거야"라고 나도 모르게 중얼거렸다.

여행용 가방을 역참 여관에 맡긴 후 익숙한 길을 걷기 시작했다. 나는 이미 내가 황급히 도망쳐 나왔던 들판 한가운데 있었다. 마침내 저택의 숲이 모습을 드러냈다. 까마귀 떼들이 무리 지어 우짖으며 아침 정적을 깨뜨리고 있었다. 나는 가슴을 두근거렸다. 저택이 그 모습을 내게 드러내기를 얼마나 갈망했던 것인가?

'아아, 그가 지금쯤 창문에 서서 밖을 내다보고 있을지도 몰라. 혹은 과수원이나 자갈밭을 걷고 있는지도 모르지.'

그러나 내 앞에 모습을 드러낸 것은 장엄한 저택이 아니었다. 그것은 완전한 폐허였다. 그 안에 사람이 있는지 없는지 살펴볼 필요도 없었다. 문 열리는 소리가 나는지 귀를 기울일 필요도 없었다. 그곳은 유리창 없는 창문이 보기 흉하게 구멍처럼 뚫린, 지붕도 없고 흙벽도 없는 완벽한 폐허였다. 모든 것이 허물어져 있었다. 죽음의 침묵과 황무지의 쓸쓸함만이 그곳을 감돌았다. 내가 페어팩스 부인에게 「편지」를 보냈지만 답장이 오지 않은 것은 당연한 일이었다. 나는 무덤에 편지한 후 답장을 기다리고 있던 셈이었다.

저택이 화재로 인해 이렇게 된 것임은 금세 알 수 있었다. 모든 것이 온통 검게 그을려 있었다. 하지만 그 이상은 아무것도 알 수 없었다. 나는 폐허를 둘러보고 화재가 최근에 난 것이 아님을 알 수 있었다. 젖은 기와 더미 속에서는 풀이 자랐고 여기 저기 흩어진 돌멩이 사이에서도 잡초가 싹을 틔우고 있었다.

아아, 그렇다면 이곳에 살던 사람들은 어떻게 되었단 말인가? 그리고 그이는?

소식을 알려면 역참의 여관으로 가는 수밖에 없었다. 여관으로 가자 주인이 직접 아침 식사를 가져왔다. 나는 그에게 물어볼 말이 있으니 잠깐 앉으라고 말했다. 하지만 곧바로 궁금한 것을 물을 수 없었다. 그의 입에서 나올 대답이 너무 두려웠기 때문이다. 마음을 어느 정도 추스른 후 간신히 입을 열었다.

"손필드 장에 대해 아시지요?"

"그럼요, 아가씨. 한때는 그곳에 살기도 했는데요. 저는 돌아가신 로체스터 님의 집사였습니다."

돌아가시다니! 나는 내가 피하려던 타격을 직격으로 받은 셈이었다.

나는 숨이 막혀서 그에게 말했다.

"돌아가시다니요! 그분이 돌아가셨단 말이에요?"

"제 말은 지금 주인이신 에드워드 씨가 아닌 그의 아버님을 모셨다는 겁니다."

그 말에 비로소 한숨이 나오고 피가 제대로 돌기 시작했다. 그렇다면 나의 로체스터는 최소한 살아 있다는 뜻이 아닌가!

나는 그가 어디 살고 있는지 직접 묻고 싶었다. 하지만 그 질문을 미루고 대답이 빤한 질문을 그에게 던졌다.

"그분이 지금 손필드 장에 살고 계시는지 모르겠어요."

"아니, 거긴 지금 아무도 살 수 없는 곳이 되어버렸습니다. 참으로 끔찍한 화재였습니다. 불은 한밤중에 일어났습니다."

"한밤중이라고요!"

내 머리에 불현듯이 그 미친 여자 모습이 떠올라서 나는 소리쳤다.

"그렇습니다. 아가씨도 혹시 아시는지 모르겠습니다. 그 집에 로체스터 씨의 부인인 미친 여자가 있었다는 걸."

"그 비슷한 말을 들은 적이 있어요."

"그런 사람이 거기 있다는 걸 저도 최근에야 알게 되었지요. 로체스터 씨의 사랑 이야기 때문이지요."

그러면서 그는 내가 당사자인 줄도 모르고 내 이야기를 했다. 로체스터 씨가 가정교사를 사랑하게 되었고 결혼식을 거행하려는 순간 아내가 있었다는 사실이 밝혀졌다는 이야기, 그로부터 내가 감쪽같이 사라진 이야기 등을 길게 이야기했다. 나는 참지 못하고 도중에 그의 말을 막았다.

"그렇다면 그 불을 지른 사람은 그 미친 부인인가요?"

"맞습니다. 바로 그 여잡니다. 그 여자는 풀인가 하는 여자가 돌보고 있었지요. 자기 임무를 충실히 수행한 여자인데 단 한 가지 흠이 있었습니다. 그런 일을 하는 사람에게는 흔히 있을 법한 흠이지요. 그 여자는 술병을 몰래 감춰두고 가끔 과음하는 버릇이 있었습니다. 그런데 아주 위험한 흠이었지요. 풀 아줌마가 술에 곯아떨어지면 그 미친 여자가 주머니에서 열쇠를 꺼내어 밖으로 나오곤 했던 겁니다. 그 여자가 불을 지른 날도 풀 아줌마는 술에 곯아떨어져 있었을 겁니다. 그 여자는 우선 자기 옆 방 커튼에 불을 붙였답니다. 그러고는 가정교사가 살고 있던 방으로 가서 그 방에도 불을 붙였습니다."

"혹시 그때 그 집에 페어팩스 부인은 없었나요?"

"가정교사가 집을 떠난 후 로체스터 씨는 그녀를 열심히 찾았습니다. 하지만 단 한 마디 소식도 듣지 못하자 좀 난폭해졌습니다. 본래 온화한 성품은 아니었지만요. 그분은 혼자만 지내고 싶었는지 페어팩스 부인을 그녀의 친척에게 보냈습니다. 물론 평생 먹고살 만한 연금을 주었다고 하더군요. 그런 후 마치

제35장

323

은둔자처럼 자신을 손필드 장에 가두어버렸습니다."

그렇다. 그는 영국을 떠나지 않았다. 그는 그곳에서 나를 기다리고 있었다.

"자, 이야기를 계속해보세요. 화재가 났을 때 로체스터 씨는 집 안에 계셨겠네요. 그래서 어떻게 됐습니까?"

"그럼요, 집에 있었지요. 집 전체가 온통 화염에 휩싸였을 때 그분은 다락방으로 올라갔습니다. 그분은 자고 있던 하인들을 깨워 모두 대피시킨 후, 홀로 다락방으로 다시 올라갔습니다. 미친 아내를 골방에서 데리고 나오려고 하신 거지요. 그런데 도중에 마주친 하인이, 그녀가 지붕으로 올라갔다고 말했습니다. 그분은 지체 없이 지붕으로 올라갔습니다. 이제부터 드리는 말씀은 제가 직접 목격한 겁니다. 저는 마을 사람들과 함께 그 광경을 보고 있었으니까요. 미친 여자는 지붕 흉벽 위에 올라서서 양팔을 벌리고 있었습니다. 그리고 고함을 질렀습니다. 어찌나 목소리가 큰지 1마일 밖에서도 들릴 지경이었습니다. 그때 지붕으로 올라가는 로체스터 씨의 모습이 채광창을 통해 우리 눈에 들어왔습니다. 그분이 "버사!"라고 외치는 목소리가 모든 사람의 귀에 또렷이 들렸고 그분이 그녀에게 다가가는 모습도 보였습니다. 그때 그녀가 비명을 지르면서 허공으로 뛰어

내렸습니다. 그러고는 정말 처참한 모습으로 죽어버렸습니다."

"그렇다면, 그분은? 로체스터 씨는?"

"그분이요? 정말 안됐지요. 살아나시기는 했지만…… 그만 눈이 멀고 말았습니다. 순전히 그분의 용기 때문에 벌어진 일이었지요. 집 안에 있던 모든 사람이 다 대피한 걸 확인한 후에 지붕으로 올라가신 거고, 부인이 지붕에서 떨어지는 모습을 본 후에야 계단을 내려오신 거지요. 그분이 중간쯤 내려왔을 때 건물이 우르르 무너졌습니다. 눈에 상처를 입고 실명한데다 한 손이 짓뭉개진 탓에 나중에 절단해야만 했습니다."

오, 비록 시력은 잃고 불구의 몸이지만 그는 살아 있었던 것이다! 그것도 영국 땅에! 나는 그에게 황급히 물었다.

"그분이 지금 어디 계신지 알고 있나요?"

"펀딘이라는 곳에 계십니다. 그분 소유의 농장이 거기 있습니다. 여기서 30마일쯤 떨어진 아주 외진 곳입니다. 늙은 존과 그의 아내가 그를 돌보고 있을 뿐, 다른 사람은 절대로 곁에 두려 하지 않습니다."

나는 주인에게 즉시 마차를 준비시켜달라고 했다. 그리고 정상 운임의 두 배를 쳐줄 테니 펀딘으로 가는 길을 안내해줄 사람도 하나 붙여달라고 했다.

제35장

제36장

편딘 장은 숲속에 깊숙이 파묻혀 있는 저택이었다. 나는 땅거미가 지기 직전에 그곳에 도착했다. 저택 근처에서 삯마차를 돌려보내고 저택을 향하여 걸었다. 얼마를 걸었을까, 울타리가 보이고 낡은 저택이 나타났다. 여관 주인이 말한 대로 쓸쓸하기 그지없는 곳이었고 사방이 정적에 싸여있었다.

저택 가까이 갔을 때였다. 현관문이 열리고 집 안에서 누군가 나오고 있었다. 모자를 쓰지 않은 남자의 모습이었다. 그는 비가 오는지 확인하려는 듯 두 팔을 뻗었다. 날이 어두워지고 있었으나 나는 그가 누구인지 알 수 있었다. 그렇다. 바로 그 사람, 에드워드 페어팩스 로체스터, 그 사람이었다.

나는 발길을 멈추고 우뚝 서서 그 사람을 바라보았다. 체구는 이전과 마찬가지로 건장했다. 자세도 올곧았고 지난 1년 동안 변한 게 아무것도 없는 것 같았다. 그 어떤 슬픔도 그의 타고난 몸을 상하게 하지는 못한 것 같았다. 그러나 표정은 달랐다. 고통에 사로잡힌 야수의 얼굴 바로 그것이었다. 나는 곧바로 달려가 그에게 매달리며 입을 맞추고 싶었다.

그때였다. 존 할아범이 그에게 다가와 그의 팔을 잡으며 비가 쏟아질 것 같으니 안으로 들어가시는 게 낫지 않겠느냐고 말했다. 그는 안으로 들어가더니 문을 닫았다.

드디어 나는 문 앞으로 다가갔다. 그리고 문을 두드렸다. 문을 열어준 것은 존의 아내인 메리였다. 내가 잘 있었느냐고 인사하자 그녀는 유령이라도 본 듯 소스라쳤다. 안으로 들어가니 존이 있었다. 나는 그들에게 내가 손필드를 떠난 후 그곳에서 벌어진 일을 모두 알고 있다고 말한 후 오늘 밤 여기에서 지낼 작정이라고 말했다.

이들과 이야기를 나누고 있을 때 벨이 울렸다. 그러자 메리가 잔에 물을 따른 후 촛불을 준비하면서 말했다.

"앞이 안 보이시면서도 저녁에는 촛불을 꼭 갖다달라고 하십니다."

제36장

내가 그녀에게 말했다.

"쟁반을 이리 줄래요? 내가 갖다드릴 테니."

쟁반을 드니 마구 흔들렸고 잔에서 물이 흘러내렸다. 심장이 쿵쾅거리며 늑골을 때리고 있었다.

거실로 들어갔다. 한눈에도 음울해 보였다. 그는 난로 장식에 몸을 기대고 있었고 애견 파일럿은 한쪽 구석에 누워 있었다. 내가 들어가자 파일럿은 귀를 쫑긋 세우더니 이내 나를 향해 반갑다는 듯 달려들었다. 나는 쟁반을 탁자 위에 놓은 후 파일럿의 머리를 가볍게 토닥거리며 "앉아" 하고 말했다.

그가 내 목소리를 들은 것 같았다.

"메리가 아니잖아? 도대체 누구야?"

"파일럿은 저를 알아보는데요. 존과 메리도 제가 온 걸 안답니다."

"어떻게 된 거야! 이젠 내가 망상에 시달리기까지 하는 건가? 하지만 이런 달콤한 광기라면 얼마든지 찾아와도 좋지."

"망상도 아니고 광기도 아니에요. 망상이나 광기에 빠지기에는 당신의 정신은 너무 굳세지요."

"오, 그 말을 하는 사람은 도대체 어디 있는 거야! 오오, 제발 만질 수 있게 해줘. 아니면 이대로 죽어버릴 것 같아!"

그는 손을 앞으로 더듬었다. 나는 그의 두 손을 꼭 잡았다.

그가 내 손을 잡더니 외쳤다.

"그래, 바로 그녀의 손가락이야! 작고 가느다란 손가락! 손가락이 있다면 다른 것도 있을 거 아냐!"

그러면서 그는 내 팔을 움켜쥐었다. 그러더니 내 목을, 허리를 칭칭 감았다.

"오오, 제인 당신 맞아? 몸 크기도 똑같아. 정말 그녀가 온 거야?"

"그래요. 당신 귀에 들리는 건 제인의 목소리고요. 그녀가 온전히 여기 와 있어요. 그녀의 마음과 함께요. 이렇게 다시 당신 곁에 있게 되어서 너무 기뻐요."

그는 아무 말도 못 하고 다만 "제인 에어! 제인 에어!"라고 반복해서 외칠 뿐이었다.

"전 틀림없이 제인 에어예요. 이렇게 당신을 찾아냈고 이렇게 당신 곁으로 왔어요."

"정말로? 살아 있는 나의 제인이, 정말로?"

"그럼요. 이렇게 만지고 계시잖아요. 오늘부터 절대로 곁을 떠나지 않겠어요."

"오오, 언제고 떠나지 않겠다고? 나는 또다시 환상에 사로잡혀 있구나. 깨어보면 나를 더 절망에 빠뜨리는 허망한 꿈! 오, 지금 내 팔에 안겨 있는 달콤한 꿈이여! 환상이여! 너도 언제 나처럼 곧바로 스러지겠지. 하지만 그렇게 사라지기 전에 제발 한 번만이라도 입을 맞추어주오.”

나는 빛을 잃은 그의 두 눈에 입을 맞추었다. 나는 그의 이마에서 머리칼을 쓸어 올리며 거기에도 입을 맞추었다. 그러자 갑자기 그가 잠에서 깨어난 것 같은 표정을 지었다. 비로소 이 모든 것이 현실이라는 확신이 든 것 같았다.

“정말, 당신 제인이요? 정말 돌아온 거요?”

“네, 그래요.”

“그럼, 어딘가 도랑에 쓰러져 죽지 않았단 말이오? 낯선 곳에서 낯선 사람들 사이를 헤매고 다니지 않았단 말이오?”

“아니에요, 전 이제 자립할 수 있는 여자가 되었답니다.”

“자립이라니! 그게 무슨 말이오?”

“마데이라에 사시던 삼촌이 돌아가시면서 제게 5,000파운드의 재산을 남기셨답니다.”

“오, 이건 분명 꿈이 아니야. 현실이야. 제인, 그래 당신이 부자가 되었단 말이오? 어쩌다 그렇게 되었단 말이오? 그동안 어디서 지냈단 말이오?”

"그건 중요한 게 아니에요. 제가 살아 있는 한 이제 당신을 외롭게 하지 않겠어요. 제가 이웃이 되고 간호사가 되고 가정부가 되겠어요."

"하지만 언제까지나 나를 돌보고 있을 수만은 없지. 제인은 젊어. 결혼해야 해."

"저는 결혼 같은 건 염두에 두고 있지도 않아요."

"오오, 결혼을 염두에 두고 있지 않다고? 내가 예전의 나라면 그런 소리 말라, 그런 생각은 하지도 말라 말했겠지. 하지만 지금의 나는 눈도 없는 나무토막 같은 꼴이니."

그는 그 말을 하면서 다시 침울해졌다. 하지만 나는 한층 명랑해지고 용기가 솟았다. 그가 나를 아내로 삼을 수도 있다는 확신이 커졌기 때문이다.

내가 그의 품에서 살며시 빠져나오려고 하자 그가 나를 한층 더 세게 끌어당기며 말했다.

"안 돼, 제인! 가면 안 돼. 이렇게 당신 목소리를 듣고 당신 몸을 만졌는데! 이제 이 기쁨을 포기할 수 없어. 이제 내게 남은 건 아무것도 없어. 그래서 더 당신을 소유해야 해. 나를 이기적인 사람이라 해도 어쩔 수 없어. 내 영혼이 그걸 요구하고 있기 때문이야."

제36장

"저는 어디로도 가지 않는다고, 당신 곁에 머물겠다고 이미 말씀드렸잖아요."

그의 얼굴에 생기가 돌았다. 눈은 보이지 않았지만 그의 얼굴에 미소가 감돌았고 표정 전체가 부드러워졌다.

그날 나는 메리에게 푸짐한 저녁상을 차려달라고 부탁했다. 로체스터 씨는 이제까지 저녁을 들지 않고 지냈다고 그녀가 말했지만 내 부탁에 그녀는 분위기를 밝게 하고 풍성한 저녁을 차렸다. 그는 식사 내내 즐거워했고 나도 마찬가지였다.

저녁 식사가 끝난 후 그가 내게 많은 질문을 했고 나는 모든 것을 다 이야기해주었다. 그는 내 이야기 도중 내가 소리 없이 사라진 후 그가 얼마나 절망감에 빠졌었는지 이야기했다. 나는 사촌 오빠가 내게 청혼했었다는 이야기도 해주었다. 그 이야기를 들으며 그는 지금 자신의 처지를 생각한 듯 괴로워했다. 하지만 내가 그를 안심시켰다.

"제가 그분 이야기를 해드리는 건, 당신의 질투심을 자극하기 위해서가 아니에요. 당신을 조금이라도 덜 슬프게 하려고 약을 좀 올린 거예요. 약 좀 오르고 화가 나는 게 슬픈 것보다는 나은 법이에요. 그리고 그 이야기는 당신이 자부심을 느끼게 하려고 한 것이기도 해요. 그분이 그렇게 결혼해달라고 조르던 제가 바로 당신 거잖아요."

그가 미소를 짓더니 내게 말했다.

"제인, 나와 결혼해주겠소?"

"네."

"당신이 손을 잡고 인도해주어야 하는 가엾은 남자인데도 말이오? 당신보다 스무 살이나 많고 시중이나 들어야 하는 장애인인 데도 말이오?"

"물론이에요."

"그렇다면 망설일 게 하나도 없소. 당장 결혼합시다. 당신은 내가 종교와는 무관한 사람이라고 생각하고 있지? 하지만 나는 지금 하나님의 은혜에 감사하는 마음으로 가슴이 벅차오르고 있소. 나는 얼마 전부터 기도하기 시작했소. 이전에 내가 얼마나 이기적이었는지 진심으로 회한에 가득 찬 기도였소. 그런데 내게 이상한 일이 벌어진 거요. 며칠 전이었소. 아냐, 더 정확히 날짜를 말할 수 있소. 바로 나흘 전이요. 그날은 월요일 밤이었으니까. 그때 나는 이상한 감정에 사로잡혔소. 이전까지와는 전혀 다른 감정이었소. 분노가 아니라 일종을 서글픈 감정에 사로잡힌 거요. 나는 당신이 틀림없이 죽었으리라고 확신하고 있었소. 나는 하나님께 간절히 기도했소. 아마 밤 11시나

12시쯤 되었을 거요. 나는 제발 이 세상에서 나를 거두어달라고 하나님께 기도한 거요. 저세상으로 가면 제인을 만날 수 있다는 희망을 품을 수 있을 것 같아서였소. 나는 내 방 창가에 앉아 있었소. 창문은 열려 있었고 밤공기는 따사로웠소. 오오, 그날 밤 내가 얼마나 애타게 당신을 그리워했는지! 내가 고통을 받아 마땅한 짓을 하며 살았음을 하나님께 고백했소. 하지만 나는 이제 내가 고통을 겪을 만큼 겪은 게 아니냐고 하나님께 물었소. 이제 더 이상 견딜 수 없다고 하나님께 호소했소. 그러자 내 입에서 내가 가장 소망하던 것, 내가 바라는 것의 전부인 이름이 튀어나왔소. 나는 밖을 향해 큰 소리로 당신 이름을 불렀소. '제인! 제인! 제인!'이라고. 누가 옆에 있었다면 아마 미쳤다고 했을 거요."

나는 몸을 떨면서 그에게 물었다.

"그게 지난 월요일 밤 자정 무렵이라고 하셨어요?"

"그렇소. 하지만 시간은 별로 중요하지 않소. 그다음에 정말 이상한 일이 벌어졌으니까. 내가 '제인! 제인! 제인!'이라고 외친 순간 분명 어디선가 '갈게요! 기다리세요! 제가 갈 거예요!' 하는 대답이 들렸던 거요. 그건 틀림없이 당신 목소리였소."

그렇다. 내가 그의 목소리를 들은 건 분명 그날 그 시각이었다. 하지만 나는 그 이야기를 그에게 하지 않았다. 그에게 정신적 충격을 주고 싶지 않아서였다. 나는 그 이야기를 나 홀로 내 속에 간직하기로 마음먹었다.

내가 가만히 있자 그가 다시 말했다.

"그런데 제인, 당신이 이렇게 온 거요. 당신이 곧 사라질 환영이 아니라 실체가 되어 내게 나타난 거요. 정말로 하나님의 은총을 받은 거요"

그는 경건하게 기도했다. 그런 후 내게 손을 내밀었다. 나는 사랑하는 이의 손을 잡아 내 입술에 갖다 댔다.

에필로그

나는 그와 결혼했다. 그와 나, 그리고 교구사제와 서기만 참석한 조촐한 결혼식이었다.

무어하우스와 케임브리지에 「편지」를 보내 그 사실을 알렸다. 그리고 그들이 이해할 수 있도록 최대한 힘을 다해 그럴 수밖에 없었던 사정을 설명했다. 다이애나와 메리는 내게 곧 축하한다는 「편지」를 보내주었고 조만간 이곳을 방문하겠다고 적었다. 세인트 존 오빠는 내게 곧바로 답장하지 않았다. 하지만 6개월 후에 그는 내게 「편지」를 보냈고 지금도 정기적으로 「편지」를 보내오고 있다. 하지만 그는 내 결혼 생활이나 내 남편에 대한 언급은 전혀 하지 않았다. 그는 분명 세속적인 일에만 빠져 있는 사람들과는 함께 지내지 않을 것이다.

독자들에게 아델 이야기를 빼놓은 것 같다. 나는 아델의 학교로 가서 그 애를 집으로 데려왔다. 그 학교의 규율이 너무 엄하고 교과과정이 너무 어려운 것 같아서였다. 나는 그 애를 더욱 자주 가서 볼 수 있는 가까운 학교에 입학시켰다. 생각 같아서는 곁에 두고 내가 가정교사 노릇을 하고 싶었지만 그건 불가능했다. 나는 온통 한 사람을 돌보는 데 시간과 신경을 빼앗기고 있었으니 말이다.

학교를 졸업한 후 아델은 집으로 와서 내 마음에 쏙 드는 말벗이 되었다. 온순하고 심성 곱고 예절 바른 그런 일등 말벗 말이다. 그 애는 나와 내 남편이 베풀어준 것에 대해 감사해하며 우리를 보람에 젖게 해주고 있다.

이제 내 이야기를 끝낼 때가 되었다.

이제 나는 벌써 결혼한 지 10년이 다 되어간다. 나는 이 세상에서 가장 사랑하는 사람과 함께 산다는 것, 그를 위해 모든 것을 바친다는 것이 어떤 것인지 확실하게 안다. 나는 이루 말할 수 없을 만큼 큰 축복 속에 살고 있다. 내 삶이 곧 남편의 생명이고 남편의 삶이 곧 내 생명인 삶을 살고 있기 때문이다. 나는 남편의 뼈에서 내 뼈가 만들어졌고, 남편의 살에서 내가 만들어졌음을 나만큼 절대적으로 실감하는 여자는 거의 없으리라

확신한다.

우리는 늘 함께 있다. 우리는 함께 있으면서 혼자 있는 것만큼 자유롭고 여러 사람과 함께 있는 것만큼 즐겁다. 나는 그를 전적으로 신뢰하며 그도 나를 전적으로 신뢰한다. 우리는 완전히 하나다.

이 이야기를 마무리하기 전에 독자 여러분에게 꼭 전해주고 싶은 소식이 있다. 결혼한 지 두 해가 되던 해의 일이다.

어느 날 아침 그가 불러주는 대로 「편지」를 받아 적고 있는데 그가 물었다.

"여보, 당신 지금 혹시 목에 반짝이는 걸 걸고 있소?"

나는 금시곗줄을 걸고 있었다. 내가 그렇다고 하자 그가 다시 말했다.

"당신 혹시 엷은 청색 옷을 입고 있소?"

그렇다. 나는 분명 그런 색 옷을 입고 있었다.

우리는 함께 런던으로 갔다. 그는 저명한 안과 의사의 수술을 받고 한쪽 눈의 시력을 회복했다. 글을 읽거나 쓸 정도로 완전히 회복된 것은 아니지만 손을 잡아주지 않아도 홀로 산책할 정도는 되었다. 우리 사이에 태어난 아기를 내가 처음 안았을 때 그는 이전의 자기의 눈과 똑같이 크고 검은 아이의 눈을 볼 수 있었다.

나는 행복하다. 내가 좋아하는 사람들도 행복하기에 더욱 행복하다. 다이애나와 메리가 결혼해서 행복하게 살고 있는 것이다. 그녀들은 교대로 1년에 한 번씩 나를 만나러 온다. 다이애나의 남편은 해군 대위로서 군인답게 씩씩하고 선량한 사람이다. 메리의 남편은 성직자로서 오빠의 대학 친구다. 어느 모로 보나 메리와 잘 어울리는 사람이다.

세인트 존 오빠는 지금 인도에 있다. 그는 결혼하지 않았으며 스스로에게 부과한 운명의 길을 경건하게 걷고 있음을 마지막으로 독자 여러분에게 알린다.

『제인 에어』를 찾아서

여러분은 마초(macho)라는 단어를 아는가? 스페인어로 남자에 대한 경칭(敬稱)을 뜻하는 단어로, 영어의 미스터(mister)나 프랑스어의 무슈(monsieur)와 같은 뜻이다. 하지만 마초라는 단어는 그런 평범한 뜻을 넘어 '남성 우월주의에 젖은 남자'라는 뜻이 되었고 마초이즘(machoism)이라는 단어는 남성 권위주의, 가부장주의를 대표하는 단어가 되었다. 과연 그 단어의 뜻이 그렇게 변할 만큼 스페인어를 사용하는 문화권에 유난히 가부장적인 질서가 가장 강력하게 그리고 오래 지속되었는지는 잘 모르겠다.

샬럿 브론테(Charlotte Brontë, 1816~1855)의 『제인 에어(*Jane Eyre*)』에 대한 해설에서 마초 이야기부터 꺼내는 것은 이 작품이 인간이 지닌 마초이즘적인 성향을 극복하는 데 획기적인 전환점을 마련한 소설이기 때문이다.

여러분이 지금까지 읽은 세계 명작들의 목록을 한번 훑어보아라. 작가는 거의 다 남성이다. 제인 오스틴이나 메리 셸리라는 여류 작가의 이름이 보이기도 하지만 그녀들이 작가로 등장한 것은 18세기 말이나 19세기 초에 이르러서이고 더욱이 그녀들 작품의 주인공은 남자다. 물론 여성이 주인공인 작품이 없었던 것은 아니다. 프랑스 고전주의 작가인 라신의 『앙드로마크(*Andromaque*)』 『페드르(*Phèdre*)』의 주인공은 분명 여성이며, 이 밖에 아베 프레보의 『마농레스코(*Manon Lescaut*)』도 소설 제목 자체가 여성이다. 하지만 그 작품들의 주인공들은 제목으로만 표면에 등장할 뿐 엄밀한 의미에서 주인공이 아니다. 왜? 그녀들은 여성이라는 이름으로 자신에게 주어진 운명을 수동적으로 따른 인물이지, 그 운명에 저항한 인물이 아니기 때문이다. 진정으로 주인공이 되려면 주어진 운명에 저항하고 자신의 운명을 스스로 개척해나가야 한다.

바로 그런 뜻에서 『제인 에어』는 획기적인 작품이다. 작가도 여성이고 주인공도 여성이다. 더욱이 이 소설의 주인공 '제인 에어'는 아주 당당하게 자기 운명을 개척한 주인공이다. 『구약』

에 나오듯이 창조주께서 남자의 갈비뼈로 여성을 만드신 후, 그 갈비뼈가 인간으로서의 권리를 주장하게 되기까지 참으로 오래 걸린 셈이다. 달리 말하면 남성들이 단지 남자라는 이유만으로 너무 오랫동안 힘을 행사해온 셈이다.

그렇게 남성 위주의 세상이 너무 오래 지속되다보니까 여성적인 가치를 주장하는 모습은 반항과 저항으로 나타날 수밖에 없는 것이 당연하다. 작품에서 제인 에어는 처음부터 반항아로 나온다. 자신을 부당하게 차별 대우하고 미워하는 외숙모에게 기죽어 지내는 게 아니라 속으로 끊임없이 "부당해, 부당해"라고 외치며, "저를 빨리 학교에 보내줘요. 저는 이 집이 싫어요!"라고 당당하게 외친다. 열 살 먹은 어린 여자아이로서는 지나치게 당차다. 그러고 보니 작품 전체 내용이 그렇게 당당한 저항으로 이루어져 있다. 로우드 학교에서도 제인은 브로클허스트의 체벌에 대해 조금도 수긍하지 않으며 심지어 그녀가 사랑하게 되는 로체스터와의 만남과 대화도 온통 저항으로 이루어져 있다 해도 과언이 아니다.

무엇이 그녀에게 그런 저항을 가능하게 했는가? 한마디로 '개성을 지닌 한 개인으로서의 자존심, 한 인간으로서의 존엄성'이 그 저항의 동력이다. 그 저항의 동력이 그렇게 건강한 것이기에 제인은 언제나 당당하다. 그녀는 자신에게 강압적인 사람들이 이미 지니고 있는 것이 부러워서 저항한 것은 아니다. 그것을 지니지 못한 것이 억울해서 저항한 것 또한 아니다. 그녀는 오히려 이들이 지닌 것을 비웃는다. 이들이 그런 것을 지니고 있다고 해서 우월할 것이 하나도 없다는 생각에 그녀는 이들에게 저항한다. 자기가 지니고 있는 가치가 더 소중하다고 생각하기에 그녀는 이들에게 저항한다.

반대로 자신을 그런 인격체로 대우해주는 사람 앞에서는 더없이 부드러워진다. 그런 인물의 대표가 바로 주인공이 사랑하게 되는 로체스터임은 두 말할 필요도 없다.

사실 『제인 에어』는 감동적이고 모범적인 연애소설이기도 하다. 제인 에어와 로체스터 간의 사랑에 초점을 맞추어 읽으면 영락없는 연애소설임이 분명하다. 그런데 둘 사이의 연애가 우리가 흔히 보던 로맨스와는 조금 다르다.

우선 첫 대면부터 의미심장하다. 제인은 생각한다.

만일 그가 잘생긴 젊은 청년이었다면 그가 마다하는데도 굳이 도움을 주겠다고 나서지는 않았을 것이다. 또한 내가 이 낯선 남자에게 말을 걸었을 때 그가 미소를 띠고

상냥하게 나왔거나 도와주겠다는 내 제안을 고마워하며
정중히 거절했다면 나는 다시 물어볼 생각도 못 하고 그
냥 제 갈 길을 갔을 것이다. 그러나 그의 찡그린 얼굴과
거친 태도 때문에 오히려 마음이 편해졌다.(111쪽)

제인은 그가 잘생긴 사람이라서 그에게 꽂힌 것이 아니라고,
그래서 그 자리를 떠나지 못한 게 아니라고 분명히 말한다. 그
가 결점을 지닌 남자이기에 가까이하게 된 것이라고 당당하게
말한다. 그건 로체스터도 마찬가지다. 그는 제인에게 말한다.

"당신, 거의 이 세상 사람 같지도 않고 별나기만 한 당신,
내가 내 몸만큼 진심으로 사랑하는 건 바로 그런 당신이
요. 가난하고 어리고 하찮고 못생긴 당신, 당신이 나를 남
편으로 받아주기를 간절히 바라오."(207~208쪽)

그래서 둘은 동등해진다. 결함을 지닌 존재로 동등해진다.
그 동등한 존재끼리 지순한 사랑을 한다. 그 사랑은 자기가 꿈
에 그리던 이상적인 존재에게 단번에 꽂힌, 그런 이상적인 존
재에게 매혹당한 사랑이 아니다. 자기를 한 인격체로 인정해

주는 존재끼리의 사랑이다. 그 사랑은 결함을 지닌 존재끼리의 대등한 사랑이다. 남자와 여자의 차별, 부자와 빈자의 차별, 귀족과 비천함의 차별이 사라진 사랑이다. 그 사랑은 그 모든 차별을 뛰어넘은 사랑이다.

제인의 저항이 맹목적인 저항이 아니라 우리에게 감동을 주는 저항인 것은 단순히 기존의 편견을 부정하는 저항이 아니라 그런 당당함을 속에 지닌, 더 소중한 가치를 속에 지닌 저항이기 때문이다. 그녀가 당당하게 저항할 수 있는 것은 그녀가 속에 지니고 있는 가치가 사람들이 매달리는 기존의 가치보다 훨씬 우월한 것이기 때문이다. 그렇다. 그녀는 바로 그 가치를 지니고 있었기에 결국 우월한 존재가 된다.

소설의 결말을 보라. 제인은 결국 로체스터와 결혼한다. 제인은 불구가 된 그의 눈이 되고 손이 되어 그를 완벽하게 돌본다. 제인은 말한다.

> 나는 이 세상에서 가장 사랑하는 사람과 함께 산다는 것, 그를 위해 모든 것을 바친다는 것이 어떤 것인지 확실하게 안다. 나는 이루 말할 수 없을 만큼 큰 축복 속에 살고 있다.(337쪽)

겉으로만 본다면 남편을 위하여 자신을 희생하는 아내의 모습으로 보일지도 모른다. 사실 그렇게 보아도 아름다울 수 있지만 제인과 로체스터의 관계는 그 이상이다. 실은 제인이 로체스터를 위하여 희생하는 것이 아니다. 제인은 그를 돌봄으로써 그보다 우위에 선다.

무엇으로 우위에 서는가? 사랑으로 우위에 선다. 남성성이 지니지 못한 부드러움으로 우위에 선다. 부드러움과 섬세함으로 남성의 거침, 단순성을 감싸 안고 제압함으로써 우위에 선다. 폭압에 힘으로 저항한 것이 아니라 그 폭압의 거짓됨을 폭로하고, 그 폭압과는 다른 힘으로 그것을 제압하는 것, 제압이라기보다는 감싸 안는 것, 그것이 바로 제인 에어의 저항의 의미다. 그래서 제인 에어의 저항은 통쾌하면서 아름답고, 아름다우면서 감동적이다.

『제인 에어』는 그렇게 감동적인 여성을 주인공으로 여류 작가가 쓴 거의 최초의 소설이다. 그래서 흔히 페미니즘 소설의 효시로서도 대단히 중요한 소설이다. 하지만 그녀가 소설에서 보여준 아름다운 저항은 굳이 여성에게만 국한되지도 않고 페미니즘이라는 이름에 갇히지도 않는다. 여러분! 이 소설을 읽고 저항심을 키워라! 그리고 열심히 저항하라! 그러나 전제 조건이 있다. 내 안에 도저히 양보할 수 없는 더 소중한 가치, 그래서 꼭 지켜야만 하는 가치가 있는지 묻는 것, 그게 바로 전제 조건이다.

샬럿 브론테는 1816년 영국 잉글랜드 동북부 요크셔주의 손턴에서 목사인 패트릭 브론테와 마리아 브랜웰 사이에서 여섯 남매 중 셋째로 태어났다. 그녀가 다섯 살일 때 어머니가 세상을 떠났고 자매들은 기숙학교 생활을 하게 되는데 열악한 학교 환경 때문에 영양실조와 폐렴에 걸려 두 언니가 죽고 만다. 이 작품에서 로우드 학교에 대한 묘사는 그때 경험에 기초한 것이라고 보면 된다. 그 후 그녀는 동생 에밀리 브론테(Emily Brontë, 1818~1848)와 독학으로 공부했고 샬럿은 시를 쓰기 시작한다. 바로 그 동생 에밀리가 『폭풍의 언덕(Wuthering height)』 단 한 권의 작품으로 영국 문학사에서 가장 중요한 작가 중 한 명으로 꼽히게 된 사람이니 대단한 자매다.

1831년 샬럿은 에밀리와 함께 로헤드에 있는 사립 기숙학교에 들어가지만 에밀리는 향수병에 걸려 금방 고향으로 돌아오고 샬럿은 그곳에서 3년간 교사 생활을 한다. 샬럿은 스물여섯 살 되던 해에 브뤼셀에 있는 에제 기숙학교에서 교사 노릇을 하다가 1844년 영국으로 돌아오고 1846년부터 『제인 에어』를 쓰기 시작한다. 그녀는 『제인 에어』를 1847년 커러 벨(Currer Bell)이라는 남성 가명으로 스미스사(社)에서 출판한다. 『제인 에어』는 출간되자마자 커다란 호응을 얻으며 그녀에게 작가로서의 성공을 가져다주었다.

그러나 이 시기에 여동생 에밀리와 앤 그리고 남동생까지 모두 잃는 큰 불행을 겪게 된다. 『제인 에어』로 명성을 얻은 그녀에게 몇몇 남성들이 청혼을 하지만 그녀는 모두 거절한다. 그러다가 아버지의 부목사인 아서 벨 니콜스로부터 네 번째로 청혼을 받고 서른여덟 살에 그와 결혼하게 된다. 그러나 이듬해 봄, 늦은 나이에 임신한 상태에서 여러 가지 병이 겹쳐 결국 결혼 9개월 만에 눈을 감고 말았다.

『제인 에어』는 20세기 초부터 영화화되기 시작하여 지금까지 모두 15편의 영화가 만들어질 정도로 대중적인 인기도 많은 작품이며, 이 밖에도 수많은 뮤지컬로 각색되어 전 세계 많은 사람들의 사랑을 받고 있다.

『제인 에어』 바칼로레아

1 제인 에어는 어릴 때부터 반항적인 아이였다. 한 개인에게도 그렇고 사회적으로도 반항적 에너지는 필요하다. 하지만 제인 에어가 로우드 학교에서 만난 헬렌 번스는 온갖 부당한 대우도 받아들이고 그것을 오히려 자기반성의 기회로 삼는다. 여러분은 제인 에어와 헬렌 번스의 행동 중 누구에게 더 마음이 기우는가?

2 『제인 에어』에서의 제인 에어는 로체스터가 이상적인 존재라서 사랑하게 되는 것이 아니다. 그녀는 그에게 한눈에 반하지 않는다. 그녀는 상대방의 결함을 훤히 꿰뚫어보고 오히려 그 결함 때문에 그를 진정으로 사랑하게 된다. 여러분

은 상대방에게 일순간에 꽂히는 사랑과 제인 에어와 로체스터 간의 사랑처럼 서서히 이루어지는 사랑 중 어느 것이 더 진정한 사랑이라고 생각하는가?

3 아무리 평등 사회가 되었다고 해도 남녀 간의 차별은 여전히 존재한다. 남녀 간의 차별을 차이로 바꾸는 그래서 각자의 특성을 존중할 수 있는 가장 좋은 방법은 무엇이라고 생각하는가?

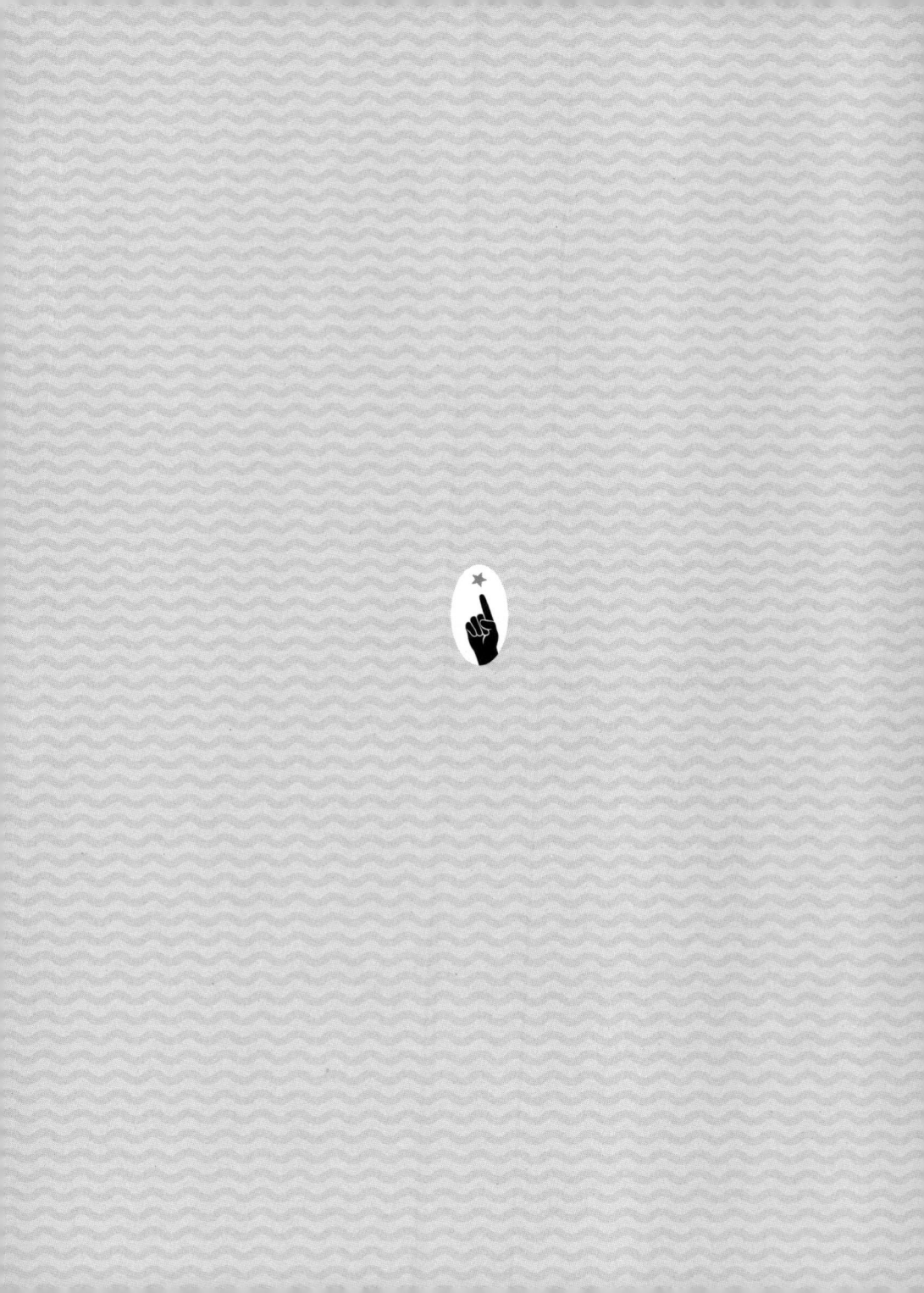

제인 에어

생각하는 힘: 진형준 교수의 세계문학컬렉션 36

펴낸날   **초판 1쇄   2019년 3월 25일**

지은이   **샬럿 브론테**
옮긴이   **진형준**
펴낸이   **심만수**
펴낸곳   **(주)살림출판사**
출판등록 **1989년 11월 1일 제9-210호**

주소   **경기도 파주시 광인사길 30**
전화   **031-955-1350   팩스 031-624-1356**
홈페이지 **http://www.sallimbooks.com**
이메일   **book@sallimbooks.com**

ISBN   978-89-522-3979-2 04800
         978-89-522-3986-0 04800 (세트)

※ 값은 뒤표지에 있습니다.
※ 잘못 만들어진 책은 구입하신 서점에서 바꾸어 드립니다.

이 도서의 국립중앙도서관 출판시도서목록(CIP)은 서지정보유통지원시스템 홈페이지
(http://seoji.nl.go.kr)와 국가자료공동목록시스템(http://www.nl.go.kr/kolisnet)에서
이용하실 수 있습니다.(CIP제어번호: CIP2019004455)

책임편집 **정명순**   교정교열 **조경현**